Yilin Classics

Selma Lagerlöf

经／典／译／林

Nils Holgerssons Underbara Resa Genom Sverige

骑鹅旅行记

[瑞典] 塞尔玛·拉格洛芙 著

石琴娥 译

译林出版社

图书在版编目（CIP）数据

骑鹅旅行记 /（瑞）塞尔玛 · 拉格洛芙著；石琴娥译. — 南京：译林出版社，2023.8（2024.3重印）
（经典译林）
ISBN 978-7-5447-9634-7

Ⅰ.①骑… Ⅱ.①塞… ②石… Ⅲ.①童话 - 瑞典 - 近代 Ⅳ.①I532.88

中国国家版本馆 CIP 数据核字（2023）第 065855 号

骑鹅旅行记 ［瑞典］ 塞尔玛 · 拉格洛芙 / 著 石琴娥 / 译

责任编辑 刘自然
装帧设计 孙逸桐
校 对 王 敏
责任印制 单 莉

出版发行 译林出版社
地 址 南京市湖南路 1 号 A 楼
邮 箱 yilin@yilin.com
网 址 www.yilin.com
市场热线 025-86633278
排 版 南京展望文化发展有限公司
印 刷 南京新世纪联盟印务有限公司
开 本 880 毫米 ×1240 毫米 1/32
印 张 7.625
插 页 4
版 次 2023 年 8 月第 1 版
印 次 2024 年 3 月第 3 次印刷
书 号 ISBN 978-7-5447-9634-7
定 价 36.00 元

CONTENTS · 目录

这个男孩子

小精灵

3月20日　星期日

从前有一个男孩子，他大概十四岁，身体很单薄，是个瘦高个儿，还长着一头像亚麻那样的淡黄色头发。他没有多大出息，最喜欢睡觉和吃饭，再就是很爱调皮捣蛋。

一个星期天的早晨，这个男孩子的爸爸妈妈把一切收拾停当，准备到教堂去。男孩子只穿着一件衬衫，坐在桌子边上。他想，这一下该多走运啊，爸爸妈妈都出去了，在一两个钟头里他可以高兴干什么就干什么了。“那么我就可以把爸爸的鸟枪拿下来，放它一枪，也不会有人来管我了。”他自言自语道。

不过，可惜就差那么一丁点。爸爸似乎猜着了男孩的心思，因为他刚一脚踏在门槛上，马上就要往外走的时候，停下了脚步，扭过身来把脸朝向男孩。“既然你不愿意跟我和妈妈一起上教堂去，”他说道，“那么我想，你起码要在家里念念书。你能做到吗？”

“行啊，”男孩子答应道，“我做得到的。”其实，他心里在想，反正他乐意念多少就念多少。

男孩觉得他从来没有看到过妈妈的动作像现在这样迅速。一转眼工夫她已经走到挂在墙壁上的书架旁边，取下一本书，把它放在靠窗的桌子上，并且翻到了当天要念的那一篇文章。最后，她又把大靠背椅拉到了桌子边。那把大靠背椅是她去年从威曼豪格牧师宅邸的拍卖场上买来的，平常除了爸爸之外谁也不可以坐的。

男孩子坐在那里想，妈妈这样搬动摆弄实在是白白操心，因为他打算顶多念上一两页。可是，大概事情有第一回就有第二回，爸爸好像能够把他一眼看透似的，他走到男孩子面前，口气严厉地吩咐说：“记住，你要仔仔细细地念！等我们回家，我要一页一页地考你。你要是跳过一页不念的话，对你不会有什么好处的。”

“这篇文章一共有十四页半呢，”妈妈又叮嘱了一句，把页数规定下来，“要想念完的话，你必须马上坐下来开始念。”

他们总算走了。男孩子站在门口看着他们渐渐远去的背影，不由得自怨自艾起来，觉得自己好像被捕鼠夹子夹住一样寸步难移。“现在倒好，他们俩到外面去了，那么得意，居然想出了这么巧妙的办法。在他们回家之前的这段时间里，我就不得不坐在这里老实念书啦。”

其实，爸爸和妈妈并不是很放心、很得意地走的，恰恰相反，他们很苦恼。他们是穷苦的佃农人家，全部土地比一个菜园子大不到哪里去。在刚刚搬到那个地方去住的时候，他们只养了一头猪和两三只鸡，别的啥也养不起。不过，他们极其勤劳，而且非常能干，如今也养起了奶牛和鹅群。他们的家境已经大大好转了。倘若不是这个儿子叫他们牵肠挂肚的话，他们在那个晴朗的早晨本来是可以心满意足、高高兴兴地出门的。爸爸埋怨他慢慢吞吞，而且懒惰得要命，在学校里什么都不愿意学，还说他不顶用，连叫他去看管鹅群都叫人不大放心。妈妈也并不觉得这些责怪有什么不对，不过她最烦恼、最伤心的还是他的粗野和顽皮。他对牲口非常凶狠，对待人也很粗鲁。“求求老天赶走他身上的那股邪恶，让他善良，”妈妈祈祷说，“要不然，他迟早会害了自己，也给我们带来不幸。”

男孩子呆呆地站了好长时间，想来想去，到底念还是不念呢？到后来他终于拿定主意，这一次还是听话的好。于是，他一屁股坐到大靠背椅上，开始念了起来。他有气无力、叽里咕噜地把书上的那些字句念了一会儿，那半高不高的喃喃声似乎在为他催眠，他迷迷糊糊地觉得自己在打盹了。

窗外阳光明媚，一片春意。虽然才3月20日，可是男孩住的斯康耐省南部的威曼豪格，这里春天早已来到了。树林虽然还没有绿遍，但是含苞吐芽，已是一派生机勃勃的景象。沟渠里冰消雪融，化为积水，渠边的迎春花已经开花了。长在石头围墙上的矮小灌木都泛出了明亮的棕红色。远处的山毛榉树林好像一刻比一刻丰满，在变得更加茂密。天空是那么高远晴朗，碧蓝碧蓝的，连半点云彩都没有。男孩子家的大门半开半掩着，在房间里就听得见云雀的婉转啼唱。鸡和鹅三三两两地在院子里踱来踱去。奶牛也嗅到了透进牛棚里的春天的气息，时不时地发出哞哞的叫声。

男孩子一边念着，一边前后点头打盹，他使劲不让自己睡着。“不行，我可不愿意睡着，”他想道，“要不然我整个上午都念不完的。”

然而，不知怎么回事，他还是呼呼地睡着了。

他不知道自己是睡了才一会儿还是很长时间，之后他被身后发出的窸窸窣窣的轻微响声惊醒了。

男孩子面前的窗台上放着一面小镜子，镜面正对着他。他一抬头，恰好朝镜子里看。他忽然看到妈妈的那只大衣箱的箱盖是开着的。

原来，妈妈有一个很大很重的、四周包着铁皮的栎木衣箱，除了她自己外别人都不许打开它。她在箱子里收藏着从母亲那里继承的遗物和所有她特别喜爱的东西。那里面有两三件式样陈旧的农家妇女穿的裙袍，是用红颜色的布料做的，上身很短，下边是打着褶裥的裙子，胸衣上还缀着许多小珠子。那里面还有浆得硬邦邦的白色包头布、沉甸甸的银质带扣和项链等等。如今大家早已不时兴穿戴这些东西了，妈妈有好几次打算把这些老掉牙的衣物卖掉，可是总舍不得。

现在，男孩子从镜子里看得一清二楚，那只大衣箱的箱盖的确是敞开着的。他弄不明白这是怎么回事，因为妈妈临走之前明明是把箱盖盖好的。再说只有他独自一人留在家里，妈妈也决不会让那只箱子开着就走的。

他心里怕得要命，生怕有个小偷溜进了屋里。于是，他一动也不敢动，只好安安分分地坐在椅子上，两只眼睛怔怔地盯住那面镜子。

他坐在那里等着，小偷说不定什么时候会出现在自己面前。忽然他诧异起来，落在箱子边上的那团黑影究竟是什么东西？他看着看着，越看越不敢相信自己的眼睛。那团东西起初像是黑影，这时候变得愈来愈分明了。不久，他就看清那是个实实在在的东西，而且不是个什么好东西，是个小精灵，他正跨坐在箱子的边上。

男孩子当然早就听人说起过小精灵，可是他从来没有想到过他们竟是这样小。坐在箱子边上的那个小精灵的身形还没有一个巴掌高。他长着一张苍老且满是皱纹的脸，但是脸上没有一根胡须。他穿着黑色长外套、齐膝的短裤，头上戴着帽檐很宽的黑色硬顶帽。他的一身打扮都非常整洁讲究，上衣的领口和袖口上都缀着白色挑纱花边，鞋上的系带和吊袜带都打成蝴蝶结。他刚刚从箱子里取出一件绣花胸衣，那么着迷地欣赏着那些老古董的精致做工，压根儿没有发觉男孩子已经醒来了。

男孩子看到小精灵，感到非常惊奇，但是并不特别害怕。面对那么小的东西他是不会感到害怕的。小精灵坐在那里，那样聚精会神地沉迷在欣赏之中，既看不到别的东西，也听不到别的声音。男孩子想道，要是搞个恶作剧捉弄捉弄他，把他推到箱子里去，再把箱子盖紧，那一定十分有趣。

但是男孩子的胆子还没有那么大，他不敢用手去碰一下小精灵，所以他朝屋里四处张望，想找到一样东西来戳那个小精灵。他把目光从沙发床移到折叠桌，再从折叠桌移到炉灶。他看了看炉灶旁边架子上放着的锅和咖啡壶，又看了看门边的水壶，还有从碗柜半掩半开的门里露出来的勺子、刀叉和盘碟等等。他还看了看他爸爸挂在墙上的丹麦国王夫妇肖像旁边的那支鸟枪，还有窗台上开满花朵的天竺葵和海棠。最后，他的目光落到挂在窗框上的旧苍蝇罩上。

他一见到苍蝇罩便赶紧把它摘下来，跳过去，贴着箱子边缘把小精灵扣住。他自己也感到奇怪，竟然这样走运，他还没有明白自己是怎样动手的，那个小精灵就真的被他逮住了。那个可怜的家伙躺在纱罩的底部，脑袋朝下，再也无法爬出来。

在起初的一刹那，男孩子简直不知道该怎样来对付这个俘虏。他只顾小心翼翼地将纱罩摇来晃去,免得小精灵钻空子爬出来。

小精灵开口讲话了,苦苦地哀求。他说,多年来他一直为他们一家人做好事,按理说应该得到很好的待遇。如果男孩子肯放掉他的话,他将会送给他一枚古银币、一个银勺子和一枚像他父亲的银挂表底盘那样大的金币。

男孩子并不觉得这笔交易十分丰厚,可是说来也奇怪,他自从可以任意摆布小精灵以后,反而对小精灵害怕起来。他忽然觉得,他是在同某些陌生而又可怕的妖怪打交道,这些妖怪根本不属于他的这个世界,因此他倒很乐意赶快放掉这个妖怪。

所以,他马上就答应了那笔交易,把苍蝇罩抬起,好让小精灵爬出来。可是正当小精灵差一点儿就要爬出来的时候,男孩子忽然一转念,想到他本来应该要求得到一笔更大的财产和尽量多的好处。起码他应该提出这么一个条件,那就是小精灵要施展魔法把书上的那些内容变进他的脑子里去。"唉,我真傻,居然要把他放跑!"他想道,随手又摇晃起纱罩想让小精灵再跌进去。

就在男孩子刚要这样做的时候,他脸上挨了一记重重的耳光,他觉得脑袋都快被震裂成许多碎块了。他一下子撞到一堵墙上,接着又撞到另一堵墙上,最后倒在地上失去了知觉。

当他清醒过来的时候,屋里只剩下他一个人,那个小精灵早已不见踪影了。那只大衣箱的箱盖严严实实地盖住了,而那个苍蝇罩仍旧挂在窗框上。要不是他觉得挨过耳光的右脸颊热辣辣地发痛,真的要相信刚才发生的一切只不过是一场梦而已。"不管怎么说,爸爸妈妈都不会相信发生过的事情,只会说我在睡觉做梦,"他想道,"再说他们也不会因为小精灵而让我少念几页书。我最好还是坐下来重新念吧。”

可是，朝桌子走去时，他发现了一件不可思议的怪事，房子明明不应该长大的，而应该是原来的大小，可是他要比往常多走好多路才能走到桌子跟前，这是怎么回事呢？那把椅子又是怎么回事呢？它看上去并没有比刚才更大些，可他要先爬到椅子腿之间的横档上，然后才能攀到椅子的坐板上。桌子也是一样，他不爬上椅子的扶手便看不到桌面。

“这究竟是怎么回事？”男孩子惊呼起来，“我想一定是那个小精灵对椅子、桌子还有整幢房子施过魔法了。”

那本书还摊在桌上，看样子跟早先没有什么不同，可是也变得非常邪门了，因为它实在太大了，要是他不站到书上去的话，他连一个字都看不全。

他念了两三行，无意之中抬头一看，目光正好落在那面镜子上。他立刻尖声惊叫起来：“哎哟，又来了一个！”

因为他在镜子里清清楚楚地看到一个很小很小的小人儿，头上戴着尖顶小帽，身上穿着一条皮裤。

“哎哟，那个家伙的打扮同我一模一样！”他一面吃惊地叫喊，一面把两只手紧捏在一起。这时，他看到镜子里的那个小人儿也做了同样的动作。

男孩子又揪揪自己的头发，拧拧自己的胳膊，再把自己的身体扭来扭去。就在同一瞬间，镜子里的那个家伙也照做不误。

男孩子绕着镜子奔跑了好几圈，想看看镜子背后是不是还藏着一个小人儿。可是他根本找不到什么人。这一下可把他吓坏了，他浑身瑟瑟地发起抖来。因为这一下他明白过来，原来小精灵在他身上施展了魔法，他在镜子里看到的那个小人儿，不是别人，正是他自己。

大 雁

男孩子简直无法相信，他竟然摇身一变，变成了小精灵。“哼，这保准是一场梦，要不就是胡思乱想，”他想道，“再等一会儿，我保准还会再变成人的。”

他站在镜子面前，紧闭双眼。过了几分钟，他才睁开眼睛，等着自己的那副怪模样变过来。可还是老样子，他仍旧像刚才那样小。他的模样还是同以前完全一样，淡得发白的亚麻色头发，鼻子两边的不少雀斑，皮裤和袜子上的一块块补丁，都和以前一模一样，唯一的不同之处就是它们都变得很小很小了。

不行，这样呆呆地站在这里等待是没有什么用处的，想到了这一点，他打定主意一定要想出别的法子来，而他能想得出来的最好的法子就是去找小精灵，同他讲和。

他跳到地板上开始寻找。他把椅子和柜子背后、沙发底下和炉灶里统统看过，甚至还钻进两三个老鼠洞里去看，可是他没有找到小精灵。

他一边寻找，一边呜呜地哭起来。他苦苦地恳求，而且还发誓要做一切可以想出来的好事，他保证今后再也不说话不算数，再也不调皮捣蛋，念书时再也不睡觉了。只要能够重新变成人，他一定要做一个非常讨人喜欢的、善良而又听话的孩子。可惜不管他怎么发誓，都没有一点用处。

他忽然灵机一动，想起曾经听妈妈讲过，那些小人儿常常是住在牛棚里的。于是，他决定马上到那里去看看能不能找到小精灵。幸亏屋门还半开着，否则他连门锁都够不到，更别说打开大门了。现在他可以毫无阻挡地走出去。

他一走到门廊里就找他的木鞋，因为在屋里他当然是光穿着袜子来回走动的。他怔怔地看着那双又大又重的木鞋发愁，可是他马上就发现门槛上放着一双很小的木鞋。他注意到小精灵想得那么细致周到，竟然连木鞋也给变小了，心里就更加烦恼起来，照这么看来，他倒霉的日子似乎还长着呢。

门廊外面竖着的那块旧栎木板上有一只灰色的麻雀在跳来蹦去。他一见到男孩子就高声喊道："叽叽，叽叽，快来看放鹅的男孩子尼尔斯！快来看拇指大的小人儿！快来看拇指大的小人儿尼尔斯·豪格尔森！"

院子里的鸡和鹅纷纷掉过头来，盯着男孩子看，咯咯的啼叫声乱哄哄地闹成一片。"喔喔喔呃，"公鸡鸣叫道，"他真是活该，喔喔喔呃，他曾经扯过我的鸡冠！""咕咕咕，他真活该！"母鸡们齐声呼应，而且这样没完没了地叽咕下去。那些大鹅围挤成一团，把头伸到一起问道："是谁把他变了样？是谁把他变了样？"

可是最叫人奇怪的是，男孩子竟然能够听懂他们在说些什么。他非常吃惊，呆呆地站在台阶上听起来。"这大概是因为我变成了小精灵吧，"他自言自语，"准是这个原因，我才能听得懂那些鸟呀，鸡呀，鹅呀，那些长着羽毛的家伙的话。"

那些母鸡无休无止地说"他真活该"，他实在无法忍受下去，捡起一块石子扔过去，还骂骂咧咧地说："闭嘴，你们这些坏蛋！"

可是他忘了，他已经不再是母鸡们见了就害怕的那个人了。整个鸡群都冲到他的身边，把他团团围住，齐声高叫："咕咕咕，你活该！咕咕咕，你活该！"

男孩子想要摆脱她们的纠缠，可是母鸡们追逐着他，一边追一边叫喊，他的耳朵险些被吵聋了，倘若他家里养的那只猫没有在这时走出来的话，他是休想冲出她们的包围的。那些母鸡一见到猫儿，顿时安静下来，装作专心地在地上啄虫子吃的样子。

男孩子马上跑到猫儿跟前，说："亲爱的猫咪，你不是对院子每个角落和隐蔽的洞都很熟悉吗？请你行行好，告诉我在哪儿可以找到小精灵。"

猫儿没有立刻回答。他坐了下来，把尾巴优雅地卷到腿前盘成一个圆圈，目光炯炯地盯住男孩子。那是一只很大的黑猫，脖颈底下有一块白斑。他周身的毛十分平滑，在阳光照耀下显得油光光的。他的爪子弯在脚掌里面，两只灰色的眼睛眯成一条细缝。这只猫看上去是非常温和驯服的。

"我当然晓得小精灵住在什么地方，"他轻声细气地说，"可是，这并不是说我愿意告诉你。"

"亲爱的猫咪，你千万要答应帮我，"男孩子说道，"你难道没有看出来他用魔法害得我变成了什么模样？"

猫儿的眼睛稍微睁了睁，闪出含着恶意的绿光。他幸灾乐祸地扭动身体，心满意足地咪呀咪呀、喵呀喵呀地叫了老半天，这才做出回答。"我为什么要帮你的忙？难道因为你常常揪我的尾巴吗？"

这下子男孩子气得火冒三丈，他把自己是那么弱小和没有力气忘得一干二净。"哼，我还要揪你的尾巴。"他叫嚷着向猫儿猛扑过去。

霎时间，猫儿变了个模样，男孩子几乎不敢相信他就是刚才的那个畜生。他浑身的毛全都一根根笔直地竖起来，腰拱成弓状，四条腿仿佛绷紧的弹弓，尖尖的利爪在地上刨动着，那条尾巴缩得又短又粗，两只耳朵朝后贴去，血盆大口发出呼哧呼哧的咆哮，一双怒目瞪得滚圆滚圆的，喷射着血红色的火光。

男孩子不愿被一只猫吓得畏缩起来，他朝前逼近一步。这时候，猫儿一个虎跃扑到了男孩子身上，把他掀倒在地上，前爪踏住了他的胸膛，血盆大口对准他的咽喉一口咬下去。

男孩子感觉到猫儿的利爪刺穿了背心和衬衣，戳进了他的皮肉里面，猫的大尖牙在他的咽喉上磨来蹭去。他使出了全身力气，放声狂呼救命。

可是没有人来。他认定这下子完了，他的死期来到了。就在这时，他忽然觉得猫儿把利爪缩了回去，也松开了他的喉咙。

“算啦，”猫儿慷慨地说道，“这一回就算啦，我看在女主人的面子上饶了你这一次。我只不过想让你领教领教，咱们两个之间现在究竟谁厉害。”

猫儿说完这几句话扭身走开了，他又像刚来时那样温顺善良。男孩子羞愧得一句话也说不出来，三步并作两步跑到牛棚里去寻找小精灵。

牛棚里只有三头奶牛。男孩子一走进去，里面顿时喧闹起来，声音响成一片，听起来直叫人以为里面至少有三十头奶牛。

“哞，哞，哞——”那头名叫五月玫瑰的奶牛吼叫道，“好极了，世界上还有公道！”

“哞，哞，哞——”三头奶牛齐声吼叫起来，她们的声音一个盖过一个，他简直没法子听清她们在叫喊什么。

男孩子想要张口问问小精灵住在哪里，可是奶牛们闹得天翻地覆，他根本没法子让她们听见自己讲的话。她们怒气冲冲，就像他平日把一条陌生的狗放进来，在她们之间乱窜时的情景一样。奶牛们后腿乱蹦乱踢，脖子来回晃动，脑袋朝外伸出，尖角都直对着他。

“你快上这儿来，”五月玫瑰吼叫道，“我一定要踢你一蹄子，准叫你永远忘不了！”

“你过来，”另一头名叫金百合花的奶牛哼哼道，“我要把你吊在我的犄角上跳舞！”

“你过来，我要让你尝尝挨木头鞋揍的滋味，你在去年夏天老是这么打我。”那头名叫小星星的奶牛也怒吼道。

“你过来，你曾把马蜂放进我的耳朵里，现在我要你得到报应。”金百合花狠狠地咆哮。

五月玫瑰是她们当中年纪最大、最聪明的一头牛，她的怒气也最大。“你过来，”她训斥说，“你干了那么多坏事，我要让你得到相应的惩罚。有多少次你从你妈妈身下抽走她挤奶时坐的小板凳！有多少次你妈妈提着牛奶桶走过的时候你伸出腿来把她绊倒！又有多少次你气得她站在这儿为你直流眼泪！”

男孩子想要告诉她们，他已经后悔了，过去他一直欺负她们，只要她们告诉他小精灵在哪里，他一定会好好地待她们。然而奶牛们都不听他的，嚷得非常凶，他真害怕有哪头牛会挣脱缰绳冲过来，于是他不得不趁早从牛棚里溜出来。

他垂头丧气地走到外面。他心里明白，这个农庄上恐怕不会有人肯帮他的忙去寻找小精灵的。再说就算他找到了小精灵，也不见得会有多大用处。

他爬上了围绕农庄的那堵厚厚的石头围墙，围墙上长满荆棘，还爬满黑莓的藤蔓。他在那里坐了下来，思索着万一变不回去，不再是人的话，那日子怎么过呀！爸爸妈妈回家后一定会大吃一惊。是呀，全国各地的人都会大吃一惊呢，从东威曼豪格镇、托尔坡镇还有斯可鲁坡镇都会有人来看他的洋相，整个威曼豪格县远远近近都会有人赶来看他。说不定，爸爸和妈妈还会把他领到基维克的集市上去给大家开开眼呢。

唉，他愈想愈害怕。他真想从今以后再也没有一个人看到他的怪模样。

他真是太不幸了。世界上再也没有一个人像他那样不幸。他已经不再是人，而变成一个妖精了。

他渐渐地明白过来，要是他变不回去，不再是人了，那会有什么结果。他将丧失人世间所有的一切：他再也不能同别的孩子一起玩耍，也不能继承父母的小农庄，而且休想找到一个肯同他结婚的姑娘。

他坐在那里，凝视着自己的家。那是一幢很小的农舍，圆木做成的梁柱，泥土垒成的墙壁，它仿佛承受不了那高高的干草房顶的重压而深深陷进了地里。外面的偏屋也小得可怜。耕地更是窄得几乎难容一匹马翻身打滚。尽管这个地方那么小，那么贫穷，对他来说已经是好得不能再好了。他现在只消有个牛棚地板底下的洞穴就可以容身了。

天气真是好极了，沟渠里流水淙淙作响，枝头上绿芽绽放，小鸟叽叽喳喳在啼叫，四周一片欣欣向荣。而他坐在那里，心情非常沉重，难过得要命。什么事情都无法使他高兴起来。

他从来没有见过天空像今天那样碧蓝。候鸟成群结队匆匆飞翔。他们长途跋涉刚刚从国外飞回来，横越波罗的海，绕过斯密格霍克，正在朝北飞去。一群群鸟各色各样，种类不同，可是他只认出了几只大雁，他们分为两行，排成楔形的队伍飞行前进。

已经有好几群大雁飞过去了，飞得很高很高，然而他还能隐约地听到他们在叫喊："加把劲儿飞向高山！加把劲儿飞向高山！"

大雁们看到那些正在院子里慢慢吞吞迈着方步的家鹅时，便朝地面俯冲下来，齐声喊道："跟我们一起来吧！跟我们一起来吧！一起飞向高山！"

家鹅禁不住仰起了头仔细倾听。可是他们明智地回答说："我们的日子过得很好！我们的日子过得很好！"

就像刚才讲的那样，这一天天气格外晴朗，空气是那么新鲜，那么和煦。在这样的晴空中翱翔，那真是一种绝妙的乐趣。随着一群又一群大雁飞过，家鹅越来越蠢蠢欲动了。有好几次，他们拍起翅膀，似乎打算跟着大雁一起飞上蓝天。可是有一只上了年岁的鹅妈妈每次都告诫说："千万别发疯！他们在空中一定又挨饿又受冻。"

大雁的呼唤使得一只年轻的雄鹅怦然心动，真的萌发了长途旅行的念头。"再过来一群，我就跟他们一起去。"他说道。

又有一群大雁飞过来了，他们照样呼唤。这时候那只年轻的雄鹅就回答说："等一下，等一下，我来啦！"

他张开两只翅膀，扑向空中。但是他不经常飞行，结果又跌下来，落到地面上。

大雁们大概听见了他的叫喊，他们掉转身体，慢慢地飞回来，看看他是不是真的要跟上来。

“等一下，等一下！”他叫道，又做了一次新的尝试。

躺在石头围墙上的男孩子对这一切听得一清二楚。“哎哟，这只大雄鹅飞走的话，那该是多么大的损失呀，”他想道，“爸爸妈妈回来后，一看大雄鹅不见了，一定会非常伤心的。”

他这么想的时候却又忘记了自己是那么矮小，那么没有力气。他从墙上跳了下来，恰好跳到鹅群当中，用双臂紧紧抱住了雄鹅的脖子。“你可千万别飞走啊！”他央求着喊道。

不料就在这一瞬间，雄鹅恰恰弄明白了应该怎样做才能离开地面腾空而起。他来不及停下来把男孩子从身上抖掉，只好带着他一起飞到了空中。

男孩子一下子升到空中，感到头晕目眩。等到他想放开雄鹅脖子的时候，他早已在高空了。如果他这时再松开手，必定会掉下去，摔得粉身碎骨。

如果想要舒服一点，他就得爬到鹅背上去。他费了九牛二虎之力，终于爬了上去。不过要在光溜溜的鹅背上坐稳，也不是一件容易的事。他不得不用两只手牢牢地抓住雄鹅的羽毛，免得滑落下去。

方格子布

男孩子觉得天旋地转，好长一段时间头脑晕乎乎的。一阵阵气流强劲地朝他扑面吹来。随着翅膀的上下扇动，翎毛里发出暴风雨般的呜呜巨响。有十三只大雁在他身边飞翔，个个都奋力振翅，放声啼鸣。他的眼前天旋地转，耳朵里嗡嗡作响。他不知道大雁们飞行的高度，也不知道他们究竟飞向哪里。

后来，他的头脑终于清醒了一些，他想他应该弄明白那些大雁究竟把他带到了哪里。不过这并不容易做到，因为他不晓得自己有没有勇气低头朝下看。他几乎敢肯定，只要朝下一看，他非眩晕不可。

大雁们飞得并不特别高，因为这位新来的旅伴在稀薄的空气中会透不过气来。为了照顾他起见，他们比平常飞得慢一点。

后来男孩子勉强朝地面上瞄了一眼。他觉得在自己的身下，铺着一块很大很大的布，布面上分布着数目多得叫人难以相信的大大小小的方格子。

“我究竟来到了什么地方呀？”他问道。

除了接二连三的方格子以外，他什么都看不见。有些方格是菱形的，有些是长方形的，但是每块方格都有棱有角，四边笔直。既看不到有圆形的，也看不到有曲里拐弯的东西。

“我朝下看到的究竟是怎样的一块大方格子布呢?”男孩子自言自语地问道,并不期待有人回答他。

但是,在他身边飞翔的大雁马上齐声叫道:“耕地和牧场,耕地和牧场。”

这一下他恍然大悟,那块大方格子布原来就是斯康耐的平坦大地,而他就在它的上空飞行。他开始明白过来,为什么大地看上去是那么色彩斑斓,而且都是方格子形状的。那些碧绿的方格子他首先认出来了,那是去年秋天播种的黑麦田,在积雪的覆盖下一直保住了绿色。那些灰黄色的方块是去年夏天庄稼收割后残留着麦茬的田地。那些褐色的是老苜蓿地,而那些黑色的是还没有长出草来的牧场或者已经犁过的休耕地。

那些镶着黄色边的褐色方块想必是山毛榉树林,因为在这种树林里大树多半长在中央,到了冬天树叶脱落得光秃秃的,而长在树林边上的那些小山毛榉树却能够把枯黄的干树叶保存到来年春天。还有些颜色暗淡模糊而中央部分呈灰色的方块,那是很大的庄园,四周盖着房屋,屋顶上的干草已经变得黑乎乎的,中央是铺着石板的庭院。还有些方格,中间部分是绿色的,四周是褐色的,那是一些花园,草坪已经开始泛出绿色,而四周的篱笆和树木仍然裸露着光秃秃的褐色躯体。

男孩子看清楚所有这一切都是那么四四方方的,忍俊不禁,嘻嘻地笑出声来。

大雁们听到他的笑声,便不无责备地叫喊道:“肥美的土地!肥美的土地!”

男孩子马上神情严肃起来。“哎呀,你碰上了最倒霉的事,亏你还笑得出来!”他想道。

他的神情庄重了没有多长时间，又笑了起来。

他越来越习惯于骑着鹅在空中迅速飞行了，所以不但能够稳稳当当地坐在鹅背上，还可以分神想点别的东西。他注意到天空中熙熙攘攘全都是朝北方飞去的鸟群，而且这群鸟同那群鸟之间还你喊我嚷，大声啼叫着打招呼。“哦，原来你们今天也飞过来啦。”有些鸟叫道。“不错，我们飞过来了。”大雁们回答说。“你们觉得今年春天的光景怎么样？”“树木上还没有长出一片叶子，湖里的水还是冰凉的哩。”有些鸟儿这样说道。

大雁们飞过一处地方，那里有些家禽在场院里信步而走，他们鸣叫着问道：“这个农庄叫什么名字？这个农庄叫什么名字？”有只公鸡仰起头来朝天大喊：“这个农庄叫作‘小田园’！今年和去年，名字一个样！今年和去年，名字一个样！”

在斯康耐这个地方，农家田舍多半是跟着主人的姓名来称呼的。然而，那些公鸡却不愿约定俗成地回答说：这是彼尔·马蒂森的家，或者那是乌拉·布森的家。他们挖空心思给各个农舍起些更名副其实的名字。如果他们住在穷人或者佃农家里，他们就会叫道：“这个农庄名字叫作‘没余粮’！”而那些最贫困的人家的公鸡则叫道：“这个农庄名叫‘吃不饱’，‘吃不饱’！”

那些日子过得红火的富裕大农庄，公鸡们都给起了响亮动听的名字，什么“幸福地”啦，“蛋山庄”啦，还有“金钱村”啦，等等。

可是贵族庄园里的公鸡又是另外一个模样，他们太高傲自大，不屑于讲这样的俏皮话。有过这样一只公鸡，他用足力气来啼叫，声音响彻云霄，大概想让太阳也听到他的声音。他喊道：“本庄乃迪贝克老爷的庄园！今年和去年，名字一个样！今年和去年，名字一个样！”

就在稍过去一点的地方，另外一只公鸡也在啼叫：“本庄乃天鹅岛庄园，想必全世界都知道！”

男孩子注意到大雁们并没有笔直地往前飞。他们在整个南方平原各个角落的上空盘旋翱翔，似乎对来到斯康耐旧地重游感到分外喜悦，所以他们想要向每个农庄问候致意。

他们来到了一个地方，那里矗立着几座雄伟而笨重的建筑物，高高的烟囱指向空中，周围是一片稀疏的房子。“这是约德伯亚糖厂，”大雁们叫道，“这是约德伯亚糖厂！”

男孩子坐在鹅背上顿时全身一震，他早该把这个地方认出来的。这家厂离他家不远，他去年还在这里放过鹅呢！这大概是从空中看下去，一切东西都变了样的缘故。

唉，想想看！唉，想想看！放鹅的小姑娘奥萨还有小马茨，他去年的小伙伴，不知道他们现在怎么样。男孩子真想知道他们是不是还在这里走动。万一他们知道他就在他们的头顶上高高飞过，他们会说些什么呢？

约德伯亚渐渐从视野中消失了。他们飞到了斯威达拉和斯卡伯湖，然后又折回到布里恩格修道院和海克伯亚的上空。男孩子在这一天见到的斯康耐的地方比他从出生到骑鹅飞上天空前那么多年里所见到的还要多。

大雁们看到家鹅的时候，最开心不过了。他们会慢慢地飞到家鹅头顶上，向下喊道：“我们飞向高山，你们也跟着来吗？你们跟着来吗？”

可是家鹅回答说：“地上还是冬天，你们出来得太早了，快回去吧，快回去吧！”

大雁们飞得低一些了，为的是让家鹅听得更清楚，同时喊道："快来吧，我们会教你们飞上天和下水游泳。"

这一来家鹅都生起气来，连一声"呀呀"也不回答。

大雁们飞得更低了，身子几乎擦到地面，然而又像电光火花一般直冲空中，好像突然受到了什么惊吓。

"哎呀，哎呀！"他们惊呼道，"这些原来不是家鹅，而是一群绵羊，而是一群绵羊！"

地上的家鹅气得暴跳如雷，狂怒地喊叫："但愿你们都挨枪子儿，都挨枪子儿，一个都不剩，一个都不剩！"

男孩子听到这些嘲弄和戏谑，禁不住哈哈大笑起来。就在这时候，他想起了自己是如何倒霉的，又忍不住呜呜咽咽地哭了起来。可是，过了一会儿他又笑了。

他从来不曾以这样猛烈的速度向前飞驰过，虽然他一直想这么做。他当然也从未想象过在空中遨游竟会这样痛快惬意。地面上冉冉升起一股泥土和松脂的芬芳味道。他从来也没想象过在离开地面那么高的地方翱翔是怎样的滋味。这就好像从一切能想得到的忧愁、悲伤和烦恼中飞了出去一样。

大雪山来的大雁阿卡

傍 晚

那只白色大雄鹅跟随雁群一起在空中飞行，现在他能够开心地同大雁们一起在南部平原的上空来回游览，并且还可以戏弄别的家禽。可是，不管他有多么开心，都无济于事，到了下午晚些时候，他开始感到疲倦了。他竭力加深呼吸，加速拍动翅膀，然而仍旧远远地落在别的大雁后边。

那几只飞在末尾的大雁发现这只家鹅跟不上队伍了，这时便向飞在最前头的领头雁喊道："喂，大雪山来的阿卡！喂，大雪山来的阿卡！"

"你们喊我有什么事？"领头雁问道。

"白鹅掉队啦！白鹅掉队啦！"

"快告诉他，快点飞比慢慢飞要省力！"领头雁回答说，并且照样向前伸长翅膀划动。

雄鹅尽力按照她的劝告去做，努力加快速度，可是他已经筋疲力尽，径直朝耕地和牧场四周已经剪过枝的柳树丛中坠落下去。

"阿卡，阿卡，大雪山来的阿卡！"那些飞在队尾的大雁看到雄鹅苦苦挣扎,于是又喊道。

“你们又喊我干什么?”领头雁问道,听得出来她有点不耐烦了。

“白鹅朝地上坠下去啦! 白鹅朝地上坠下去啦!”

“告诉他,飞得高比飞得低更省劲!”领头雁说着,一点也不放慢速度,照样划动翅膀往前冲。

雄鹅本想按照她的规劝去做,可是往上飞的时候,他却喘不过气来,连肺都快要炸开了。

“阿卡,阿卡!”飞在后面的那几只大雁又呼叫起来。

“难道你们就不能让我安安生生地飞吗?”领头雁比早先更加不耐烦了。

“白鹅快要撞到地上去啦,白鹅快要撞到地上去啦!”

“对他讲,跟不上队伍可以回家去!”她气冲冲地说,她的脑子里似乎根本没有要减慢速度的念头,而是像早先一样快速地向前划动翅膀。

“嘿,原来是这么一回事啊。”雄鹅暗自思忖道。他这下子明白过来,大雁根本就没有真正打算带他到北部的拉普兰去,而只是把他带出来散散心罢了。

白鹅非常恼火,自己心有余而力不足,没有能耐向这些流浪者展示一下,哪怕是一只家鹅也能够做出一番事业来。最叫人受不了的是他同大雪山来的阿卡碰在一起了,尽管他是一只家鹅,但也听说过有一只一百多岁的、名叫阿卡的领头雁。她的名声非常大,那些最好的大雁都愿意跟她结伴而行。不过,再也没有谁比阿卡和她的雁群更看不起家鹅了,所以他想让他们看看,他跟他们是不相上下的。

他跟在雁群后面慢慢地飞着，心里在盘算到底是掉头回去，还是继续向前。这时候，他背上驮着的那个小人儿突然开口说道："亲爱的莫顿，你应该知道，你从来没有飞上天过，要想跟着大雁一直飞到拉普兰，那是办不到的。你为什么不在活活摔死之前赶快飞回去？"

雄鹅听了男孩子的话，感到浑身不舒服，如果连这个可怜虫都不相信他有能耐完成这次飞行，他就更要坚持飞下去。"你要是再多嘴，我就把你摔下去！"雄鹅气呼呼地叫起来。他一气之下，竟然力气大了好多，能够同别的大雁飞得差不多快了。

当然，要长时间地飞行他是坚持不住的，况且也并不需要，因为太阳迅速地落山了。太阳刚刚落下去，雁群就赶紧往下飞。男孩子和雄鹅还没有回过神来，就已经站在维姆布湖的湖滨了。

"这么说，我们要在这个地方过夜啦。"男孩子心想，然后从鹅背上跳了下来。

他站在一条狭窄的沙岸上，面前是一个相当开阔的大湖。湖面上几乎满满地覆盖着一层皱皮般的冰层，这层冰已经发黑，凹凸不平，而且处处都有裂缝和洞孔。冰层用不了多久就会消融干净，它已经同湖岸分开，周围形成了一条带状的黑得发亮的水流。

湖对岸好像是一片明亮的开阔地带，雁群栖息的地方却是一片大松林。看样子，这片针叶林有股力量，能够把冬天拴在自己的身边。其他地方已经冰消雪融，露出了地面，而在松树枝条繁密的树冠底下仍然残存着积雪，这里的积雪融化了又冻结起来，融化了又冻结起来，所以坚硬得像冰一样。

男孩子觉得他来到了冰天雪地的荒原，他心情苦恼，真想号啕大哭一场。

他肚子咕噜咕噜叫，饿得很，已经有整整一天没有吃东西了。可是到哪儿去找吃的呢？现在刚刚是三月，地上或者树上都还没有长出一些可以吃的东西来。

唉，他到哪里去寻找食物呢？有谁会给他房子住呢？有谁会为他铺床叠被呢？有谁来让他在火炉旁边取暖呢？又有谁来保护他不受野兽伤害呢？

太阳早已隐没，湖面上吹来一股寒气，夜幕自天而降，恐惧和不安也随着黄昏悄悄地来到。大森林里开始发出淅淅沥沥的响声。

男孩子在空中遨游时那种兴高采烈的喜悦已经消失殆尽。他惶恐不安地环视他的那些旅伴，除了他们，他是无人依靠了。

这时候，他看到那只大雄鹅的境况比自己还要糟糕。他一直趴在原来降落的地方，样子像是马上就要断气了，脖子无力地瘫在地上，双眼紧闭，呼吸微弱。

“亲爱的大雄鹅莫顿，”男孩子说，“试试去喝点水吧！这里离湖边只有两步路。”

可是大雄鹅一动也不动。

男孩子过去对动物都很残忍，对这只雄鹅也是如此。此时此刻他只觉得雄鹅是他唯一的依靠，他害怕得要命，弄不好他会失去雄鹅。他赶紧动手推他、拉他，设法把他弄到水边去。雄鹅又大又重，男孩子费了九牛二虎之力才把他推到水边。

雄鹅把脑袋钻进了湖里，在泥浆里一动不动地躺了半晌，不久就把嘴巴伸出来，抖掉眼睛上的水珠，呼哧呼哧地呼吸起来。后来他元气恢复过来，在芦苇和蒲草之间游了起来。

大雁们比他先到湖面上。他们降落后，既不照料雄鹅，也不管鹅背上驮的那个人，而是扎着猛子钻进水里。他们游泳，洗刷羽毛，然后吃那些半腐烂的水浮莲和水草。

那只白雄鹅交上了好运，一眼瞅见了水里有条小鲈鱼。他一下子把它啄住，游到岸边，把它放在男孩子面前。

“这是送给你的，谢谢你帮我下到水里。”他说。

在这整整一天的时间里，男孩子第一次听到亲切的话。他那么高兴，真想伸出双臂紧紧地抱住雄鹅的脖子，但是他不敢这样冒失。他也很高兴能有条鱼来充饥，一开始他觉得自己一定吃不下生鱼的，可是饥饿逼得他想尝尝鲜了。

他朝身上摸了摸，看看小刀带在身边没有。幸好小刀随身带着，拴在裤子的纽扣上。不用说，那把小刀也变得很小很小了，只有火柴杆那么长。行吧，他就凭着这把小刀把鱼鳞刮干净，把内脏挖出来。不消多少时间，他就把那条鱼吃光了。

男孩子吃饱之后却不好意思起来，因为他居然能够生吞活剥地吃东西了。“唉，看样子我已经不是一个人，而是一个货真价实的妖精啦。”他暗自思忖道。

在男孩子吃鱼的那段时间里，雄鹅一直静静地站在他身边。等他咽下最后一口食物，雄鹅才放低了声音说道：“我们碰上了一群趾高气扬的大雁，他们看不起所有的家禽。”

“是呀，我已经看出来了。”男孩子说。

“倘若我能够跟着他们一直飞到最北面的拉普兰，让他们见识见识，一只家鹅也照样可以干出一番轰轰烈烈的事业来，这对我来说是十分光荣的。”

“哦……”男孩子一味支吾，拖长了声音。他不相信雄鹅果真能够实现他的那番豪言壮语，可是又不愿意反驳他。

“不过我认为光靠我自己单枪匹马地去闯，那是不能把这一趟旅行应付下来的，”雄鹅说，“所以我想问问你，你是不是肯陪我一起去，帮帮我的忙？”

当然，男孩子除了急着回家外，什么别的想法都没有，一时间不知道应该怎样回答才好。

“我还以为，你和我，咱俩一直是冤家对头呢。”他终于这样回答。可是雄鹅似乎早已把这些全都抛到脑后去了，他只牢记着男孩子刚才救过他的性命。

“我只想赶快回到爸爸妈妈身边去。”男孩子说出了自己的心思。

“那么，到了秋天我一定把你送回去，”雄鹅说，“除非把你送到家门口，否则我是不会离开你的。”

男孩子思忖起来，隔一段时间再让爸爸妈妈见到他，这个主意倒也挺不错。他对这个提议也不是一点不动心。他刚要张口说他同意一起去，身后传来了一阵呼啦啦的巨响。原来大雁们一齐从水中飞了上来，站在那儿抖掉身上的水珠。然后他们排成长队，由领头雁率领着朝他们这边过来了。

这时候，那只白雄鹅仔细地观察着这些大雁，心里很不好受。他本来以为，他们的相貌会像家鹅，而他就可以认为自己同他们有亲属关系。但大雁们的身材要比他小得多，他们当中没有一只是白色的，几乎只只都是灰色，有的身上还有褐色的杂毛。他们的眼睛简直叫他感到害怕，黄颜色、亮晶晶的，似乎眼睛背后有团火焰在燃烧。雄鹅生来就被灌输这样一种念头：走起路来要慢吞吞、一步三摇头地踱方步，这样的姿势才最为适合。然而这些大雁不是在行走，而是半奔跑半跳跃。他看到他们的脚，心里更不是滋味，因为他们的脚都很大，而且脚掌都磨出了伤痕。可以看出来，大雁们从来不在乎脚下踩到什么东西，他们也不愿遇到了麻烦就绕道走。他们相貌堂堂，羽翎楚楚，不过脚上那副寒酸相却令人一眼看出他们是来自荒山僻野的穷苦者。

雄鹅凑近男孩子的耳朵说道："你要大大方方地回答问话，可是不必说出你是谁。"雄鹅刚来得及说了这么一句话，大雁们就已经来到了他们面前。

大雁们在他们面前站定身躯，伸长脖子，频频点头行礼。雄鹅也行礼如仪，只不过点头的次数更多一些。等到互致敬意结束之后，领头雁说道："现在我们想请问一下，您是何等人物？"

"关于我，没有太多的话可说，"雄鹅说道，"我是去年春天在斯堪诺尔出生的。去年秋天，我被卖到西威曼豪格村的豪尔格尔·尼尔森家里。于是我就一直住在那里。"

"这么说来，你的出身并不高贵，本族里没有哪一个值得炫耀的，"领头雁说道,“你究竟哪来的这股子勇气,居然敢加入大雁的行列里?”

“或许恰恰因为如此,我才想让你们大雁瞧瞧我们家鹅也不是一点出息都没有的。”

“行啊,但愿如此,假如你真能让我们长长见识的话,”领头雁说道,“我们已经看到你飞得还可以,不过除此之外,你也许更擅长别的运动技能。说不定你善于长距离游泳吧!”

“不行,我并不擅长。”雄鹅说道。他隐隐约约看出领头雁拿定主意要撵他回家,所以他根本不在乎怎样回答。“我除了游过一个坑,还没有游过更长的距离。”他继续说道。

“那么,我猜你准是个长跑冠军喽!”领头雁又问道。

“我从未见过哪只家鹅能奔善跑,我自己也不会奔跑。”雄鹅回答说,这一来使得事情比刚才还糟糕。

大白鹅现在可以断定,领头雁必定会说,无论如何不能够收留他。但他非常惊奇地听到领头雁居然答应说:“唔,你回答得很有勇气。而有勇气的鹅能成为一个很好的旅伴,即使他在开头不熟练也没有关系。你跟我们再待一两天,让我们看看你的本事,你觉得好不好?”

“我很满意这样的安排。”雄鹅兴高采烈地回答。

随后,领头雁噘起扁嘴问道:“你带着一块来的这位是谁?像他这样的家伙我还从来没有见过呢。”

“他是我的旅伴,”雄鹅回答说,“他生来就是看鹅的,带他一起在旅途中是会有用处的。”

“好吧,对一只家鹅来说大概有用处,”领头雁不以为然地说道,“你怎么称呼他？”

“他有好几个名字。”雄鹅吞吞吐吐地说道，一时间竟想不出来怎样掩饰过去才好，因为他不愿意泄露这个男孩子有个人的名字。“哦，他叫大拇指儿。”他终于急中生智地回答说。

“他同小精灵是一个家族的吗？”领头雁问道。

“你们大雁每天大概什么时候睡觉？”雄鹅突如其来地问道，试图避而不答最后一个问题，“到了这么晚的时候，我的眼皮就会合在一起啦。”

不难看出，那只同雄鹅讲话的大雁已经上了年纪。她周身的羽毛都是灰白色，没有一根深颜色的杂毛。她的脑袋比别的大雁更大一些，双腿比他们更粗壮，脚掌比他们磨损得更厉害。羽毛硬邦邦，双肩瘦削，颈子细长，所有这些都表明年岁不饶人，唯独一双眼睛没有受到岁月的煎熬，仍旧炯炯有神，似乎比别的大雁的眼睛更年轻。

这时候她转过身来神气活现地对雄鹅说：“雄鹅，告诉你，我是从大雪山来的阿卡，靠在我右边飞的是从瓦西亚尔来的亚克西，靠在我左边飞的是诺尔亚来的卡克西。记住，右边的第二只是从萨尔耶克恰古来的科尔美，在左边的第二只是斯瓦巴瓦拉来的奈利亚。在他们后边飞的是乌维克山来的维茜和从斯恩格利来的库西！记住，这几只雁同飞在队尾的那六只雁，三只右边的，三只左边的，他们都是出身于最名贵的家族里的高山大雁！你不要把我们当作可以和随便什么人结伴混在一起的流浪者。你也不要以为我们会让哪个不愿意说出自己来历的家伙和我们睡在一起。”

当领头雁阿卡用这种神态说话的时候，男孩子突然朝前走了一步。雄鹅在谈到自己的时候那么爽快利落，在谈到他的时候却那么吞吞吐吐，这使得他心里很不好受。

“我不想隐瞒我是谁，”他说道，“我的名字叫尼尔斯·豪格尔森，是个佃农的儿子，直到今天为止我一直是一个人，可是今天上午……”

男孩子没有来得及说下去。他刚刚说到他是一个人的时候，领头雁猛然后退三步，别的大雁往后退得更远一些，他们一个个伸长了脖子，暴怒地朝他鸣叫起来。

“自从在湖边第一眼看到你起，我就起了疑心，”阿卡嚷道，“现在你马上从这里滚开！我们不能容忍有个人混到我们当中！”

“那是犯不着的呀，”雄鹅从中调解说，“你们大雁用不着对这么个小人儿感到害怕，到了明天他当然应该回家去，可是今天晚上你们务必要留他跟我们一起过夜。要是让这么一个可怜的人儿在黑夜里单独去对付鼬鼠和狐狸，我们当中有哪一个能够交代得过去？”

领头雁于是走近了一些，但是看样子她还是很难压制住自己心里的恐惧。“我可领教过人的滋味，不管他是大人还是小孩，都叫我害怕，”她说道，“雄鹅，不过要是你能担保他不会伤害我们的话，他今天晚上可以同我们留在一起。可是我觉得我们的宿营地无论是对你还是对他恐怕都不大舒服，因为我们打算到那边的浮冰上去睡觉。”

她以为，雄鹅听到这句话就会踌躇起来，不料他丝毫不动声色。“你们挺聪明，懂得怎样挑选一个安全的宿营地。”

“可是你要保证他明天一定回家去。”

“这么说，我也不得不离开你们啦，”雄鹅说，“我答应过决不抛弃他。”

“你乐意往哪儿飞，就听凭自便吧！”领头雁冷冷地说道。

她振翅向浮冰飞过去，其他大雁也一只接一只跟着飞了过去。

男孩子心里很难过，他到拉普兰去的这趟旅行终于没有指望了，再说他也对露宿在这么寒冷刺骨的黑夜里感到胆战心惊。“大雄鹅，事情越来越糟糕了，”他惶恐不安地说，“首先，我们露宿在冰上会冻死的。”

可是，雄鹅却勇气十足。“没啥要紧，”他安慰说，“现在我只要你赶快动手收集干草，你尽自己的力气能抱多少就抱多少。”

男孩子抱了一大抱干草，雄鹅用喙叼住他的衬衫衣领，把他拎了起来，飞到了浮冰上。这时大雁都已经双脚伫立，把喙缩在翅膀底下，呼呼地睡着了。

“把干草铺在冰上，这样我可以有个站脚的地方，免得把脚冻在冰上。你帮我忙，我也帮你忙！”雄鹅说道。

男孩子照着吩咐做了。在他把干草铺好之后，雄鹅再一次叼起他的衬衫衣领，把他塞到翅膀底下。“我想你会在这儿暖暖和和地睡个好觉的。”说着他把翅膀夹紧起来。

男孩子在羽毛里被裹得严严实实，他无法答话。他躺在那里既暖和又舒适，而且真的非常疲乏了，一眨眼工夫他就睡着了。

黑　夜

浮冰是变幻无常、神秘莫测的，因此它是靠不住的，这是一条千真万确的真理。到了半夜里，维姆布湖面上那块和陆地毫不相连的大浮冰渐渐移动起来，有个地方竟同湖岸连接在一起了。这时候，有一只夜里出来觅食的狐狸看见了这个地方。那只狐狸名叫斯密尔,那时候住在大湖对岸的厄维德修道院的公园里。斯密尔本来在傍晚的时候就已经看到了这些大雁,不过他当时不敢指望抓到一只。这时候他一下子跳到浮冰上。

正当斯密尔快到大雁身边的时候,他脚底下一滑,爪子在冰上刮出了响声。大雁们顿时惊醒过来,拍动翅膀,冲天而起。可是斯密尔实在来得猝不及防,他像断线的风筝一般纵身跳过去,一口咬住一只大雁的翅膀,叼起来回头就往陆地上跑。

然而这一天晚上,露宿在浮冰上的不只是一群大雁,他们当中还有一个人,不管他怎么小,他毕竟是个人。男孩子在雄鹅张开翅膀的时候惊醒过来,他摔倒在冰上,睡眼惺忪地坐在那儿,起初弄不明白怎么会这样乱成一团。后来他一眼瞅见有只四条腿短短的小狗嘴里叼着一只大雁从冰上跑掉时,这才明白发生这场骚乱的原因。

男孩子马上追赶过去,想要从狗嘴里夺回那只大雁。他听到雄鹅在他身后高声呼叫:“当心啊,大拇指儿!当心啊,大拇指儿!”可是,男孩子觉得像这么小的一只狗哪用得着害怕,所以一往无前地冲过去。

那只被狐狸斯密尔叼在嘴里的大雁听到了男孩子的木鞋踩在冰上发出的呱嗒呱嗒的响声。她几乎不敢相信自己的耳朵。“说不定这个小人儿是想把我从狐狸嘴里夺过去?”她怀疑起来。尽管处境糟糕,她还是直着嗓门呱呱地呼叫起来,声音听起来就像哈哈大笑一样。

“可惜他只要一奔跑,就会掉到冰窟窿里去的。”她惋惜地想道。

尽管夜是那么黑,男孩子却仍然能够清清楚楚地看到冰面上的所有裂缝和窟窿,并且放大胆子跳了过去。原来他现在有了一双小精灵的夜视眼,在黑暗里也能够看得见东西。他看到了湖面和岸边，就像在大白天一样看得清清楚楚。

狐狸斯密尔从浮冰同陆地相连的地方上了岸，正当他费劲地顺着湖堤的斜坡往上奔跑的时候，男孩子朝他喊道：“把大雁放下，你这个坏蛋！”

斯密尔不知道喊叫的那个人是谁，也顾不得回头向后看，只是拼命地向前奔跑。

狐狸跑进一片树干高大而挺拔的山毛榉树林里，男孩子在后面紧追不舍，根本想都不想会碰到什么危险。他一心只想着昨天晚上大雁们是怎么奚落他的，他要向他们证明：一个人不管他身体怎样小，毕竟比别的生物更通灵性。

他一遍又一遍地朝那只狗喊叫，要他把叼走的东西放下来。“你到底是一只什么样的狗，居然不要脸偷了一整只大雁！”他叫道，“马上把她放下，否则你等着瞧要挨一顿怎样的痛打！马上把她放下，否则我要向你的主人告状，叫他轻饶不了你！”

当狐狸斯密尔听到自己被人误认为是一只怕挨打的狗时，他觉得十分可笑，几乎连嘴里叼着的那只大雁也差点儿掉出来。斯密尔是个无恶不作的大强盗，他不满足于在田地里捕捉田鼠和耗子，还敢于窜到农庄上去叼鸡和鹅。他知道这一带人家看见他都害怕得要命，所以像这样荒唐的话他从小到现在还真没有听到过。

可是男孩子跑得那么快，他觉得那些粗壮的山毛榉树似乎在他身边哗啦啦地往后闪开。他终于赶上了斯密尔，用手一把抓住他的尾巴。“现在我要把大雁从你嘴里抢下来！”他大声喊道，并且用尽全身力气攥住狐狸的尾巴。但是他没有那么大的力气，拖不住斯密尔。狐狸拖着他往前跑，山毛榉树的枯叶纷纷扬扬地飘落在他的身边。

这时候斯密尔好像明白过来，原来追上来的人对他没什么危险。他停下来，把大雁撂到地上，用前爪按住，免得她得空逃走。狐狸低下头去寻找大雁的咽喉，想要一口咬断它，可是转念一想，还不如先逗逗那个小人儿。“你快滚开，跑回去向主人哭哭啼啼吧！我现在可要咬死这只大雁啦！”他冷笑着说道。

男孩子看清他追赶的那只狗长着很尖很尖的鼻子，听到它叫声嘶哑而野蛮，猛然心头一惊。可是狐狸那么贬低他、捉弄他，他气得连害怕都顾不上了。他攥紧了狐狸尾巴，用脚蹬住一棵山毛榉树的树根。正当狐狸张开大嘴朝大雁咽喉咬下去的时候，他使出浑身力气猛地一拽。斯密尔不曾提防，被他拖得往后倒退了两三步。这样大雁就抽空脱身了，她吃力地拍动翅膀腾空而起。她的一只翅膀已经受伤，几乎不能再用，加上在这漆黑的森林里她什么也看不见，就像一个瞎子那样无能为力，所以她帮不上男孩子什么忙，只好从交叉的枝丫织成的顶篷上的空隙中钻出去，飞回到湖面上。

可是斯密尔恶狠狠地朝男孩子直扑过去。“我吃不到那一个，就要弄到手这一个。”他吼道，从声音里听得出来他是多么恼怒。

“哼，你休想。”男孩子说。救出了大雁让他心里非常高兴。他一直死死地攥住狐狸的尾巴，当狐狸转过头来想抓住他的时候，他就抓着尾巴闪到另外一边。

这简直像是在森林里跳舞一样，山毛榉的落叶纷纷飘旋而下，斯密尔转了一个圈子又转一个圈子，可是他的尾巴也跟着打转，男孩子紧紧地抓住尾

巴躲闪，狐狸无法抓住他。

男孩子起初为自己这么顺利地对付得了而非常开心，他哈哈大笑，逗弄着狐狸。可是斯密尔像所有善于追捕的老猎手一般非常有耐力，时间一长，男孩子禁不住害怕起来，担心这样下去迟早要被狐狸抓住。

就在这时，他一眼瞅见了一株小山毛榉树，它细得像根长杆，笔直穿过树林里纠缠在一起的枝条伸向天空。他忽然放手松开了狐狸尾巴，一纵身爬到那棵树上。而斯密尔急于抓住他，仍旧跟着自己的尾巴继续兜圈子，兜了很长时间。

“别再兜圈子了。”男孩子说道。

斯密尔觉得自己连这么一个小人儿都制不服，简直太出丑了，他就趴在这棵树下等机会。

男孩子跨坐在一根软软的树枝上，身子很不舒服。那株小山毛榉树还没长太高，够不到那些大树的树冠，所以他无法爬到另外一棵树上去，而他又不敢爬下地去。

他冷得要命，快要冻僵了，连树枝也抓不紧，而且还困得要命，可又不敢睡觉，生怕睡着了会摔下去。

啊，真想不到半夜里坐在森林里竟是那

么凄凉，那么令人恐惧，他过去从来不知道黑夜这个字眼的真正含义。这就像是整个世界都已经僵死，变成了化石，而且再也不会恢复生机。

天色渐渐发亮，尽管拂晓时分的寒冷比夜间更叫人受不了，男孩子心里却很高兴，因为一切又恢复了老样子。

太阳冉冉升起，它不是金灿灿的，而是红彤彤的。男孩子觉得，太阳似乎脸带怒容，他不明白它为什么气得满脸通红，大概是黑夜趁太阳不在的时候把大地弄得一片寒冷和凄凉的缘故吧！

太阳射出了万丈光芒，想要察看黑夜究竟在大地上干下了哪些坏事。四周一切东西的脸都红了起来，好像也因为跟随黑夜干了错事而感到羞惭。天空的云彩、像缎子一般光滑的山毛榉树、交织在一起的树枝、地上的山毛榉叶子上覆盖的白霜，全都在火焰般的阳光下染成了红色。

太阳的光芒愈来愈强烈，继续射向整个天空，不久，黑夜的恐怖就完全被赶走了。万物僵死得像化石的景象已经不复存在，大地又恢复了蓬勃的生机，飞禽走兽又开始忙碌起来。一只红脖子的黑色啄木鸟在啄打树干。一只松鼠抱着一个坚果钻出窝来，蹲在树枝上咬果壳。一只欧椋鸟衔着草根朝这边飞来。一只燕雀在枝头婉转啼叫。

于是，男孩子听懂了，太阳是在对所有这些小生灵说："醒过来吧！从你们的窝里出来吧！现在我在这里，你们就不用再提心吊胆啦！"

湖上传来了大雁的鸣叫声，他们排好队伍准备继续飞行。过了一会儿，十四只大雁呼啦啦地飞过了树林的上空。男孩子扯开喉咙向他们呼喊，但是他们飞得那么高，根本就听不到他那微弱的喊声。他们大概以为他早给狐狸当了点心，他们甚至一次也没有来寻找他。

男孩子伤心得快哭了，但是此刻太阳稳稳地立在空中，地露出了金光灿烂的大笑脸，为整个世界增加了勇气。“尼尔斯·豪格尔森，只要我在这儿，你就不用担心、害怕。”

大雁的捉弄

大约在一只大雁吃顿早饭那样长的时间里，树林里没有什么动静，但是清晨过后，上午刚刚开始的时候，有一只孤零零的大雁飞进了树林茂密的树枝底下。她在树干和树枝之间心慌意乱地寻找出路，飞得很慢很慢。斯密尔一见到她，就离开树下他原来待着的地方，蹑手蹑脚地去追踪她。大雁没有避开狐狸，而是紧挨在他身边飞着。斯密尔蹿起来扑向她，可惜扑了个空，大雁朝湖边飞去了。

没过多久，又飞来了一只大雁，她飞的样子同前面飞走的那只一模一样，不过飞得更慢、更低。她甚至还擦着斯密尔的身子飞过，斯密尔朝她扑过去的时候，蹿得更高，耳朵几乎碰到她的脚掌了。可是她却安然无恙地脱身闪开，像一个影子一样无声无息地朝湖边飞去。

过了一会儿，又飞来一只大雁，她飞得更低、更慢，好像在山毛榉树干之间迷了路找不到方向，斯密尔奋力向上一跃，几乎只差一根头发丝的距离就抓住她了，可惜终究还是让大雁逃脱了。

那只大雁刚刚飞走，第四只又接踵而至。她飞得有气无力、歪歪斜斜，斯密尔觉得要抓住她那是手到擒来。这一次他唯恐失败，所以打算放她过去算了，并没有扑过去。这只大雁飞的路线同其他几只一样，径自飞到了斯密尔的头顶上，她身子坠得非常低，逗得他忍不住朝她扑了过去。他跳得如此之高，爪子已经碰到了她，她忽然将身子一闪，这样就保住了自己的性命。

还没有等斯密尔喘过气来，只见三只大雁排成一行飞过来了。他们飞的方式和先前的那几只完全一样。斯密尔跳得很高去抓他们，可是一只只都飞过去了，一只也没有捉到。

随后又飞来了五只大雁，他们比前面几只飞得更稳当一些，虽然他们似乎也很想逗引斯密尔跳起来，他到底没有上当，拒绝了这次诱惑。

又过了一会儿，有一只孤零零的大雁飞过来了。这是第十三只。那是一只很老的雁，她浑身都是灰色羽毛，连一点深色杂毛都没有。她似乎有一只翅膀不大好使，飞得歪歪扭扭、摇摇晃晃，几乎碰到了地面。斯密尔不但蹿上去扑她，而且还连跑带跳地追赶她，一直追到湖边，然而这一次也是白费力气。

第十四只来了，他的样子非常好看，因为他浑身雪白。当他扇动巨大的翅膀时，黑黝黝的森林仿佛出现了一片光亮。斯密尔一看见他，就使出全身的力气，腾空跳到树干的一半高，但是这只白色的大雁也像前面几只一样安然无恙地飞走了。

山毛榉树下终于安静下来，好像整个雁群都已飞过去了。

突然，斯密尔想起了他在守候的猎物，便抬起头来一瞧，果然不出所料，那个小人儿早已无影无踪了。

不过斯密尔顾不上去想他，因为第一只大雁这时又从湖上飞回来了，就像刚才那样在树冠下面慢吞吞地飞着。尽管一次又一次不走运，但是斯密尔还是很高兴，因为她又飞回来了。他从背后追上去朝大雁猛扑。可是他太性急了,没有来得及算准步子,结果跳偏了,从她身边擦过,扑了个空。

在这只大雁后面又飞来一只,接着是第三只、第四只、第五只……最后飞来的还是那只灰白色的上了年纪的大雁和那只白色的大家伙。他们都飞得很慢很低,在狐狸斯密尔头顶上盘旋而过时下降得更低,好像存心要让他抓到似的。斯密尔于是紧紧地追逐他们,一跳两三米高,还是一只都没有抓到。

这是斯密尔有生以来心情最为懊丧的日子。这些大雁接连不断地从他头顶上飞过来又飞过去,飞过去又飞过来。那些在德国的田野和沼泽地里养得肥肥胖胖、圆圆滚滚、又大又漂亮的雁,整天在树林里飞来飞去,都离他那么近,他曾有好几次碰到了他们,可惜抓不到一只来解解腹中的饥饿。

冬天还没有完全过去,斯密尔还记得那些日日夜夜,他那时闲得发慌而四处游荡,却找不到一只猎物来果腹。候鸟早已远走高飞,老鼠已经在结了冰的地下躲藏起来,鸡都被关在鸡笼里不再出来。但是,在整个冬天忍饥挨饿的滋味都不像今天这么一次次的失望叫他更不能忍受。

斯密尔已经是一只并不年轻的狐狸了,他曾经多次遭受过猫狗的追逐,听到过子弹嗖嗖地从耳旁飞过的呼啸声。他曾经无路可走,只好深藏在自己的洞穴里,而猎狗已经钻进了洞口的孔道,险些抓到他。不过,尽管斯密尔亲身经历过你死我活的追逐场面,他的情绪却从来没有像现在这样低落,因为他居然连一只大雁都逮不到。

早上,在这场追逐开始的时候,狐狸斯密尔是那么魁梧、健壮,大雁们看到他都分外惊讶。斯密尔很注重外表。他的毛皮色泽鲜红,亮光闪闪,胸口一大块雪白雪白的,鼻子是黑黑的,那条蓬蓬松松的尾巴如同羽毛一样丰满。可是到了这天的傍晚，斯密尔的毛却一绺一绺凌乱地耷拉着，汗水流得浑身湿漉漉的，双眼失去了光芒，舌头长长地拖在嘴巴外面，嘴里呼哧呼哧地冒着白沫。

斯密尔到了下午已经疲惫不堪，他头晕眼花，趴倒在地上，他的眼前无止无休地晃动着飞来飞去的大雁。连阳光照在地上的斑斓阴影他都要扑上去。还有一只过早从蛹里钻出来的可怜的飞蛾也遭到了他的追捕。

大雁却继续不知疲倦地飞呀，飞呀。他们整整一天毫不间断地折磨斯密尔。他们眼看着斯密尔心烦意乱、焦躁不安和大发癫狂，但是丝毫不顾怜他。他们明明知道他已经眼花缭乱了，只是跟在影子后面追赶，但他们还是毫不留情地继续戏弄他。

后来斯密尔几乎浑身散了架，好像马上就要断气一样瘫倒在一大堆干树叶子上面。这时，他们才停止戏弄他。

“狐狸，现在你该明白了，谁要是敢惹大雪山来的阿卡，他会落得怎样的下场！”他们在他耳边呼喊了一会儿，这才饶过了他。

在下雨天里

3月30日　星期三

这是踏上旅途以来第一个下雨天。大雁们在维姆布湖逗留的那些日子里，天气一直晴朗。然而就在他们开始朝北飞行的那一天，天公不作美，竟下起滂沱大雨来。男孩子骑在鹅背上，一连淋了几个小时的雨，浑身都湿透了，冻得瑟瑟发抖。

在他们启程的那天清早，天气仍旧很晴朗，没有什么风。大雁们飞到很高很高的空中，飞得平平稳稳，不慌不忙。阿卡领头飞在前面，其余的大雁保持着整齐的队形在她身边分成两行，呈人字形紧紧跟随。他们并没有花费时间去逗弄地面上的动物，但是做不到在很长一段时间里完全保持沉默。于是他们随着翅膀一上一下的摆动，不断地你呼我唤："你在哪儿？我在这儿。你在哪儿？我在这儿。"

所有的大雁都这样不停地鸣叫，只有在时不时地向那只大白鹅指点他们飞行路线上的地面标志时才不得不停一下。这段飞行路线的地面标志是林德罗德山光秃秃的山坡、乌威斯哥尔摩的大庄园、克里斯田城的教堂钟楼、位于乌普曼那湖和伊芙湖之间狭长地带的贝克森林的王室领地，还有罗斯山的峭壁断崖。

这次飞行是一次十分单调乏味的赶路。所以当天空中出现乌云的时候，男孩子挺开心，觉得有东西可以消遣解闷了。在这之前，他只从地面上仰望过乌云，那时候他觉得乌云黑沉沉的，非常令人讨厌。但是在云层里从上往下看，那种景象就迥然不同了。现在他看到那些云层就像在空中行驶的一辆辆大货车一样，车上的东西堆积如山：有的装着灰色的大麻袋，有的装着大桶，那些桶大得足足可以装下一个湖的水，还有一些货车载满了许多大缸和大瓶，缸里和瓶里的水都满得快要溢出来了。这些货车越来越多，把整个天空都挤得满满的。就在这时，仿佛有人给了个信号，于是倾缸倾盆，连瓶带麻袋，汪洋大海一般的水一下子全朝地面倾泻下去。

当第一场春雨吧嗒吧嗒滴到地面上的时候，灌木丛里和草地上的小鸟都欢呼起来，他们的欢呼声响彻云霄，以至于坐在鹅背上的男孩子也不免被震得直跳起来。“现在下雨喽！雨水给我们带来了春天，春天使鲜花盛开、绿叶生长，鲜花和绿叶送来了虫蛹和昆虫，虫蛹和昆虫是我们的食物，又多又可口，是再好不过的美味。”小鸟们心花怒放地唱道。

大雁们也为春雨感到高兴，因为春雨催苗助长，把植物从睡梦之中唤醒；因为春雨融冰解冻，在冰封的湖面上凿出一个个洞。他们不再能够像刚才那样保持严肃庄重了，于是开始朝地面发出戏谑的呼唤。

他们飞过大片大片的种土豆的田地，在克里斯田城一带有许许多多种土豆的田地，可是眼前这些田地还是光秃秃、黑乎乎的，什么东西都没有长出来。他们飞过这些田地时，喊道：“土豆地，快醒醒！土豆地，快醒醒！醒过来了就快长东西。春雨已经把你们叫醒，你们已经偷懒太久，再也不要懒下去。”

当看到行人匆匆找地方躲雨时，他们埋怨地叫道：“你们干吗那样匆匆忙忙？你们难道没有看见，天上掉下来的是长面包和小点心，是长面包和小点心吗？”

有一片很大很厚的云层正风驰电掣地朝北飘移，它紧紧跟随在大雁们的身后。大雁们幻想着，那是他们在拖着云层前进。正好在这个时候，他们看到地面上有个大花园，于是他们就得意地喊道：“我们送来了银莲花，我们送来了玫瑰花，我们送来了苹果花和樱桃花！我们还送来了豌豆和芸豆、萝卜和白菜！谁想要，就来拿！谁想要，就来拿！”

这就是雨滴刚刚落下时的动人情景，大家都为春雨的到来而喜上眉梢。可是这场雨下个不停，整整下了一个下午，大雁们感到不耐烦了，就向伊芙湖四周干渴缺水的森林嚷道：“难道你们还没有喝得肚子发胀？难道你们还没有喝得肚子发胀？”

天色愈来愈晦暗昏沉，太阳早已不见踪影，谁也不知道它究竟躲到哪里去了。雨下得越来越密，雨点沉重地击打着大雁们的翅膀，并且透过外面那一层有油脂的羽毛，一直浸到了肌肤里。大地上雨雾迷茫，湖泊、山岭和森林都已融成一幅模糊不清的大杂烩般的图画。路面标志再也无法辨认了。他们飞得越来越慢，再也发不出欢快的鸣叫，而男孩子也冻得愈来愈受不了啦。

然而在天空飞行的那段时间里，他们一直咬紧牙关硬撑着。到了下午很晚的时候，他们终于在一块大沼泽地中央的一棵小松树下降落。那里的一切又潮湿又冰凉，有些土丘还覆盖着积雪，而另外一些土丘则浸泡在半化不化的冰水之中，露出了光秃秃的丘顶。就在这时，他们也没有感到气馁，而是情绪饱满地跑来跑去，寻找蔓越莓和冻僵了的野红莓。夜幕降临了，黑暗严丝合缝地裹住了一切，以至于连男孩子那样敏锐的眼睛望出去也是漆黑一片，什么都看不见。荒野变得异乎寻常地可怕。男孩子躺在雄鹅翅膀底下，浑身湿漉漉、冷冰冰的，难受得无法睡着。他一会儿听到噼里啪啦的声音和窸窸窣窣的响声，一会儿听到轻轻的脚步声，一会儿又听到恫吓的吼声。他听到那么多可怕的声音，简直害怕极了，不知道怎么办才好。他必须走，到有火和灯光的地方去，这样他才不至于被活活吓死。

“难道我就不能放大胆子，到人住的地方去度过这难熬的一夜吗？”男孩子思忖道，“我只需要在炉火边暖暖身子，再吃点热饭，就可以在日出之前赶回到大雁们的身边。”

他从翅膀底下溜出来，一骨碌滑到了地上。他既没有把雄鹅惊醒，也没有惊醒大雁们。他无声无息地溜了出来，悄悄地走出了沼泽地。

他弄不清自己究竟在什么地方，究竟是在斯康耐省，还是在斯莫兰省或者是布莱金厄省。但是刚才在朝这块沼泽地降落之前，他曾隐隐约约地瞅见旁边有个大村庄，如今他就是朝着那个方向走去。他走了一会儿，就找到了一条道路，顺着这条路再走了一会儿，就走到一个村庄的大街上。那条街长得很，两旁树木成行，院落一个挨着一个。

男孩子来到一个很大的村庄，这类大村庄在瑞典越是朝北的地方越普遍，在南部平原却很少见。

村民们的住房都是用木料建造的，造型十分精致美观。大多数房屋的山墙和前墙上都有精雕细凿的木制装饰，房前平台上都装着玻璃窗，有些还装着彩色玻璃。大门和窗框都漆得锃光闪亮，有的是蓝色，有的是绿色，甚至还有漆成红色的。男孩子一边走，一边打量这些房子，耳边不断传来住在这些温暖小屋里的人的说话声和笑声。他分辨不清他们在说些什么，但是觉得人说话的声音是那么悦耳动听。“我真不知道，要是我敲敲门请求进去待一会儿的话，他们会说些什么。”他想道。

他本来是想这样做的，可是他一看到灯光明亮的窗户，早先那种怕黑的恐惧感一下子消失了。相反，一直压在他心头的那种不敢同人类挨近的顾虑又重新冒了出来。“那么，在我请求人家放我进屋之前，”他想道，“我先在村里再兜一圈吧。”

有一幢房屋的楼上有一个阳台。男孩子走过的时候，阳台门刚好砰的一声被打开，淡黄色的灯光透过精致而轻柔的帷幔映射出来。一个美貌的少妇娉娉婷婷地走了出来，将身子倚在栏杆上。“一下雨，春天马上就来了。”她自言自语道。男孩子一眼看到她的时候，心里泛起一股奇怪的焦躁情绪。他几乎快要哭出来了，这是他第一次由于害怕永远被排斥在人类之外而感到惴惴不安。

随后他又走过一个小店铺。店铺门口停着一部红色的播种机。他停下脚步，对它左看右瞧，最后忍不住爬到驾驶室里去坐坐。他坐定之后，把两片嘴唇咂得吧嗒吧嗒直响，假装正在开动这部播种机。他心里不禁想道，要是真的能够开这样漂亮的机器的话，那该有多惬意呀。有一会儿工夫，他忘记了自己现在的模样。可是他忽然又想起来了，便赶紧从机器上跳下来。他心里变得越来越不安。倘若一直在动物中间生活下去，那么必定会丧失许多美好的东西。人类毕竟是非常聪明能干的，不同于别的动物。

他走过邮局，心里想起了各色各样的报纸，这些报纸每天都把世界各地的新闻送到人们的眼前。他看到药房和医生的住宅时，便想到人类的力量真伟大，居然可以同疾病和死亡做斗争。他越是往前走，就越舍不得人类了。

大凡孩子都是这样：他们只想到鼻子底下的事，而不往远处着想。摆在面前最近的东西，他们就想要到手，根本不在乎究竟要付出多大的代价。尼尔斯·豪格尔森当初选择要继续当小精灵的时候，根本没有弄明白他究竟会失去什么。现在，他却害怕得要命，唯恐他从此以后再也不能变回到原来的模样。

他究竟应该怎么做才能使自己重新变成一个人呢？这是他非常想知道的。

他爬上一座房屋的台阶，就在如注的大雨中坐下来开始思索。他坐在那里想呀，想呀，一个小时过去了，两个小时过去了，他想得前额上都起了皱纹，但是他并不比刚才更聪明一点点。各种各样的想法似乎在他的头脑里搅在一起，他在那儿坐得越久就越觉得找不出什么妙法来。

“对于像我这样一个只读过一点点书的人来说，这个问题肯定是太深奥啦。”他最后终于想出了一个法子，“倒不如我还是不管好歹，先回到人类当中去。我要去请教医生、老师和别的有学问的人。说不定他们知道怎么来治好我的毛病。”

就这样，他下了决心马上着手去做。他站起身来抖掉身上的雨水，因为他早已浑身湿透，像只落汤鸡一样。

就在这个时候，他看到一只大猫头鹰飞来，落在街边的一棵树上。过了一会儿，一只栖息在屋檐底下的黄褐色的小猫头鹰扭动身子打招呼说："叽咕咕，叽咕咕！你回家来啦，沼泽地来的大猫头鹰？你在外省生活得好吗？"

"多谢问候，小猫头鹰！我日子过得不错。"大猫头鹰回答说，"我出门在外的这段时间里，家里发生过什么有意思的事情吗？"

"在布莱金厄省这里倒没有，大猫头鹰！可是在斯康耐省却发生了一件怪事。有个小男孩被一个小精灵施了魔法，变成一只松鼠那么大。后来那个小男孩就跟着一只家鹅飞到拉普兰省去了。"

"嘿，世上真是无奇不有，真是无奇不有呀！那么请问，小猫头鹰，这个男孩子就再也不能重新变成人了吗？难道他就再也不能重新变成人了吗？"

"这可是一个秘密，大猫头鹰，不过说给你听听也不碍事。那个小精灵关照说，倘若男孩子能够照顾好那只雄家鹅，让他平安无事地回到家，那么……"

"还有什么，小猫头鹰？还有什么？都说了吧！"

"跟我一起飞到钟楼上去吧，大猫头鹰，那样你就可以知道一切！在这里说话不方便，我怕被人偷听。"

那两只猫头鹰一齐飞走了。男孩子兴奋得忍不住把小尖帽抛到空中。他放开嗓门，高声欢呼："如果我照顾好雄鹅，让他平安无事地回到家，那么我就可以重新变成人啦！好啊！好啊！那时候我可以重新变成人啦！"

尽管他放开喉咙大呼小喊地欢呼，可奇怪的是居住在屋里的那些人却丝毫听不到。既然他们听不见他的说话声，他就不再多逗留，于是迈开双腿，大步流星地朝大雁们栖息的潮湿的沼泽地走去。

卡尔斯克鲁纳

4月2日　星期六

这是在卡尔斯克鲁纳的一个傍晚，月亮已经升起，皎洁的月光照亮了大地。气候宜人，四周一片静谧，一切都是那么惬意。白天早些时候曾经有过大风大雨，人们大概都以为坏天气还没有过去，所以大街小巷几乎阒无一人。

就在这座城市万籁无声之时，大雁阿卡率领雁群飞过威姆岛和庞塔尔岛，正朝这边飞来。他们在这么晚的时候还在空中翱翔，是因为想在礁石上寻找一个安全的过夜的地方。他们不敢在平地上停留，因为无论他们降落到哪一块平地，都会遭到狐狸斯密尔的侵袭。

男孩子骑在鹅背上高高地飞在天际，他俯视着大海和像繁星般散布在沿海的礁石、岛屿，他觉得，所有的景色似乎都变得光怪陆离，像鬼影憧憧。天宇已不再是湛蓝色，而是像一个墨绿色的穹顶紧扣在他的头顶上。大海呈乳白色，他极目眺望，但见海面上泛起一阵阵轻轻的白浪，波光闪烁不停。在茫茫大海上，礁石和岛屿星罗棋布，一块块都是黑色的。无论这些岛屿是大还是小，也不管它们平坦得像草地还是布满峭壁，看起来都是一样黑。

哦，甚至在白天通常是白色或者红色的住宅、教堂和磨房，也在墨绿色的天空下显露出黑色的轮廓。男孩子觉得他下面的大地仿佛成了另外一个星球，他好像到了另外一个世界。

他正在思忖着今天晚上他要拿出勇气面对黑夜的时候，忽然一眼看到真正使他毛骨悚然的东西。那是一座陡峭的岛屿，岛上布满了四四方方的大石头，在那些黑色的大石头之间许多明晃晃的金色斑点在闪烁。他不禁想到斯康耐的特劳莱·荣比宫中那块名叫玛格莱斯的巨石，相传那块巨石是神灵把它高高举起，安放在金子做的擎天柱上的。他心里纳闷，这底下的石头会不会也是这样来的。

倘若底下只有那些石头和闪烁的金色斑点，那倒也罢了，可是在岛屿四周的水面上还浮动着许多可怕的怪物。它们看上去像是大鲸鱼、大鲨鱼和其他大海兽。男孩子猜想，那些聚集在岛屿周围的准是水妖海怪。他们要蜂拥登岸，去同盘踞在那里的土地神决一死战。土地神想必害怕了，因为男孩子看到在岛上最高处站着一个巨人，他高高地举起了双臂，似乎因为他和他的岛屿遭到了厄运，所以陷入了绝望之中。

男孩子发现阿卡开始朝这个岛上降落，他一下子胆战心惊。“不行，千万不行，我们千万不要停留在这里。”他喊道。

但是大雁们纷纷降落到地面上。男孩子大吃一惊，以为自己看花了眼。首先，那些四四方方的大石头不是什么别的东西，而是一幢幢房屋。原来整个岛屿就是一座城市，而那些闪闪发亮的金色斑点就是路灯和点着灯火的窗户。那个站立在全岛最高处朝天高举双臂的巨人原来是一座教堂，两侧各有一个正方形的钟楼。那些他看成是水妖海怪的东西，原来是停泊在岛屿周围水面上的大小不同、形状各异的船只。在靠近陆地的浅水里，停泊的大多是划桨的小艇和帆船，还有一些沿海岸航行的小汽轮。朝向大海的开阔处，停泊着装甲战舰：有的腰宽体粗，硕大的烟囱向后倾斜；有的又细又长，造型灵巧，看来它们必定能像鱼一样在水里大显身手。

这究竟是哪座城市呢？嗯，男孩子终于想出来啦，因为他看到了那么多军舰。他从小就喜欢船，虽说他只能在大路旁边的水沟里玩玩纸做的船。不过，他毕竟知道，能够有那么多军舰停泊的地方不会是别的城市，一定是卡尔斯克鲁纳。

男孩子的外祖父曾经是海军舰队里的一名老水兵。他在生前每天不离口地对男孩提到卡尔斯克鲁纳，向他讲述那个修造战舰的造船厂，还有城里其他值得参观的名胜。男孩子有一种返回家乡的亲切感，他非常高兴自己能够来到这个曾经听过那么多次的地方。

但在阿卡降落到那两座钟楼之一的平顶上之前，他只能隐隐约约地看到那些瞭望塔和用来封锁港口的火力工事，还有造船厂里的许多建筑物。

对于大雁们来说，这里的确是可以避开狐狸的万无一失的栖身之所。于是，男孩子开始盘算，他是不是可以放心地钻到雄鹅翅膀底下去睡个觉，度过这个夜晚。是呀，这是他求之不得的，能够安安稳稳地睡上一会儿，那该有多好哇！等到天亮后，他再想法子去看看造船厂和那些大船好了。

……

男孩自己也觉得十分奇怪，他总是安不下心来，没法等到第二天清早再去看那些大船。他刚刚睡了还不到五分钟，就从雄鹅的翅膀底下溜了出来，顺着避雷针和下水管道往下爬到了地上。

走了不久，他就来到一个很大的广场。那个广场伸展在教堂前面，地面是鹅卵石铺成的。这一下可苦了他，走在那样的路面上就像走在崎岖不平的荒原上一样艰难。那些久居荒原或僻壤的乡下人进城来的时候，看到大街两旁高楼大厦林立，通衢大道笔直宽阔，心里总不免惴惴不安。走在这样的街道上，川流不息的行人彼此相视相望，更加叫人提心吊胆。男孩子此时此刻的心里就是这般滋味。他站在那个广阔的卡尔斯克鲁纳广场上，举目环视德国式教堂、市政府，还有那座他刚刚爬下来的大教堂，他心情愈来愈紧张，恨不得立刻回到钟楼上去同大雁们待在一起。

幸亏广场上这时候空荡荡的，一个人影都没有，要是不把那个站在高高的底座上的塑像计算进去的话。男孩子对那座塑像注视良久，那是一个身材高大的粗壮汉子，头戴三角形毡帽，身穿长长的大氅和齐膝的紧身裤，脚上穿着笨重的鞋子。男孩子琢磨来琢磨去，想不出他究竟是什么人。这个大汉手里握着一根很长的手杖，看样子像是随时都要举起这根手杖来打人似的，因为他的脸上一副凶相。再说，他的那副尊容也委实太丑陋了，鼻子是鹰钩鼻，又大又尖，嘴巴也非常难看。

“这个厚嘴唇、大嘴巴的家伙站在这里干什么呢？”男孩子最后无可奈何地说道。他觉得自己从来没有像今天晚上这样矮小，这样可怜巴巴。因此，他想方设法说出句把俏皮话来自我安慰一下。然后，他把那座塑像抛到脑后，迈开大步，沿着一条通向大海的宽阔大街向前走去。

可是男孩子还没有走出几步，就听到背后有些动静。有个人从他身后走过来，那个人沉重的脚步在鹅卵石铺的街面上踩得震天价响，而且他还用一根铁皮包头的手杖戳着地面。从声音上判断，似乎就是那个青铜大汉塑像从底座上走下来,到广场上信步漫游一番。

男孩子一边沿着大街往前奔跑,一边侧耳倾听着身后的脚步声。他愈来愈肯定,后面跟上来的就是那个青铜大汉。地面在震颤,房屋在晃动,除了青铜大汉之外,别人是不会有这样沉重的脚步的。男孩子忽然想到自己方才还朝他说过一句不好听的话,心里不禁害怕起来。他连头都不敢回一下,不敢去看看是不是那个青铜大汉。

"他大概只是下来到处走走,散散心的,"男孩子暗自思忖,"他不见得因为我说了那句话就同我过不去,反正我说那句话一点恶意都没有。"

男孩子本来打算一直往前走,去寻找造船厂,可是这会儿却拐进了一条朝东去的街道,他想先把那个跟在他背后走的人甩掉。

可是,过了一会儿他就听见青铜大汉也拐进了同一条街道。男孩子真的害怕极了,简直不知道应该怎么办才好,况且在这样一个家家户户都紧闭着大门的城市里,简直无法找到可以躲藏的地方。就在这时候,他看到右手方向有一座旧式的教堂,那座圆木结构的房子坐落在离大街不远的一个街心花园中。他毫不迟疑,如飞一般朝那座教堂奔去。

向前飞奔的时候,他忽然看到有一个男人站在沙砾甬道上向他频频招手。"这一定是愿意帮我忙的好心人。"男孩子想道,心里不由得为之一爽,便赶忙朝那边跑了过去。他一直非常害怕,心在胸口扑通扑通地跳个不停。

那个男人站在沙砾甬道旁边的一张小凳上,可是等到他一口气奔到那个男人面前的时候,他却惊愕得两眼发直。"难道这就是方才向我频频招手的那个人吗?"他百思不解地自问道,因为在他眼前赫然站着一个木头人。

他站在那里,呆呆地瞪着那个木头人。那是一个粗壮的汉子,两腿很短，一张酱紫色的宽脸膛，头发乌黑发亮，满脸黑色的连鬓胡子。他的头上戴着一顶黑色的木头帽子，身上穿着一件棕色的木头大氅，腰间束着黑色木头腰带，下身穿着一条宽大的灰色齐膝短裤，腿上套着木头长筒袜子，脚上穿着黑色木头靴子。他是最近用油彩漆得焕然一新的，因此在月光照耀下，他的脸上容光焕发，身上闪闪发亮，而且这也使得他的面容显得和蔼可亲，男孩子马上就对他有了信任感。

木头人的左手托着一块木牌，男孩子把牌上的词句念了一遍：

我低声下气地乞求诸位，
虽然我已声嘶力竭不能大声讲话，
务请扔下一个铜币来救济贫困，
做这件善事要先掀开我的帽子。

哦，原来这个木头人是一只收集慈善捐款的募捐箱。男孩子感到大为扫兴，他本来还以为碰上了什么了不得的东西呢。不过，现在他想起来了，外祖父也曾经向他提起过这个木头人，还说卡尔斯克鲁纳城里所有的孩子都非常喜欢他。这大概是名不虚传的，因为男孩子觉得自己也不大舍得从这个木头人身边离开。他身上散发出一股古色古香的气息，大家都可以把他当作几百年前流传下来的老古董，而与此同时，他又那么身强力壮、勇敢豪爽，充满了生活的乐趣，使人不禁猜想我们的祖先大概就是这副模样。

男孩子乐滋滋地看着木头人，看得出了神，连有人在背后追赶他也忘到脑后去啦。可是不消片刻，他又听到了沉重的脚步声，那个青铜大汉也从大街拐弯过来，正朝着教堂广场走来。哎呀，他也追到这里来啦，那叫男孩子往哪里逃呢？

就在这刻不容缓的关头，他看到木头人朝他弯下腰来，伸出了又宽大又厚实的手。要说不相信木头人是出于好意，那是不可能的，男孩子便纵身跳到那手掌上。木头人掀开自己的帽子，把男孩子塞到帽子底下。

真是千钧一发啊！男孩子刚刚躲藏好，木头人刚刚把手臂放回原处，青铜大汉就来到了木头人的面前。他把手杖往地上捣了捣，木头人就在小凳上晃悠起来。然后，青铜大汉用强硬而铿锵有力的声音问道："喂，你是什么人？"

木头人手臂向上一伸，旧木头发出咯吱咯吱的开裂声。他把手举到齐帽檐，一面敬礼，一面回答说："陛下！请恕罪，我叫罗森博姆，曾经是'无畏号'战舰上的上等兵，服役期满后在海军将校教堂当看门人。最近被雕刻成木像安放在这个教堂前院里，充当收集慈善捐款的募捐箱。"

男孩子听到木头人高呼"陛下"，心头往下一沉，更加害怕，蜷缩在帽子底下，浑身直打哆嗦。因为现在他开动脑筋，终于想出来了，原来刚才在广场见到的那尊青铜塑像就是这个城市的缔造者，也就是说刚才跟在他背后的不是哪个等闲之辈，而是卡尔十一世[①]，国王陛下本人。

"唔，禀告得倒还算清楚，"青铜大汉说道，"再禀报给我听听，有没有看到过一个很小的小家伙今天晚上在城里到处乱窜？那是一个横蛮无理的小坏蛋，要是我抓到他，非要叫他尝尝我的厉害不可。"说着他又用手杖用力

---

① 卡尔十一世（1655—1697），瑞典国王。

地戳了戳地，显得火气非常大。

“请您恕罪，陛下，我看到过那个小子。”木头人说道。男孩子蜷缩在帽子底下，一面从一条木头缝里向外窥望，一面害怕得止不住浑身发抖。可是不久他就镇静下来了。因为木头人继续禀告道：“陛下走岔道啦，那个坏小子故意直奔造船厂而去，在那儿可以躲藏起来。”

“嗯，言之有理，罗森博姆！那么你就不要再纹丝不动地站在小凳上啦，快随我来，跟我一起去寻找他！四只眼睛总比两只眼睛管用，罗森博姆！”

可是木头人用哀怜的腔调说道：“我最卑微地请求，允许我能站在此地不动。我新近刚刚刷过油漆，所以样子看起来浑身锃亮，很有神气，其实我已经老朽无用，动弹不了啦。”

青铜大汉根本听不进一句拂逆他意思的话。“哼，难道一点规矩都没有了吗？马上给我滚下来。罗森博姆！”他又举起那根长手杖朝着木头人的肩膀上狠狠地敲了一下，敲出震耳欲聋的响声。“瞧，你还挺得住嘛，罗森博姆，难道不是吗？”

于是，他们结伴为伍，一前一后地出发了。他们俩在卡尔斯克鲁纳的大街上大摇大摆地走着，如入无人之境，然后一直来到造船厂又高又大的门前。大门外有个水兵在站岗，但是青铜大汉不加理睬，从水兵的身边擦了过去，抬起脚把大门踢开，那个水兵却假装没有看见。

他们进了造船厂，看见一个规模巨大的港口，由一条一条的栈桥划分成许多泊位。在这些泊位里，停泊着许多军舰。在近处观看，它们远比男孩子从天上往下看时显得更庞大、更威风。“哎呀，难怪我方才把它们误认为是海里的妖怪啦。”男孩子暗暗想道。

“你看，我们从哪里着手搜查最合适，罗森博姆？”青铜大汉问道。

“像他那样的小个子想必最容易躲藏在船只模型陈列室里。”木头人回答说。

从大门右首起顺着整个港口有一片狭长的陆地，那里有几幢陈旧的建筑物。青铜大汉走到一幢墙壁很低、窗户窄小、屋顶很高的房屋前。他用手杖捅了捅门，门就打开了。他们走了进去，顺着一座已经磨损的楼梯，脚步沉重地往上走。楼梯尽头是一个大厅，里面放满了桅索帆樯一应俱全的小巧船只。男孩子不需要任何人的指点就明白过来，那是以前为瑞典海军制造的军舰模型。

那里陈列的船只五花八门，各色各样。有古老的战舰，它们两侧船舷的炮洞里伸出了一排排大炮，船头和船尾都高高隆起，桅杆上挂满了令人眼花缭乱的船帆和桅绳。有沿着船舷装着一排排坐板的划桨小艇，有不设甲板的炮艇，还有舰身上镶了金饰物而显得金碧辉煌的巡洋舰，那是国王御驾出海旅行用的。那里竟然还有如今还在使用的甲板上设有炮塔和大炮、又笨重又宽大的装甲军舰，以及船体细长得像灵活的鱼、周身闪闪发光的鱼雷艇。

男孩子被带着在这些舰只模型之间穿来穿去，他不禁为之赞叹不已。“真了不起哇！这么大而漂亮的船只都是在瑞典造出来的呀！”他心里禁不住连声叫好。

他倒有足够的时间可以把厅里陈列的一切尽兴地浏览一遍，因为青铜大汉一见到这些舰只模型便把别的事情一股脑儿全忘了。他从第一个模型看起，一直看到最后一个，一边观看，一边询问它们的情况。“无畏号”战舰上的水兵罗森博姆尽其所能逐一回答了这些问题，讲了是哪些人设计建造了这些舰艇，哪些人指挥驾驶它们，以及它们的命运和遭遇等等。他讲到了著名的海军将领卡普曼、普盖和特鲁莱等人，讲到了海战古战场哈格兰德海湾和瑞典海峡等等。他一口气讲下去，一直讲到1809年，因为自此以后的事情他没有亲身经历过。

他和青铜大汉喋喋不休地谈论着那些古老而漂亮的木头船只，而对于新式的铁甲军舰似乎都一窍不通。

“我说，罗森博姆，听起来你对这些新的玩意儿也一点不在行，”青铜大汉不耐烦地说道，“我们倒不如去看看别的东西！这样会使我心里痛快些，罗森博姆。”

现在他早就不再搜寻男孩子了，所以男孩子可以安安心心、不慌不忙地坐在木头帽子里。

这两个彪形大汉一起在那些巨大的厂房里穿来穿去。他们参观了缝制船帆的工场、铸造铁锚的工场、机械工场和木工场等等。他们看了桅杆起重机和船坞、巨大的仓库、放火炮的场院和军械弹药库，还有把几根绳索绞起来做成的狭长甬道，还有在岩石上爆破而成，但早已废置不用的干船坞。他们走到栈桥上，一艘艘军舰都系缆停泊在那里。于是他们两人就登上这些舰艇，像两个老水手那样仔细观看每一样设备，对有些设备他们心存疑虑，对另一些嗤之以鼻，也有一些受到他们的称赞，还有的他们看了就恼火。

男孩子安安稳稳地坐在木头帽子底下，侧耳聆听他们的交谈。他听他们讲到，为了建造和装备每一艘从这里驶出去的舰艇，人们是如何在这个地方埋头苦干和顽强奋斗的。他听他们讲到为了造出这些战舰，人们是如何不避艰险、甘愿流血、不惜献出自己生命的。他们还讲到那些天才般的人物如何把自己的毕生精力和全部心血都倾注到改进和完善这些舰艇的设计制造之中，这些军舰不断地造出来，因而充实了国家的国防力量。男孩子听着听着，眼泪不止一次地夺眶而出。他觉得能够聆听这样精彩的介绍真是不虚此行，心里非常高兴。

最后他们来到了一个开阔的院落，那里陈列着装饰在古老的战舰舰首上的舰头像。这是男孩子从未见过的奇异景象，那些人像的面部表情是那样威严勇猛，令人望而生畏。他们一个个都硕大无朋、英勇威武和粗犷豪迈，充满大战舰上的人所特有的那种伟人的精神。他们属于一个完全不同的时代，他在他们面前觉得自己越来越渺小。

他们来到这里之后，青铜大汉吩咐木头人说："脱下帽子，罗森博姆，向留在这里的人们致敬！他们都曾经为了保卫祖国而英勇战斗。"

罗森博姆竟然也忘了他那么老远跑到这里来的原因，就像青铜大汉一样。他不假思索地从头上掀起帽子，高声喊道：

"我脱帽向造好这个港口的人致敬！向建造这座造船厂的人致敬！向重建海军的人致敬！向把这一切付诸实施的国王致敬！"

"谢谢，罗森博姆！你说得好！罗森博姆，你果然是一个非常出色的家伙……嗯，可是这是怎么回事呀，罗森博姆？"

就在这时，他猛然看到尼尔斯·豪格尔森站在罗森博姆光秃秃的脑袋上。但是男孩子现在不再害怕了，他挥舞起白色尖顶帽，高声喊道："大嘴巴万岁！"

青铜大汉狠狠地把手杖往地上猛戳，但是男孩子弄不清是怎么回事。

此时太阳正冉冉升起，霎时间青铜大汉和木头人都化为一股烟尘随风消散了。男孩子站在那里，呆呆地凝视着他们消失，大雁们从教堂的钟楼上飞了下来，在城市上空来回盘旋。他们很快看到了尼尔斯·豪格尔森，于是派那只大白鹅从空中飞下来把他接走了。

飞向厄兰岛

4月3日　星期日

大雁们飞出去，在沿海的一座小岛上降落下来寻觅食物。他们在那里遇到了几只灰雁。灰雁感到很奇怪，怎么会在这里见到他们，因为灰雁很清楚，这些同类是宁愿由腹地飞往北方的。他们十分好奇，喋喋不休地问长问短，大雁们把遭到狐狸斯密尔追逐的经过一五一十地说给他们听了，他们才心满意足。在他们讲完之后，有一只样子似乎同阿卡一样苍老、一样聪明的灰雁长叹一声说："唉，那只狐狸被同类逐出群体，这对你们来说可是很大的不幸呀。他一定怀恨在心，非要报仇雪耻不可，他不追赶你们到拉普兰是不肯罢休的。我要是你们的话，就不经过斯莫兰省朝北飞，而是绕道海上飞向厄兰岛，这样他就找不到你们的踪迹了。为了完全避开他，你们务必要在厄兰岛的南面岬角上停留两三天。那里会有许多吃的东西，也有许多鸟类可以做伴。我相信，你们要是绕道厄兰岛飞行是不会感到后悔的。"

这真是一个非常高明的主意，大雁们决定就这样做。他们吃饱之后，就启程前往厄兰岛。他们当中谁也没有去过那里，幸亏灰雁把一路上明显醒目的标记都告诉了他们。他们只消笔直向南飞行，在布莱金厄省的海岸边，他们会遇到大批大批的鸟群，那些鸟群都是在南大西洋过冬以后返回芬兰和俄罗斯的。他们都要经过那里，顺道在厄兰岛上歇歇脚。所以，大雁们想要找个引路的向导并不是什么难事。

那天没有一点风，热得如同夏天一般，这正是出海遨游的最佳天气。唯一使人有点担心的是天空不是那样晴朗，而是灰蒙蒙的，有点轻雾薄云，有些地方还有巨大的云层从天际一直遮到海面，使远处变得一片混沌。

这些身在旅途的大雁们从沿海小岛飞出去之后，身下的海面显得开阔起来，海面平静如镜，连一丝涟漪也不泛起。男孩子偶尔探头俯视，只觉得水天一色，似乎海水都已经消失在天空之中了。他身下不再有陆地，除了朵朵云彩之外，天上地下一片空荡荡的，什么东西都不复存在了。他感到头晕目眩起来，便死命地紧紧贴在鹅背上，心情比第一次骑鹅飞行还要惶恐不安。他似乎无法在鹅背上坐稳了，不是朝这个方向就是朝那个方向倾倒下去。

更糟糕的是，他们同灰雁讲起过的那些鸟群会合了。一点不假，确实有大群大群的鸟类源源不断地向同一个方向飞去。他们似乎都沿着一条早已规定好的道路争先恐后地向前拥挤。鸟群中有野鸭和灰雁、黑凫和海鸠、白嘴潜鸟和长尾鸭、秋沙鸭和潜鸭。男孩子俯下身来往下一看，本来应该是大海的地方现在忽然变成了黑压压的鸟群，因为他看到的是水中倒影。他头晕得实在厉害，搞不清究竟是怎么回事，只觉得这些鸟群肚皮朝天在飞翔。他并没有因此而大惊小怪，因为他自己也搞不清哪里是上哪里是下了。

那些鸟儿飞得精疲力竭，恨不得马上就可以飞到目的地。他们当中没有一只啼叫或者说逗笑的话。这一切都显得离奇古怪，同日常现实迥然不同。

“想想看，倘若我们能飞离地球该多好哇！”男孩子自言自语道，“想想看，要是我们这样飞呀飞呀，一直飞到天外去该有多好！”

他看到周围除了云朵和鸟群之外一片白茫茫，于是浮想联翩，自以为果真在飞往天外的途中了。他心里乐滋滋的，并且开始遐想能够见到什么样的胜景仙境。那种晕眩感一下子消失了，他只觉得非常高兴和痛快。

就在这时，他猛听得乒乓几声枪响，并且看到有几股细小的白色烟柱冉冉升起。

鸟群登时惊恐大乱起来。“有人开枪啦！有人开枪啦！”他们惊慌地叫喊道，“是从船上开的枪！快往高处飞！快往高处飞！”

男孩子终于看清了，他们原来一直是掠着海面飞行。海面上有许多载满了举枪射击者的小船，那些小船一字长蛇阵般地摆开，射手们乒乒乓乓一枪又一枪放个不停。原来，飞在最前头的鸟群没有来得及看到这些射击者，因为他们飞得太低了。不少颜色深暗的躯体扑通扑通地摔进了海里，每掉下去一只，那些幸存者便发出一阵高声的哀鸣。

对于这个自以为正在飞向天外的做白日梦的人来说，被突如其来的惊叫和哀鸣声唤醒过来，这种滋味真像心里打翻了五味瓶一般不好受。阿卡一个冲刺，拼命往高处飞去，整个雁群也尾随其后以最快速度跟了上来。大雁们总算侥幸脱险了，然而男孩子却久久不能摆脱自己的困惑。只消想想看，竟然有人会对像阿卡、亚克西、卡克西、雄鹅和别的这么好的鸟下毒手！人类简直不知道自己已经十恶不赦到了什么地步。

待到一切平静下来之后，他们又在寂静的天空中向前飞行，鸟群还是同先前一样默不作声，不过时不时有几只疲劳得快飞不动的鸟儿呼叫道："我们快到了吗？你敢保证我们没有迷路吗？"在前面领头飞行的鸟儿便回答说："我们正朝着厄兰岛飞，正朝着厄兰岛飞。"

绿头鸭们渐渐精力不支了，而白嘴潜鸟却绕到他们前头去了。"不要那么匆忙！"绿头鸭叫喊道，"你们不要把我们的食物统统吃光！"

"够我们吃的，也够你们吃的！"白嘴潜鸟回答道。

他们又往前飞了很长一段路，还是没有看到厄兰岛。这时一阵微风朝他们迎面吹来，随着风吹过来一股股白絮般的烟雾，好像哪个地方着了火似的。

鸟群一见到这些滚滚而来的白烟，神色显得更加焦急，他们加快了飞行速度。弥漫的烟尘愈来愈浓密，后来把他们全都严严实实地紧裹在里面。烟尘倒没有什么异样的气味，也不是黑色干燥的，而是白乎乎、湿漉漉的。男孩子忽然明白过来，这原来是一片大雾呀！

云雾四合，几乎到了伸手不辨五指的地步，鸟儿开始装疯卖傻起来。原先他们都是秩序井然地往前飞行，现在却在云雾之中玩起游戏来。他们穿过来绕过去，存心要诱使对方迷路。"千万小心！"他们戏弄地呼叫道，"你们只是在原地绕圈子！赶快转过身去！照这么飞行，你们是到不了厄兰岛的。"

大家都知道厄兰岛在哪里，可是他们偏偏要尽量使对方迷失方向。"看看那些长尾鸭，"浓雾里传来的声音说道，"他们可是朝着飞往北海的回头路上去啦！"

“小心哪，灰雁们！”另一侧传来了叫喊，“如果你们再这么飞下去的话，那么你们会飞到吕根岛去的。”

上文已经说过，这些鸟群都是熟悉这条路的飞行家，他们尽管逗趣戏弄，但绝不会被愚弄得晕头转向、飞错方向的，但是这一下可把大雁们弄苦了。那些起哄的鸟儿一看到他们不大熟悉这段路，便变本加厉地要使他们迷路。

“你们究竟打算到哪里去呀，亲爱的朋友？”一只天鹅笔直地朝阿卡飞过来，他的态度看起来很真诚，充满了同情。

“我们要到厄兰岛去，可是我们过去还不曾去过那里。”阿卡老老实实地回答说，她觉得这只鸟是靠得住的。

“那太糟糕啦，”天鹅叹口气说道，“他们弄得你们晕头转向迷了路。你们是朝着布莱金厄方向去的。跟着我来，我给你们指路。”

他带着大雁们一起飞行，把他们带到远离那群鸟的地方，再也听不到别的鸟叫了，这时候，他忽然不辞而别，消失在浓雾之中。

大雁们只好漫无目的地飞了一段时间，看不到其他鸟儿的踪影。后来，有一只野鸭飞过来。“你们最好先降落到水面上歇着，等大雾散了之后再走吧，”野鸭规劝说，“看得出来，你们不认识路呀。”

这帮坏家伙串通一气把阿卡搞得晕头转向了，事情已经很清楚了。男孩子回想起来，有很长一段时间大雁们都在绕圈子。

“当心啊！难道你们不知道自己在白费力气兜圈子吗？”有只白嘴潜鸟从旁边掠过时叫喊道。男孩子不由自主地紧紧抱住了雄鹅的脖子。这正是他长时间以来所担心的事情。

倘若不是远处响起了一声如同滚雷一般沉闷的炮声，那就说不好他们究竟什么时候才能飞到目的地了。

阿卡听到这炮声，精神为之大振，她伸长脖子，霍霍有声地拍打翅膀，以全速向前猛冲。现在她终于找到辨别方向的标志了，因为那只灰雁曾经对她说过，切莫在厄兰岛南面的岬角降落，因为那里有一尊大炮，人们常常放炮来驱散浓雾。现在她认出方向了，世界上再也没有人可以愚弄她并使她迷路了。

小卡尔斯岛

大风暴

4月8日　星期五

雁群在厄兰岛北岬角过了一夜，然后转身朝内陆飞行。在横越卡尔马海峡的时候南风劲吹，把他们朝北边吹去。他们仍旧奋力朝向陆地高速飞去。就在他们快要靠近礁石岛的时候，猛然传来了一阵呼啦啦的巨响，就像是千百只大鸟一齐拍打翅膀飞了过来一样。海水登时变成了黑色。阿卡急忙停止挥动翅膀，几乎在空中一动不动地待着，然后她赶紧朝海面上降落下去。可是还没等到雁群落到水面，从西面卷过来的大风暴已经追过来了。狂风已经将陆地上的尘埃刮得满天飞舞，把海水卷起来变成泡沫般的水球，把小鸟刮得无路可逃，现在狂风又将雁群卷了进去，把他们刮得七零八落，荡来荡去地朝着茫茫的大海飘去。

阿卡发现雁群已经无法返回去，便想到决不能让狂风把他们刮过波罗的海去，所以她设法降落到水面上。大海在怒号，波浪越来越汹涌，带着飞溅的白沫从碧绿色的海面上滚滚而来，而且一浪高过一浪，似乎在比试哪个最有冲天之威，最有拍沫飞溅之势。但是大雁们并不害怕浪峰涛谷，反而觉得这是莫大的乐趣。他们不须花力气自己去划水了，而是随着波峰浪谷上下荡漾，就像孩子们玩秋千似的兴高采烈。他们唯一要留心的就是雁群不要散开来。那些被狂风席卷而去的可怜的陆地鸟类忌妒地呼喊道："你们会游泳的总算逃脱了这场灾难！"

然而大雁们并没有完全脱离险境。最要命的是，在水面上摇荡不可避免地催生了睡意。他们不断地要把脑袋向后垂去，把喙塞到翅膀底下睡觉，眼前再也没有什么比在这种境遇下睡觉更危险的了。阿卡不停地呼喊道："大雁们，不许睡着！睡着了就会离群的，离了群就会完蛋！"

尽管费尽力气坚持不要睡过去，可是大雁们毕竟太疲倦了，仍然一只接一只睡着了，甚至连阿卡自己也差点儿打起盹来。就在这时候，她忽然注意

到在一个浪头的顶峰露出一个圆圆的深色的东西。“海豹！海豹！海豹！”阿卡死命大叫起来，扇起翅膀就冲上了天空。在最后一只大雁刚刚离开水面的时候，海豹已经到了跟前，张嘴就去咬那只大雁的脚掌。他们真是在千钧一发之际脱了险。

这样大雁又回到了大风暴之中，而风暴又把他们朝着外海卷过去。大雁拼命挣扎往回飞，而风暴一刻不停地劲吹，没有给他们丝毫歇息的机会。他们望不见陆地的踪影，看到的只是茫茫的大海。

他们又放大胆子降落在水面上，可是在汹涌的波浪的摇荡下没过多久又开始打起瞌睡来。而这时，海豹又游了过来。若不是老阿卡保持警觉的话，雁群恐怕就无一幸免了。

风暴持续了整整一天，对在这个季节飞回来的大批候鸟来说，这是一场飞来横祸。有不少鸟儿被风卷出了航向，降落在远处海礁上被活活饿死；也有不少鸟儿精疲力竭，摔入海里被活活淹死；还有许多在陡崖峭壁上撞得粉身碎骨；也有许多成了海豹的果腹食物。

狂风从早吹到晚，阿卡不免心惊胆战，生怕她和她的雁群遭到不测。他们现在已经累得快要死了，然而仍然看不到有可以歇脚的地方。快到黄昏时分了，她更不敢在海上降落了，因为从这时候起海面上会突然涌来大块大块的浮冰，冰块往往相互挤压碰撞，她担心大雁们会被冰块挤得粉身碎骨。有一两次，大雁们试图降落在浮冰上。可是有一次狂风把他们扫进了水里，又有一次凶残的海豹竟爬上了冰块。

在日落时，大雁们又一次回到了空中。他们朝前飞去，心里都在为黑夜的来临而惶恐不安。在这个充满着危险的傍晚，连天似乎也黑得特别快。

要命的是他们至今还看不见陆地。倘若被迫在海上停留整整一夜的话，究竟会怎么样呢？他们不是被浮冰挤得粉身碎骨，就是成为海豹的口中之食，再不然就被大风暴刮得不知去向。

天空乌云聚积，月亮躲得无影无踪，黑夜匆匆来到了。整个大自然骤然笼罩上了一层恐怖，这使得最勇敢者也会心惊胆战。整整一天，空中充斥着身陷险境的候鸟所发出的呼救的哀号声，当时谁都没有去留意。可是现在再也看不见那些发出啼叫的鸟儿时，这些声音回想起来却分外凄厉和悲戚。海面上浮冰彼此冲撞，发出震耳欲聋的坼裂声。海豹吼出了粗野的捕猎之歌。这天晚上恐怖得简直像要天崩地裂一般。

绵羊群

男孩子骑在鹅背上往下面的大海看去。忽然，他觉得风力比方才急骤地增强起来。他抬头一看，就在离他两三米的地方迎面有一面怪石嶙峋的峭壁。山脚下白浪冲天，飞沫四溅。大雁们笔直朝着这面峭壁飞去，男孩子心里暗暗叫声不妙，这岂不是自己甘愿撞个粉身碎骨吗？

他念头一转，想到是不是阿卡没有能够及时看清这个危险。可是还没有等他想好，雁群就已经飞到了山跟前。这时他才看清，原来峭壁上开着一个半圆形的洞口。大雁们鱼贯飞入洞口，转眼间一切化险为夷。

在终于得救而庆幸之余，他们做的第一件事便是查看一下是否所有的旅伴都已安然脱险。当时在场的有阿卡、亚克西、科尔美、奈利亚、维茜、库西六只小雁，还有雄鹅、灰雁邓芬和大拇指儿。可是左排第一只大雁，从诺尔亚来的卡克西却失踪了，谁也不知道她的命运如何。

大雁发现除了卡克西之外没有别人掉队，就放心不少，因为卡克西年纪大而且头脑聪明。她熟悉他们所有飞行的路线和习惯，一定知道怎样才能找到队伍。

大雁们开始四处查看这个山洞。洞口还有一线朦胧的光线射进来，他们就借了这一点点亮光仔细环视，这个山洞又大又深，他们为能够找到这样一个舒适宽敞的地方歇息过夜而感到高兴。就在这时候，一只大雁突然发现，在一处阴暗的角落里有几个发亮的绿色光点。“那是眼睛，”阿卡惊呼起来，“这里面有大动物！”他们立即朝洞口冲出去。可是大拇指儿的目力在黑暗中要比大雁们强得多，他向他们喊道：“不用跑，角落里是几只羊！”

大雁们适应了洞里阴暗的光线之后，才看清那确实是几只羊。大羊的数目同大雁们差不多，另外还有几只羔羊。有一只大公羊长着又长又弯的犄角，看样子像是他们的领头羊。大雁们走到他面前恭恭敬敬地鞠躬致意。“幸会，幸会，荒原上的朋友。”他们招呼说。但是大公羊躺在那里一动不动，甚至连一句欢迎的话也不说。

大雁们以为，大概是羊儿们不乐意他们擅自闯进山洞里来。“我们擅自闯到你们的屋子里来，这是很不对的，”阿卡连忙解释说，“可是我们是出于无奈，我们是被大风刮到这里来的。我们已经在风暴中受了整整一天的磨难，倘若我们能在这里借宿一夜，那我们太感激不过啦。”她说完之后，在很长时间里没有哪只羊搭腔。然而，可以清楚地听到有几只羊在深深地长叹。阿卡知道，羊秉性扭捏怕羞，脾气也有点古怪，可是这些羊的表现却并不是如此，真是叫人弄不明白。终于，有一只拉长了脸、愁眉不展的老母羊开口说话了，她用凄苦的腔调说道："唉，不是我们当中有人不让你们在这里借宿，可惜这是个不吉利的住所，我们不能像早先光景好的时候那样殷勤待客啦。"

"哎哟，你们千万不要因此而费心，"阿卡说道，"要是你们知道我们今天遭了什么样的罪，那么你们就会明白我们只要有块地方睡上一夜就心满意足了。"

既然阿卡这么说了，老母羊便站起身。"唉，不管怎么说，我还是觉得你们即使在风暴里飞来飞去，也比留在此地要好得多。不过你们先不要走，我把家里所有好吃的东西都拿出来，请你们吃饱了肚子再说。"

她把他们领到一个盛满清水的大坑前面，水坑旁边有一大堆谷糠和草屑。老母羊请他们吃个痛快。"去年冬天这个岛上天寒地冻，雪很大，"她说道，"饲养我们的那些农夫给我们送来了稻草和燕麦秆，使我们不至于饿死。他们送来的吃的东西就剩下这些了。"

大雁们马上跑到那堆草料上面啄食起来。他们觉得运气挺好，所以胃口奇佳。他们留意到那些羊儿一个个都心神不宁，不过他们知道，羊通常是容易受到惊吓的，因此他们并不真的相信会有什么危险。他们放开肚皮饱食一顿之后，就像往常一样站好姿势准备睡觉。这时，那只大公羊却站起来走到他们面前。大雁们从来没有见过有哪只羊长着那么长、那么粗的犄角。他身上别处也很引人瞩目。他有着高大而凸起的前额、机灵的眼睛和威严的神态，仿佛一只英勇的野兽。

"我不能不负责任地让你们睡在这里，而不对你们说清楚这里非常不安全,”他说道,“我们如今无法让客人借住留宿。”阿卡终于明白过来。“既然你们认为必须让我们离开这里,我们就只好告辞了,”她说道,“但是你们不妨先告诉我们一下,究竟是什么使你们这么受折磨?我们对这里人生地不熟,甚至连我们到了哪里也弄不清楚。”

“这是小卡尔斯岛,”公羊说,“它在果特兰岛外面,在岛上居住的只有羊和海鸟。”

“你们大概是野羊吧?”阿卡问。

“那倒不是,”公羊回答说,“其实我们同人类也没有多少关系。不过我们同果特兰岛上庄园的农夫商量好了,双方约定,遇到多雪的冬天他们就给我们送来饲料,我们就让他们牵走这里多余的羊儿。这个岛非常小,所以没有足够的草料来养活我们,而我们还在愈生愈多。不过我们一年到头都是自己过日子的,我们不住在有门有锁的棚屋里,而是住在这样的山洞里。”

“你们也住在这里过冬吗?”阿卡惊异地问道。

“是呀,我们住在这里过冬,”公羊回答说,“这里的山上一年到头都有很好的草料。”

“我觉得,你们的生活看上去要比别的羊儿好一些,”阿卡说道,“那么你们现在遇到了什么灾难呢?”

“去年冬天冷得出奇,大海也结了冰。有三只狐狸就从冰上跑了过来,从此就在这里长住下来。在这之前,这个岛上是没有食肉野兽居住的。”

“哦,原来如此,难道狐狸也敢对你们这样的大个儿下手吗?”

“噢,倒也不是,在白天是不敢的,因为在大白天我可以自卫,还可以保护我的伙伴。”公羊说道，晃了晃大角，“可是他们在晚上趁我们在山洞里睡觉时偷偷地来袭击我们。我们尽量整夜不合上眼睛，可是总难免要睡上一会儿。等我们一睡，他们马上就扑过来。他们已经把别的山洞里的羊都咬死了，那里的羊群同我的羊群大小差不多。”

“说起来心里也难受，我们竟这样没能耐，”老母羊唉声叹气地说道，“我们的日子真难过呀，倘若我们是有人看管的家羊，说不定风险还会小一点！”

“那么你们觉得今天晚上那些狐狸会来吗？”阿卡问道。

“这是预料之中的事情，”老母羊回答说，“昨天晚上他们也来了，叼走了一只羊羔。看样子只要我们还有活着的，他们就一定会来。他们在别的地方就是这么做的。”

“不过，让他们这样横行下去，你们很快就会全被消灭掉。”阿卡说道。

“是啊，用不了多久，小卡尔斯岛上的绵羊就会绝迹了。”老母羊说道。

阿卡站在那里犹豫不定。回到大风暴里去的滋味实在叫人吃不消，而待在有这样的不速之客登门拜访的地方，情况也不见得有多妙。她沉思了片刻，然后回头转向大拇指儿说道：“我不知道你肯不肯像以前那样帮助我们。”

那是不用说的，男孩子回答说他很乐意这样做。

“可惜你又要彻夜不睡了，”阿卡说道，“你能不能一直醒着，一旦狐狸来了就把我们叫醒，好让我们飞出去？”男孩子虽然并不愿意不睡觉，但是这比起承受风暴之苦还是要强一些，因此他答应不睡着。

他走到洞口，将身子缩到一块石头背后去避避大风，就这样睁眼守卫着。

男孩子在那里坐了半晌，大风暴似乎渐渐减弱了势头。天空开始清朗，月亮的清辉开始在波浪上闪烁起来。男孩子走到洞口朝外看去。山洞在半山腰里，有一条又窄又陡的山路直通洞口。他就在那里守候着狐狸。

还不见狐狸的踪影，可是有些东西倒叫他一见就更加心惊胆战。在峭壁底下狭长的海滩上站着几个庞然大物，他们也许是巨人，也许是石头，或者说不定就是一些人。他起初以为自己在做梦，然而他又觉得自己分明醒着。他把这些巨大的人形怪物看得一清二楚，要说是看花了眼那也不可能。他们有些人还站在海滩上，有些人已经上了山，似乎打算往上爬。有的长着大大的圆脑袋，有的根本没有脑袋。有的是独臂，有的前后都长着大瘤子。男孩子还从来没有见到过这样的怪物。

男孩子站在那里，被那些怪物吓得走了神，险些忘了自己是来看守狐狸的。不过他的耳际忽然响起了利爪在石头上抓挠的声响。他看到三只狐狸顺着山路跑上了陡坡。这时他想到他有正经事要干了，反而镇静下来，一点也不害怕了。可只去叫醒大雁，而不顾羊儿的死活，他是于心不忍的。一定得换另一种法子。

他健步如飞，急忙奔进洞里，用力摇晃大公羊的犄角，把公羊摇醒，与此同时，一个箭步骑到山羊背上。“快站起来，往前冲！我们要叫狐狸尝尝厉害。”男孩子说道。

他尽量不弄出声响。不过狐狸大概还是听到了动静，他们跑到洞口就站定身子商量起来。

“他们一定在里面，有的还在走动呢。”有只狐狸说道。

“我怀疑他们都还醒着。”另一只说道。

“哼，往里闯！”第三只狐狸说，“反正他们对付不了我们。”

他们往洞口深处探了探，又站定身子，用鼻子嗅嗅味道。

“今天晚上我们抓哪个？”

“哼，就抓那只大公羊，”最后一只狐狸说，“以后对付别的就不在话下了。”

男孩子端坐在公羊背上，看准了狐狸正在悄悄地溜进来。“笔直朝前冲！”男孩子向公羊咬了咬耳朵。大公羊猛地用力将头朝前一顶，就把第一只狐狸顶回了洞口。“朝左边冲。”男孩子把公羊的大脑袋扳到正确的方向。公羊用犄角狠狠一戳，击中了第二只狐狸的腰侧。那只狐狸一连翻了好几个筋斗才稳住身子站了起来，匆匆逃走了。男孩子本来也想让第三只挨一下子，可惜那只早已逃跑了。

“我想，他们今天晚上尝到了滋味！”男孩子说道。

“是呀，我想也是这样，”大公羊笑呵呵地说道，“现在你快在我的背上躺下来，钻到我的绒毛里去吧！你在外边整整吹了一天大风，现在该暖和暖和身体，舒舒服服地睡个好觉了。”

地狱洞

4月9日　星期六

第二天大公羊驮着男孩子在岛上四处转悠，让他看看岛上的风景。这个岛原来就是一块巨大的岩石礁，四周峭崖壁立，顶部平坦，宛如一幢巨大的房屋。大公羊先带着男孩子去看了看山顶上水草丰茂的草地。男孩子不得不承认，这个岛似乎专门是为养活羊群而存在的。山上除了羊儿喜欢吃的酥油草和一种气味芳香的青草之外，几乎不长什么别的杂草。

登上山顶，从峭壁边缘放眼眺望，还可饱览美景。首先可以看到整个大海，蓝色的大海沐浴在日光底下，烟波浩渺，波浪起伏，只有在靠近一两个岬角处才溅起白色飞沫。正面朝东是果特兰岛，那边整齐的海岸望不到尽头。朝西南方向是大卡尔斯岛，外貌和小卡尔斯岛大同小异。公羊走到峭壁边缘，男孩子从陡壁往下俯视，他看到峭壁上密密麻麻地布满鸟窝，而在底下蓝色的海水里，黑海番鸭、绒鸭和海鸠在悠然自得地捕食小青鱼。

“这真是一个令人向往的地方，”男孩子说，“你们住的地方可真美啊！”

“是呀，这地方确实很美。”大公羊说，他好像还想说点什么，可是话到嘴边又咽了回去，只是喟然长叹一声。过了一会儿，他又说道：“你独自一人在这里走动的时候，千万要留神脚底下的裂缝，这山上有好几处很大的裂缝啊。”他继续介绍说这座山上有好几个地方都有又宽又深的大豁口，最大的一个叫作地狱洞。“要是有人失足掉了下去，那就没命啦。”大公羊警告说。他的提醒非常及时，不过男孩子觉得他这番话似乎是话中有话，专门讲给他听的。

然后大公羊驮着男孩子来到了海滩上。男孩子这一下才恍然大悟，那些在昨天晚上害得他惊恐不已的巨人原来竟是一些巨大的石柱，大公羊把它们叫作“海滩上的中流砥柱”。男孩子越看越不愿意离开。他觉得倘若真有妖魔变成了石头的话，就是这么奇形怪状的。

尽管海滩上景色也很美丽，但是男孩子还是更喜欢山顶。因为海滩上有些惨不忍睹的景象，遍地可以看到羊的尸骸，大概狐狸把羊叼来之后就是在这里大嚼的。在这里他看到了肉被吃光后剩下的完整的骨架，有血肉模糊的半片尸体，还有连一口也没有吃过的尸体完整地躺在地上。这些残暴的野兽扑向羔羊只是为了取乐，只是为了猎取和杀戮，这些惨状看了叫人心如刀割。

公羊在尸骸面前没有停住脚步，而是默默地走了过去。可是男孩子毕竟不能对这些惨状熟视无睹。

公羊又往山顶走去，到达山顶后他停住了脚步，语重心长地说："随便哪个聪明能干的人看到这些惨状都不会无动于衷。狐狸必须得到应有的惩罚。"

"可是狐狸也要求生存呀。"男孩子说道。

"不错，"大公羊正色说道，"为了生存而捕猎的动物，当然可以活下去。然而这些坏蛋不是，他们是伤天害理的罪犯。"

"这个岛的主人，那些农夫，应该到这里来帮助你们。"男孩子话锋一转说道。

"他们划着船来过好几回，"大公羊回答说，"每回来的时候，狐狸都在山洞和地缝里躲了起来。农夫们找不到他们，没法子开枪。"

"老人家，我是这么一个小得可怜的人儿，您总不见得想叫我去对付那些连您和农夫们都制服不了的无法无天的家伙吧？"

"有的人虽小，但是心灵手巧，照样能干出许多惊天动地的大事来。"大公羊若有所指地说道。

他们不再多谈这件事，男孩子走到正在山顶上觅食的大雁旁坐了下来。他虽然不愿意在公羊面前露出声色，但其实心里为羊儿的不幸遭遇暗暗难过，他想要帮助他们。“我起码可以找阿卡和雄鹅莫顿商量商量这件事，”他思忖着，“说不定他们能给我出个好主意。”

过了不久，白雄鹅就驮着男孩子越过山顶的平地朝着“地狱洞”那边去了。

雄鹅无忧无虑地在宽阔的山脊上信步而行，似乎根本没有意识到他又白又大，是多么惹眼。他没有在小丘背后躲躲藏藏，而是昂首挺胸地往前走。奇怪的是，他似乎在昨天的大风暴中遭受过折磨，但没有因身子不利索而更加小心谨慎。他走起路来右腿一瘸一拐的，一侧的翅膀耷拉在地上，好像折断了似的。

他漫不经意地走着，似乎四周一点危险也没有。他不时从地面上啄食一根草茎，怎么也想不到向周围打量一番。男孩子平躺在鹅背上，眼睛仰望着蓝色的天空。现在他骑鹅的技术已经非常老练了，不仅能够坐，而且能站或躺在鹅背上。

雄鹅和男孩子都那么逍遥自在，当然没有注意到三只狐狸爬上了山顶。狐狸们很清楚，要在开阔地带谋害一只鹅，那几乎是不可能得逞的，因此起初他们并没有打算去猎捕雄鹅。但是他们反正也在闲逛，就跳进了一条很长的裂缝里，打算偷袭一下雄鹅试试。他们一举一动都很小心，雄鹅一点也没有瞅见他们。

狐狸们快要走近雄鹅时，雄鹅想试试能不能飞起来，他拍打了几下翅膀，但是怎么也飞不起来。于是狐狸们恍然大悟，原来这只鹅是不会飞的。他们比先前更加兴冲冲地追赶上去。他们不再在裂缝里躲闪迂回了，而是一口气径直冲上山顶。他们尽量利用土丘和凸出的高处掩护，以免被雄鹅发现有人在向他步步逼近。就这样狐狸终于悄悄地靠近了雄鹅，只消一个箭步就能把他逮住。三只狐狸便一齐纵身扑向雄鹅。

雄鹅想必在最后一刹那才发觉了动静，因为他朝旁边一闪身，狐狸扑了个空。但是这并没有缓解险情。因为雄鹅只抢先跑出了几步路，而且还是一瘸一拐的，但是这个可怜虫还是拼命往前飞跑。

男孩子倒骑在鹅背上朝着狐狸喊道："你们这几只狐狸，吃羊肉吃得浑身肥膪膪的，胖得连只鹅也追不上！"他的呼喊激怒了那三只狐狸，他们暴跳如雷，不顾一切地往前直冲。

那只白鹅径直朝那个大豁口飞奔过去，他来到豁口边上振翅飞了过去，而狐狸差点就抓住他了。

在飞过了"地狱洞"之后，雄鹅还是和方才一样大步流星地匆匆飞奔。可是还没有奔出几米远，男孩子就拍拍雄鹅的脖子说道："现在你可以停下来啦，雄鹅。"

就在这时候，他们听见身后传来了疯狂的嚎叫和利爪抓挠岩石的声音，随后又听见身体坠到谷底的沉重响声。狐狸却再也不见踪影了。

第二天早上，大卡尔斯岛上的航标灯守护人捡到了一块从门缝底下塞进去的桦树皮，上面歪歪扭扭地刻着一行字："小卡尔斯岛上的狐狸掉进了'地狱洞'里。快去抓！"

那个航标灯守护人真的去了。

两座城市

海底的城市

4月9日　星期六

这是一个安谧而清朗的夜晚。大雁们不愿栖身在山洞里，而宁愿露宿在山顶上。男孩子躺在大雁们身边低矮干枯的草丛中。

那一夜月色溶溶，皎洁的月光照亮了大地。男孩子辗转反侧睡不着觉。他躺在那里想着自己离开家有多久了，算来算去出门在外竟然已经有三个星期了。就在这时，他忽然想起今天晚上是特别的一天。

“今天晚上所有的巫婆都要从蓝魔山上出来，骑着扫烟囱的扫帚回家啦。”他思忖着，不禁暗自笑起来，尽管他对小水妖和小精灵有点害怕，但对巫婆一点也不相信。

要是今天晚上巫婆果真骑着扫帚飞出来的话，那么他早就应该看到她们了。天空中月光明亮，哪怕有个最小的黑点在空中移动，也逃不过他的眼睛。

就在他面朝天躺着遐想的时候，忽然有一幅美妙的画面映入他的眼帘。

那轮明月圆而不残，高高悬在天宇。有一只大飞鸟挡在月亮前面。那只大鸟不是从月亮边上飞过，而是在月亮的正中，仿佛从月亮中飞出来似的。在明晃晃的月亮衬托下，飞鸟呈黑色，双翅从明月的一侧边缘伸展到另一侧。他飞得如此悠然洒脱，而且一直朝着同一个方向，男孩子觉得他就是画在月亮上的一只鸟。他的身体很小，脖子细长，两条细长的腿向下垂着。从样子上来看，想必是一只白鹳。

过了片刻，那只白鹳飞落在男孩子身边，竟然是埃尔曼里奇先生。男孩子之前在格里敏大楼见过他。他弯下身来，用喙碰碰男孩子想把他叫醒。

男孩子立即坐了起来。“我没有睡着，埃尔曼里奇先生，”他说道，“您怎么半夜三更还在外面忙碌？格里敏大楼里的情况怎么样？”

“今天晚上月光太亮了，我睡不着觉，”埃尔曼里奇先生回答说，“所以我就飞了一段路到卡尔斯岛上去找你，我的好朋友大拇指儿。我从一只海鸥那里听说你今天晚上在这里。我还没有搬回到格里敏大楼去，而是住在波隆美[①]。”

埃尔曼里奇先生的到来使男孩子喜出望外。他们俩像老朋友重逢一样聊个没完，无话不谈。最后白鹳问男孩子是不是有兴趣出去转转，趁月色溶溶时骑在他背上去兜兜风。

行呀，男孩子当然愿意，只要白鹳能掌握好时间，在日出之前把他送回大雁们身边就行。白鹳答应了，于是他们出发了。

---

① 波兰北部地名。

埃尔曼里奇先生重新朝着月亮飞去，他们越升越高，大海在他们身体底下愈来愈往下陷。这次飞行异常轻松平稳，仿佛他们在空中停住了似的。

男孩子觉得这次飞行时间短得令人难以置信，因为刚过了一会儿，埃尔曼里奇先生就降落下来了。

他们降落在一处荒无人烟的海滩上，周围是一片均匀的细沙。沿岸有很长一排流沙堆积成的沙丘，顶部长着蓬蒿。沙丘虽然不高，但足以挡住男孩子的视线，使他无法看到内陆。

埃尔曼里奇先生站到沙丘上，缩起一条腿，把脖子往后一歪，喙塞在翅膀底下。"我要休息一会儿啦，"他对大拇指儿说道，"你可以在海滩周围走走，但是千万不要跑远了，免得你没法回到我的身边。"

男孩子打算先爬到一座沙丘上去看看内陆究竟是什么样子。他刚迈出一两步，脚上的木鞋就踩到一个硬邦邦的东西。他弯下身子一看，原来在沙堆中埋着一枚小铜钱。那枚铜钱布满铜绿，锈得几乎穿孔了。它实在太破了，男孩子根本无意去捡起来，而是一脚把它踢开。

可是，当他直起身来的时候，他完全惊呆了。就在离他两步远的地方，赫然耸起一道黑黢黢的城墙，城门洞旁还筑有碉楼。

在他弯下身子之前，眼前还是一片波光闪烁的大海，而转眼间竟然耸起一道筑有碉楼和雉堞的城墙。就在他眼皮底下，方才还有海藻缠绕，现在竟然大开着城门。

男孩子心里明白，这一定是魔法在作祟。可是，他想这没有什么可怕的。这并不是那些夜里出来吃人的可怕的恶鬼。城墙和城门都巍巍壮观，他很有兴致去看看城墙背后是什么。"我一定要去看个明白不可。"于是他大步跨进城门。

在幽深的城门洞里，身穿色彩华丽的绣花宽袖大氅的卫兵把锋刃很长的斧钺撂在身边，蹲在那里掷骰子。他们玩得那样起劲，连身边走过的男孩子都顾不上去盘问。男孩子就这样毫不费力地通过了岗哨。

城门里面是一处广场，地上镶着平整的大石板。广场四周高大而漂亮的房屋鳞次栉比，房屋之间一条条窄长的街巷四通八达。

城门前的广场上人流如潮，熙熙攘攘。男人们个个披着皮毛绲边的长大氅，里面穿着绫罗绸缎，头上戴着斜插羽翎的小圆帽，胸前挂着精致的金挂链。他们个个服饰鲜丽，俨然国王公侯一般。

女人们头戴尖顶帽，身着紧袖小袄和长裙。她们的穿戴也很讲究，但是远不及男人们的服饰那样华丽。

这一景象就像男孩子的妈妈从大木箱里拿出来给他看的古老的故事书里所描写的一样。男孩子简直不敢相信自己的眼睛了。

但是，这座城市本身要比那些男男女女更值得一看。每幢房屋都有一堵山墙临街。山墙上布满了彩画浮雕，像是竞相比美，夸富争豪。

一个人仓促地看到许多新奇的东西出现在眼前，是来不及一下子全记在心里的。不过男孩子事后仍旧记忆犹新，他看到了阶梯模样的山墙，墙上一层层全是精美的雕像，他看到了整个墙上全是一个个神像壁龛。他看到了用绚丽斑斓的彩色玻璃镶嵌而成的山墙。他还看到了用黑白两色相间的圆形和矩形大理石镶嵌的山墙。

男孩子在细细观赏，对这一切赞叹不已，这时他忽然想到恐怕时间来不及了。“这样的东西我以前从未见过，以后恐怕也见不到了。”他自言自语道。于是,他加快了脚步往城里奔跑,穿过了一条又一条街道。

那些街道都是又窄又长,不过并非像他所熟悉的城市那样空荡荡的,不见什么人影。这里到处是人。老太婆们端坐在自家门口纺线,她们不用纺车,只用纺锤。商人们的店铺就像集市上的货摊一样朝街敞着大门。所有的工匠都在露天干活。有人在一个地方熬鲸油,有人在另一个地方鞣皮革,还有人在一个狭长的地方打麻绳。

倘若男孩子有充裕的时间,他说不定能够把这些手艺都学个七八成。他看到了兵器匠怎样用铁锤敲打出薄薄的护胸铁甲。他看到了金银首饰匠怎样把宝石镶嵌到戒指和手镯上去。他看到了铁匠怎样锻造或冶炼铁块。他看到了鞋匠怎样给红色软皮靴上鞋底。他看到了纺金线的匠人怎样拉出细如发丝的金线。他也看到了纺织匠人怎样把金丝银丝织到布面上去。

不过男孩子没有时间久留。他只能匆匆向前跑去,尽量多看一些,免得错过这一良机。

高高的城墙绕城而过,把整个城都圈在城墙之内,就像庄园的围墙把耕地圈起来一样。在每条街巷的尽头,他都能见到这座雉堞林立、碉楼高耸的城墙。城墙上头戴闪闪发光的铁盔、身穿锃亮铠甲的武士在巡查。

他穿过了全城,来到了另一个城门,那个城门外面是大海和港口。男孩子一眼看到了那种老式船,船头和船尾都有高高的船舱,而划桨的位置设置在中间部分。有些船停泊岸边正在装卸,还有一些船正在抛锚。港口里搬运夫和商人摩肩接踵,来往如穿梭。到处都是繁忙的热闹景象。

但是,男孩子知道在这里也不能耽搁太久。他赶紧又转身朝城里跑去。他来到了市中心广场。广场上,大教堂巍然屹立,教堂的三个钟楼高耸入云，深邃的门洞里各种各样的塑像排列成行。连每垛墙壁上也都林林总总布满了塑像，每一块石头都由石匠雕琢成精美的装饰。从那敞开的大门看进去，里面更加金碧辉煌。和教堂遥遥相对的一幢大楼，屋顶四周有雉堞围绕，中央有一座尖塔高耸入云，那是市政厅。在教堂和市政厅之间，有画栋雕梁的华厦精舍，它们靠街的山墙更是一垛比一垛精美和富丽。

男孩子跑得又热又累。他觉得他已经看到了这个城市的精华所在，所以放慢了脚步。现在他拐进来的这条街道想必是这个城市的居民来购买鲜艳服饰的地方。他看到那些小店铺门前站满了顾客，商人们在柜台上把一匹匹花团锦簇的绫罗绸缎、嵌金线的锦绣织物、颜色变幻莫测的天鹅绒、轻柔的纱巾和薄如蝉翼的抽纱花边都展示出来。

在此以前，男孩子疾步奔跑的时候，街上没有人注意到他。他从别人身边一掠而过时，人家还以为是一只灰色小老鼠呢。但是，他此刻慢慢地沿着街走的时候，有个商人一眼看到了他，便向他招起手来。

男孩子起初惴惴不安，想要闪身躲避。可是那个商人殷勤地频频招手，满面春风地朝他微笑。大概是为了要把他吸引过去，那个商人还取出了一块非常好看的锦缎放在柜台上。

这时候整条街上每家店铺里的人都瞅见了他。不管他眼睛朝哪个方向看过去，总会有兜售货物的商人殷勤备至地朝他频频招呼。他们把那些有钱的顾客撇在一边，顾不得理会他们，而专门来招待他，要他光顾。他看到那些商人怎样匆匆忙忙地跑进店铺里，在最隐蔽的角落里取出了他们最上乘的货色。他也看到，商人们在把货物放到柜台上的时候，双手因为慌乱和激动而情不自禁地发抖。

男孩子脚不停步地往前走去。有一个商人甚至跨过柜台追了出来，把一些银丝嵌织的绸缎和色彩斑斓的丝织壁毯铺开在他的面前。男孩子乐不可支，不禁对他咯咯地笑了起来。唉，卖货物的商人啊，像他这样一个身上没有分文的穷光蛋，怎么买得起这样贵重的东西呢？他停住脚步，摊开空空的双手，要让大家都知道他身上一无所有，不要再来纠缠他了。

可是那个商人却竖起了一根手指头，连连朝他点头，还把那一大堆贵重物品统统推到他的跟前。

“难道他的意思是，他所有这些东西要卖一个金币？”男孩子琢磨起来。

那个商人从身边掏出一枚很小的、已经磨损得残缺不全的小钱币，也就是说价值最小的那种，朝着男孩子晃晃。那个商人急于要做成这笔买卖，他又在那堆贵重的物品上加了一个又大又重的银杯子。

这时候男孩子开始在衣服口袋里摸索起来。他明明知道自己身无分文，却还是情不自禁地要摸摸口袋。

所有别的商人都围聚在旁边，看着这宗买卖能不能成交。当他们看到男孩子开始摸衣服口袋的时候，便纷纷转身回去，翻过柜台拿出大把大把的金银首饰向他兜售。大家都向他比画，只消出一个小钱就全部卖给他。

可是男孩子把背心和裤子的口袋统统翻了个底朝天，让他们亲眼看看他身上的确一文钱都没有。这些气派不凡的商人一个个眼泪汪汪的，都要哭出来了，其实他们远比他富有。男孩子眼看着他们伤心难过的样子，动了恻隐之心。他认真地思索起来，看看能不能想个办法帮帮他们的忙。他脑筋一转，忽然想到方才他在海滩上见到过的那枚布满铜绿的铜钱。

他不顾一切地奔跑起来，他挺走运，一跑就来到了刚才进城来的那个城

门。他穿过城门，一口气奔到海滩上，开始寻找方才还在海滩上的那枚布满铜绿的铜钱。

他倒真的找到了，但是当他捡起铜钱要迈步奔回城里时，他的眼前却只有一片大海了。别的东西蓦然消失了，城墙不见了，城门不见了，卫兵、街道、房屋统统化为乌有，只剩下一片大海。

男孩子这下急得不得了，泪水哗哗地涌出了眼眶。他起初以为是自己看花了眼才见到了那些奇怪的景象，可是后来就把起初的疑心全忘了。他一心只想着城里的一切是多么美丽。而当这个城市消失的时候，他不禁伤心起来。

就在这时候，埃尔曼里奇先生醒了过来，并且走到了男孩子身边。但是男孩子却没有听见他走过来。白鹳埃尔曼里奇先生不得不用喙去碰碰他，让他知道身边有人来了。

“我想你也同我一样，方才在这里睡了一觉。”埃尔曼里奇先生说道。

“哦，埃尔曼里奇先生！”男孩子精神恍惚地呼喊起来，“方才还在这里的那座城市是哪一座城市呀？”

“你看见了一座城市？”白鹳愕然地反问道，“你大概是像我说的那样，睡熟了还做了个好梦。”

“不是的，我没有做梦。”他向白鹳讲述了方才亲身经历的一切。

埃尔曼里奇先生沉思片刻后说道：“我还是认为，大拇指儿，你在海滩上睡着了，那一切不过是梦幻之境。但是，我不想对你隐瞒，所有鸟类中最有学问的那只鸟，渡鸦巴塔基，有一次对我讲起过，从前在这个海滩上有过一座名叫威尼塔的城市。那座城市极其富有，在那里生活好极了，没有哪座城市能够像它那样金碧辉煌。可惜，那座城市里的居民不知自爱，放纵自己，骄奢淫逸，无所不为。巴塔基说，恶总是有恶报的，上苍给予威尼塔城的惩罚是，在一次海啸中这个城市被大水淹没并沉入了海底。城里的居民并不会死去，整个城市也完好如初。但是要每隔一百年，这个城市才在某个晚上从海底浮出水面，把它旧日的豪华风貌展现在陆地上，在地面上停留的时间只有一小时。”

“对呀，一定是这么回事，”大拇指儿说道，“我亲眼见到的正是这座城市。”

“但是一小时过去了，如果威尼塔城里没有一个商人能够把随便什么东西卖给一个活生生的人的话，这座城市就会重新陷入海底。大拇指儿，你身边只要有一枚很小很小的铜钱付给商人，威尼塔城就会在这里的海岸上一直保留下去。那个城市里的居民也可以像其他人一样有生有死啦。”

“埃尔曼里奇先生，”男孩子说道，“现在我明白过来了，为什么您今天晚上半夜里把我接到这里来。您以为我能够拯救那座古老的城市。可惜事与愿违，我心里非常难过。”

男孩子用双手捂住眼睛，呜呜咽咽地哭了起来。可是究竟是男孩子还是埃尔曼里奇先生更伤心，那就很难说啦。

活着的城市

4月11日　星期一

这天下午，大雁们和大拇指儿又继续飞行，他们来到了果特兰岛的上空。

身下的这个大海岛地势坦荡，一望平畴。岛上的土地也同斯康耐一样阡陌成行，分成一个个方格子。岛上有许多教堂和农庄。不同之处是这里耕地之间杂有更多的放牧草场，农庄大多是孤零零的一幢房屋，四周没有仓库棚屋之类的附属建筑。那种主楼筑有尖塔、华丽得像宫殿一样、四周有大片园林的贵族庄园，这里一个也没有。

大雁们绕道拐到果特兰岛的上空，是因为大拇指儿。他在这两天好像变成了另外一个人，连一句高兴的话都没有。这是因为男孩子只是魂牵梦萦地思念着那座曾经活灵活现地出现在他眼前的城市。他从来没有见到过如此美丽和气派的城市，而他未能拯救它，因此他觉得自己罪孽深重，无法获得宽恕。他并不是多愁善感的人，但是他确确实实为那些漂亮的建筑和雍容华贵的人感到难过。

阿卡和雄鹅再三劝说，尽力要使大拇指儿相信，他只不过做了一个梦，或者是看花了眼，但是他一句话也听不进去。他确信他真的看到过他眼前出现过的那一切景象，谁也休想改变他的主意，因为他是那么深信不疑。他惘然若失地走来走去，旅伴们都开始为他着急起来。

正在男孩子心情最坏的时候，老卡克西回来了。她被狂风卷到了果特兰岛上，不得不飞越了整个岛屿，才从几只乌鸦那里打听到旅伴们在小卡尔斯岛。卡克西听说大拇指儿心情不好，就完全出乎意料地说道：“如果大拇指儿是在为一座古老的城市而难过的话，那么我们很快就可以使他得到安慰。跟我走吧，我把你们领到我昨天见过的那个地方，他就不会那么伤心啦。”

于是大雁们告别了绵羊，动身到卡克西要给大拇指儿看的那个地方。男孩子尽管心里很难过，但是在朝前飞行的时候还是忍不住像往常一样低下头去俯视大地。

他觉得，整个岛从上往下看，似乎也像卡尔斯岛一样是一块又高又陡峭的岩石，不过要大得多。但是这块岩石后来又被压扁了。就像有人拿了一根很大的擀面杖，像擀面团一样把它擀过，不过没有把这块面团擀得像烙饼那样平整。他们沿着海岸飞行的时候，就看到在好几个地方有很高的石灰石峭壁，峭壁上还有洞穴和石柱。但是在大部分地方山头已被削平了，海岸也是平缓地向大海伸展。

他们在果特兰岛上的那个下午，天气晴朗，风平浪静。这是一个和煦的阳春天气，树木已经抽出茁壮的幼芽，春天的野花争妍斗艳，把草地打扮得色彩缤纷，杨柳垂下细长的枝条随风飘拂，每家每户农舍前面小园子里的醋栗树已经郁郁葱葱。

和煦的阳光和生机盎然的春光把人们吸引到大路上和院子里来，不论在哪里，只要有几个人聚集在一起，他们就玩耍起来，不但孩子们在游戏，连大人们也在玩耍。他们用石子掷向目标，把球高高地抛向空中，几乎可以碰到大雁了。看到大人们也在这样兴高采烈地做游戏，真叫人从心里高兴。男孩子为他没能拯救那座古老的城市而苦恼，要不然他看到这种景象必定是乐不可支的。

他心里暗暗承认，这是一次非常愉快的旅行。空中荡漾着欢快的歌声和笑声。孩子们围成一圈在做游戏、唱歌。老头老太太也到街上来了。他看到一大群人身穿红黑两色相间的制服，坐在坡地的小树林里弹吉他，吹铜号。在一条路上来了一大群人，那是禁酒协会的会员出来远足。男孩子从飘扬的旗帜上的金字认出了他们。他们一首歌接一首歌不断地唱，一直到他听不见为止。

从此，男孩子一想到果特兰岛，就想到了那些游戏和欢乐的歌声。

有很长一段时间，他一直是骑在鹅背上往下看的。不过他无意之中抬起头来朝前一瞧，不禁大吃一惊。原来还没有等他发觉，大雁们已经飞过了岛上的腹地，正朝西海岸飞行。他的面前又展现出碧波万顷的大海。可是大海并没有什么值得让他吃惊的，让他吃惊的是一座城市，是矗立在海岸上的一座城市。

男孩子是从东面飞过来的，太阳正好开始朝西坠落下去。当他飞近那座城市的时候，那里的城墙、碉楼、带有山墙的房屋和教堂，在明亮的天空衬托下，全都显得黑黝黝的，所以他无法看清那座城市的真实面目。在最初看到一两眼后，他就觉得这座城市同他之前看到的那座海底城市一样气派非凡。

真的来到了这座城市的上空时，他才看清原来它同海底城市既相似又不同。它们之间的差别，就像是在某一天看到一个人身穿绮罗锦绣，头上插金戴银，在另一天却看到他衣衫褴褛、衣不蔽体一样。

不错，这座城市也有过昔日的显赫，就像他骑在鹅背上仍在魂牵梦萦的那一座城市一样。这座城市也曾经城墙环绕、碉楼高耸，也曾经有过高大的城门。然而，现在还残留在地面上的碉楼却连屋顶都没有了，里面空空荡荡。城门洞口的门板早已没有了，卫戍的武士和卫兵早已杳无踪影。昔日的显赫已经一去不回，只剩下光秃秃的残垣断壁。

当男孩子飞越市区的时候，他看到城里多半是低矮的房屋，间杂也保留着昔日留下来的几幢筑有山墙的高楼和教堂。那些高楼的墙壁是用石灰粉刷的，既无画栋雕梁，也没有重油彩绘。不过，男孩子不久之前看到过那个沉没在海底的城市，因此他能够想象得出这些高楼昔日的豪华风采：有的墙壁上装饰着雕像，有的镶嵌着黑白相间的大理石。古老的教堂也是如此。它们多半已经屋顶坍塌，只剩下残垣断壁。窗洞上空空如也，地面上杂草丛生，墙壁上爬满了常春藤。但是，男孩子能想象得出它们昔日的奢华，满墙都是雕像和图画。

男孩子也看到了那些狭街窄巷，因为是节日的下午，街上一个人影也没有。然而他能想象出昔日街上身穿鲜衣美服的人摩肩接踵的热闹光景。他还能想象出这样的情景：各行各业的工匠都在露天干活，街头巷尾都成了工匠云集的露天大作坊。

可是尼尔斯·豪格尔森没有看到的是，这座城市至今仍是一座美丽而引人注目的城市。他没有看到在偏僻小街上的那些黑色墙壁、白色房檐、明亮的玻璃窗背后放着鲜红的天竺葵花盆的舒适小屋。他没有看到那许多佳木葱茏的花园和林荫大道，也没有看到藤蔓攀缘的古迹遗址的胜景。他的目光被那座光彩照人的古代城市蒙上了一层云翳，以致看不出眼前这座活生生的城市的好处来。

大雁们在城市上空来来回回兜了好几个圈子，好让大拇指儿真正看清所有的东西。后来他们降落在一个芜草丛生的教堂遗址上，准备栖息过夜。

大雁们站在地上进入了梦乡，而大拇指儿睁着眼久久不能入眠。他透过千疮百孔的穹隆的圆顶仰望着胭脂般的晚霞。他在那里静坐了半晌，心情渐渐平静下来，不再为自己无力拯救那座沉没在海底的城市而苦恼了。

是呀，看到了这座城市以后，他再也不愿意为此而烦恼了。即便他曾经一睹风采的那座城市没有沉入海底，说不定多少年后也会变得同眼前这座城市一样衰败。也许它经不住风雨和时光的侵蚀而像这座眼前的城市一样，到头来只剩下屋顶残缺不全的教堂、四壁萧疏的房屋和空旷静谧的街巷。与其这样，还不如风采依旧、完好无缺地深藏在海底呢。

“过去的事情就让它过去算啦。”男孩子拿定了主意，“就算我有拯救那座城市的回天之力，我想我也不会那样做。”自此之后，他就不再为那件事黯然神伤了。

年轻气盛的后生们大概也会如此想的。可是人们在渐入老境，容易满足的时候，就会觉得眼前的维斯比城[①]要比海底下那座显赫的威尼塔城更为亲切可爱。

① 果特兰岛上的城市，因历史悠久、遗址众多而闻名。

老农妇

4月14日　星期四

三个疲惫不堪的旅行者在一个晚上较晚的时候还在外面寻找过夜的地方。他们为了躲避狐狸的追踪东躲西藏。此时，他们来到的是斯莫兰北部一个贫瘠、荒芜的地方。但是像他们想找的那种休息地照理还是应该找得到的，因为他们并不是寻求柔软的床铺和舒适的房间的那种娇生惯养的人。

"如果在这些此起彼伏的山梁中，有一座山峰既高又陡，使得狐狸爬不上去，那么我们就会有一个很好的睡觉的地方了。"其中的一位说。

"这众多的沼泽，只要有一个没有结冰，而且泥泞潮湿，狐狸不敢上去，那就是个过夜的好地方。"第二位说。

"我们路过那么多的大湖，如果有一个湖的湖面上的冰与湖岸不相连，这样狐狸到不了冰上，那么我们就找到了正在寻找的地方了。"第三位说。

最糟糕的是，太阳落山以后，其中的两位旅行者已经困得不行了，每时每刻都会倒在地上睡过去。第三个还能保持清醒，但随着夜幕的降临，他也变得越来越不安了。

“我们来到了一个湖泊和沼泽都结冰的地方，狐狸可以到处行走，这是我们的不幸。在其他地方冰早就融化了，现在我们却到了斯莫兰最寒冷的地方，春天还没有来临。我们不知道怎样才能找到一个睡觉的地方。除非我们能找到一个安全可靠的地方，要不然等不到天亮，狐狸斯密尔就会追上我们的。”

他环顾四周，四处寻找，但哪儿都找不到一个可以栖身的地方，那是一个又黑又冷、风雨交加的夜晚，周围的情景越来越可怕，形势越来越不利。

这听起来也许很奇怪，但是那些旅行者无意到农庄里去寻找住所。他们已经走过了许多村庄，但没有敲过一家的门。就连那些可怜的流浪汉都会乐意看到的森林边缘的小屋，也没有使他们动心。人们几乎会说，他们落到这样的境地是活该，因为他们在有求必应的情况下不去请求帮助。

最后，天终于黑了，黑得伸手不见五指，那两个急需睡觉的旅行者只是半睡半醒地向前移动着脚步，就在此时他们碰巧走到了一个远离邻舍独居一处的农庄。它不但坐落的位置偏僻，而且完全不像有人居住的样子。烟囱里不冒烟，窗户里没有透出任何亮光，院子里也无人在走动。当三个旅行者中还醒着的那位看到那个地方时，他想：“听天由命吧，我们必须到这个农庄里去，看来找不到比这更好的地方了。”

过了不久，三个旅行者都已经站在农庄的院子里了。其中的两个一停住脚步就睡着了，第三个却急切地朝四周张望，想找个能避风挡雨的地方。这不是个小农庄，除了住房、马厩和牛棚外，还有一长排一长排的干草棚、库房和农具储藏室，但看上去还是给人一种寒酸和荒芜的感觉。房子的墙是灰色的，上面长满了苔藓，而且已经歪歪斜斜，看上去随时都会倒塌。房顶上开着大口，房门歪歪扭扭地挂在断裂的门框上。显然，很久没有人操心在墙上钉一颗钉子了。

当时，没有睡觉的旅行者弄清了哪个屋子是牛棚。他将旅伴们从睡梦中摇醒，一起来到了牛棚门口。幸运的是，门没有上锁，只是用一个铁钩挂着，他用一根棍子很容易就把它拨弄开了。想到马上就要到安全的地方了，他如释重负，不由得松了口气。但是，当门吱呀一声打开的时候，他却听到一头母牛哞哞地叫了起来。

“你终于来了吗？女主人，”她说，“我还以为你今晚不给我吃饭了呢。”

那位没有睡觉的旅行者发现牛棚并未空着的时候，停在门口，完全惊呆了。但他很快就看清，里面只有一头母牛和三四只鸡，他又重新鼓起了勇气。

“我们是三个可怜的旅行者，想找个狐狸偷袭不着、人抓不到的地方过夜，”他说，“不知道这里对我们合不合适。”

“我觉得再合适不过了，”母牛说，“说实话，墙壁是有点破，但狐狸还不至于胆敢钻进来。这里除了一位老太太外，没有别人，而她是决不会来抓人的。可是，你们到底是什么人？”她继续问道，同时回过头来看看来客。

“我叫尼尔斯·豪格尔森，家住西威曼豪格，现在被施魔法成了小精灵，”第一位旅行者说，“随我同来的还有我经常骑的一只家鹅，另外还有一只灰雁。”

“这样的稀客以前可从来没有到过我这里，”母牛说，“欢迎你们到来，尽管我个人希望是我的女主人来给我送晚餐。”

男孩子把雄鹅和灰雁领进了那个相当大的牛棚，把他们安置在一个空着的牛棚里，他们俩很快就睡着了。他用干草为自己铺了一个小床，希望自己也能很快入睡。

但他怎么也睡不着，因为那头没有吃上晚饭的可怜的母牛一刻也不能保持安静。她摇晃着铃铛，在牛棚里转来转去，不停地埋怨说她饿得难受。男孩子连打个盹都不可能，只得躺在那里回想最近几天发生在他身上的一幕幕往事。

自从狐狸被逐出斯康奈后，他难消心头之恨，一路追踪雁群，并与乌鸦勾结，劫持了大拇指儿。幸好一只名叫“迟钝儿”的乌鸦救了男孩子，并把他放在了一栋废弃的木屋里。但厄运仍然紧追他不放，斯密尔也闯进了屋子，为了赶走狐狸，他点燃了线团，却也不小心引燃了木屋。

男孩子忍不住闭上了眼睛，他想起了在木屋门口遇见的放鹅姑娘奥萨和小马茨；他想他不小心点火烧着的那间小屋一定是他们在斯莫兰的老家。现在他回忆起，他们曾经提到过这样一间小屋以及底下灌木丛生的荒漠。这次他们是回来看看老家的，可当他们回到家里的时候，却发现自己的房子已处于一片大火之中。

他给他们造成了如此巨大的悲痛，心里感到非常难过。假如有一天能重新变成一个人，他一定要设法弥补损失和过错。

然后，他的思绪又跳到了那些乌鸦上。想到曾救了他的性命，并在被选为乌鸦头领的当天便遭厄运的迟钝儿时，他万分悲痛，禁不住流下了眼泪。

在过去的几天里，他吃了不少苦。但不管怎样，雄鹅和邓芬终于找到了他，这是不幸中的万幸。

雄鹅说过，大雁们一发现大拇指儿失踪，就向森林里所有的小动物打听他的下落。他们很快就打听到，是斯莫兰的一群乌鸦把他带走了。但是乌鸦们早已飞得无影无踪了，他们往哪个方向飞的，谁也说不上来。为了尽快找到小男孩，阿卡命令大雁们两个一组，分成几路，出去寻找他。他们预先约好，无论找到还是找不到，两天之后都要到斯莫兰西北部一个很高的山峰会合。那是一个像断塔一样的山峰，名叫塔山。在阿卡为他们指出了最明显的路标并仔细描绘了怎样才能找到塔山之后，他们就分手了。

白雄鹅选择了邓芬作为他的旅行伙伴，他们为大拇指儿担心，怀着不安的心情到处飞行。在飞行途中，他们听到一只鸫鸟站在树梢上又哭又叫地说，有一个自称被乌鸦劫持的人讥笑过他。他们上前向鸫鸟打听，鸫鸟把那个自称被乌鸦劫持的人的去向告诉了他们。后来他们又先后遇到了一只斑鸠、一只欧椋鸟和一只野鸭，他们都埋怨有一个坏蛋扰乱了他们唱歌。那个家伙自称是被乌鸦抓走的人、被乌鸦抢走的人、被乌鸦偷走的人。他们就这样一直追踪大拇指儿到索耐尔布县的荒漠上，最后找到了他。

雄鹅和邓芬找到大拇指儿后，为了及时赶到塔山，立即向北飞去。但是路途还很遥远，还没有等他们见到塔山顶，夜色就降临了。

“只要我们明天赶到塔山，那么我们的麻烦就没有了。”男孩子一边想，一边往干草堆深处钻去，以便睡得更暖和点。与此同时，母牛在牛棚里一刻不停地唠叨、埋怨。然后，她突然同男孩子说起话来。

“我已经不中用了，”母牛说，“没有人为我挤奶，也没有人为我刷毛。我的槽里没有过夜的饲料，身下没有人为我铺床。我的女主人黄昏时曾来过，为我安排这一切，但是她病了，病得很厉害，来后不久又回屋里去了，后来再也没有回来。”

“可惜我人小又没有力气，”男孩子说，“我想我帮不了你的忙。”

“你绝对不能让我相信，你人小就没有力气，”母牛说，“我听说过所有的小精灵都力大无比，他们能拉动整整一车草，一拳头就能打死一头牛。”男孩子禁不住对着牛大笑起来。“他们是与我截然不同的精灵，”他说，“但是我可以解开你的缰绳，为你打开门，这样你就可以走出去，在院子里的水坑中喝点水，然后我再想办法爬到放草料的阁楼上去，往你的槽里扔一些草。”

“好吧，那总算是对我的一种帮助。”母牛说。

男孩子照自己说的做了。当母牛站在添满草料的槽子跟前时，男孩子想他这一下总可以睡会儿觉了。但是，他刚爬进草堆，还没有躺下，母牛又开始和他说话了。

“如果我再求你为我做一件事，你会对我不耐烦吗？”母牛说。

“哦，不，不会的，只要是我能够办到的事，我一定办。”男孩子说。

“那么我请你到对面的小屋去一趟，去看看我的女主人到底怎样了。我担心她出了什么事。”

“不！这件事我可办不了，”男孩子说，“我不敢在人的面前露面。”

“你总不至于会怕一位年老而又病魔缠身的老妇人吧，”母牛说，“况且你用不着到屋里去，只要站在门外，从门缝里瞧一瞧就行了。”

“啊，如果这就是你要我做的事，那我当然会去做的。”男孩子说。

说完，他便打开牛棚门，往院子走去。那是一个可怕的夜晚，既没有星星也没有月亮，只有狂风在怒吼，大雨在倾注。最可怕的是，有七只大猫头鹰排成一排站在正房的屋脊上，正在那里抱怨这恶劣的天气。他们的叫声让人毛骨悚然。想到只要有一只猫头鹰看见他，他就会没命时，他就更加害怕了。

“唉，人小了真是可怜呀！”男孩子边说边鼓起勇气往院子里走。他这样说是有道理的，因为在他到达对面的屋子之前曾经两次被风刮倒，其中一次还被风刮进了一个小水坑，水坑很深，他差一点被淹死了，但是他总算走到了。

他爬上几级台阶，吃力地翻过一个门槛，来到了门廊。屋子的门关着，但是门下面的一个角被去掉了一大块，以便让猫进进出出。这样，男孩子可以毫不费力地看清屋子里面的一切。

他刚向里面看了一眼，就吃了一惊，赶紧把头缩了回来。一位头发灰白的老妇人直挺挺地躺在地板上，不动也不呻吟，脸色白得出奇，就像有一个无形的月亮把惨白的光投到了她的脸上似的。

男孩子想起他外祖父死的时候，脸色也是这样白得出奇。他立刻明白，躺在里面地板上的那位老妇人肯定是死了。死神是那么急速地降临到她的身上，她甚至来不及爬到床上去。

想到在漆黑的深夜里自己孤身一人和一个死人在一起时，男孩子吓得魂不附体，转身奔下台阶，一口气跑回了牛棚。

他把看到的屋里的情况告诉了母牛。她听后停止了吃草。

“这么说，我的女主人死了，”她说，“那么我也快完了。”

“总会有人来照顾你的。”男孩子安慰她说。

“唉，你不知道，”母牛说，“我的年龄早比一般情况下被送去屠宰的牛大一倍了。既然屋里的那位老妇人再也不能来照料我了，我活不活也无所谓了。”

有那么一会儿工夫，她没有再说一句话，但是男孩子发现她既没有睡也没有吃。不多久，她又开始说话了。

“她是躺在光秃秃的地板上吗？”她问。

“是的。”男孩子说。

“她习惯于到牛棚来，”她继续说，“倾诉使她烦恼的一切事情。我懂得她的话，尽管我不能回答她。最近几天，她总是说她担心死的时候没有人在她的身边，担心没有人为她合上眼睛，没有人将她的双手交叉着放在胸前，她为此而焦虑不安。也许你能进去为她做这些事，行吗？”

男孩子犹豫不决。他记得他的外祖父死的时候，母亲把一切料理得井井有条。他知道这是一件必须做的事。但是另一方面，他又觉得他不敢在这魔鬼般的黑夜到死人的身边去。他没有说个“不”字，也没有向牛棚门口迈出一步。母牛沉默了一会儿，似乎在等待答复。但当男孩子不说话的时候，她也没有再提那个要求，而是对男孩子讲起了她的女主人。

有很多事可以说的，先来说说她拉扯大的那些孩子们。他们每天都到牛棚来，夏天赶着牲口到沼泽地和草地上去放牧，所以老牛跟他们很熟悉。他们都是好孩子，个个开朗活泼，吃苦耐劳。一头母牛对照料她的人是不是称职当然是最了解的。

关于这个农庄，也有很多话可以说。它原来并不像现在这样贫穷寒酸。农庄面积很大，尽管其中绝大部分土地是沼泽和多石的荒地。耕地虽然不多，但是到处都是茂盛的牧草。有一段时间，母牛棚里每一个牛栏都有一头母牛，而现在已经空空荡荡的公牛棚里当时也是公牛满圈。那时候，屋子里和牛棚里都充满了生机和欢乐。女主人推开牛棚门的时候，嘴里总是哼着唱着，所有的牛一见到她来都高高兴兴地哞哞叫。

但是，在孩子们都很小，一点也帮不了忙的时候，男主人却去世了，女主人不得不单独挑起承担一切责任的担子，既要管理农庄，又要操持所有劳动。她当时跟男人一样强壮，耕种收割样样都干。到了晚上，她来到牛棚为母牛挤奶，有时累得竟哭了起来。但是一想起孩子们，她就又高兴起来，抹掉眼里的泪水说："这算不了什么，只要我的孩子们长大成人，我就有好日子过了。是的，只要他们长大成人！"

但是，孩子们长大以后，却产生了一种奇怪的想法。他们不想待在家里，而是远涉重洋，跑到异国他乡去了。他们的母亲从来没有从他们那儿得到任何帮助。有几个孩子在离家之前结了婚，但把自己的孩子留在家里。那些孩子又像女主人自己的孩子一样，天天跟着她到牛棚来，帮着照料牛群，他们都是懂事的孩子。到了晚上，女主人累得有时一边挤牛奶一边打瞌睡，但是只要一想起他们，她就会立刻振作起精神来。

"只要他们长大了，"她说着摇摇脑袋，以便赶走倦意，"我就有好日子过了。"

但是那些孩子长大后，就到他们在国外的父母那里去了。没有一个回来，也没有一个留在老家，只剩下女主人孤零零一个人待在农庄上。

也许她从来没有要求他们留下来和她待在一起。"你想想，大红牛，他们能出去闯，见见世面，而且日子又过得不错，我能要求他们留下来吗？"她常常会站在老牛身边这样说，"在斯莫兰这里，他们能够期待的只是贫困。"

但是最后一个小孙子离她而去之后，她完全垮了，一下子背驼了，头发也灰白了，走起路来踉踉跄跄，似乎没有力气再来回走动了。她不再干活了，也无心去管理农庄，而是任其荒芜。她也不再修缮房屋，卖掉了公牛和母牛，只留下了那头正与大拇指儿说话的老母牛。她还让她活着，是因为家里所有的孩子都曾照料过她。

她完全可以雇用女用人和长工帮她干活，但是既然自己的孩子都遗弃了她，她也就不愿意看到陌生人在自己的身边。既然自己的孩子没有一个愿意回来接管农庄，让农庄荒芜大概是最自然不过的事了。她并不在乎自己变穷，因为她向来不重视自己所拥有的这些东西。但是使她深感不安的是怕孩子们知道她正过着贫穷的生活。

“只要孩子们没有听到这些情况就好！只要孩子们没有听到这些情况就好！”她一边步履蹒跚地走过牛棚，一边叹息道。

孩子们不断地给她写信，恳求她到他们那儿去，但这不是她所希望的。她不愿意看到那个把他们从她身边夺走的国家。她憎恨那个国家。

“可能是我太糊涂了。那个国家对他们来说是那样好，我却不喜欢，”她说，“我不想看到它。”

她除了思念自己的孩子以及思索他们离开家园的原因外，其他什么也不想。夏天来临的时候，她把母牛牵出去，让她在沼泽地上吃草，自己却把双手放在膝盖上，整天坐在沼泽地的边上。回家的路上她会说：“你看，大红牛，如果这里是大片大片富饶的土地，而不是贫瘠的沼泽地，那么孩子们就没有必要离开这里了。”

有时她会对着大片无用的沼泽地生气发火。有时她会坐在那里滔滔不绝地说，孩子们离开她都是沼泽地的过错。

就在今天晚上，她比过去任何时候都抖得厉害，比过去任何时候都虚弱，甚至连牛奶都没挤。她靠着牛栏说，有两个农夫到她那里去过，要购买她的沼泽地。他们想把沼泽地的水抽干，在上面种粮食。这使她既忧虑又兴奋。

“你听见了吗，大红牛？”她说，“你听见了吗？他们说这块沼泽地上能长出粮食。现在我要写信给孩子们，让他们回来。现在他们再也用不着在国外无休止地待下去了，因为他们现在能在家乡得到面包了。”

她到屋里去就是为了写这封信……

男孩子没有听到老牛下面说了些什么。他推开牛棚的门，穿过院子，走到那个他刚才还非常害怕的死人的屋里。

屋子里并不像他所想象的那样破烂不堪。屋子里有许多有美国亲戚的人家里常有的东西。在一个角落里放着一把美国转椅；窗前桌子上铺着颜色鲜艳的长毛绒台布；床上有一床很漂亮的棉被；墙上挂着精致的雕花镜框，里边放着离开家乡、出门在外的孩子们和孙儿们的照片；橱上摆着大花瓶和一对烛台，上面插着两支很粗的螺旋形蜡烛。

男孩子找到了一盒火柴，点燃了蜡烛。这并不是因为他需要更多的亮光，而是因为他觉得这是悼念死人的一种礼节。

然后，他走到死者跟前，合上她的双眼，将她的双手交叉着放在胸前，又把她披散在脸上的银发整理好。

他再也不觉得害怕了。他从心里为她不得不在孤寂和对孩子们的思念中度过晚年而感到难过和哀伤。他无论如何要在这一夜守在尸体旁。

他坐了一会儿，突然想起了自己的父亲和母亲。

唉，父母竟会如此想念自己的孩子！这一点他以前是一无所知的。想一想吧，一旦孩子们不在身边，生活对他们还有什么意义呢？想一想吧，倘若家中的父母也像这位老妇人想念自己的孩子一样想念他，他该如何是好呢？

这一想法使他乐不可支，可是他又不敢相信，因为他从来就不是那种叫人想念的人。

他过去不是那种人，也许将来能变成那种人。

他看到四周挂满了那些居住在海外的人的照片。其中有高大强壮的男人和表情严肃的女人，有几个披着婚纱的新娘子和服饰考究的男士，还有几个长着卷曲头发和穿着漂亮的白色连衣裙的孩子们。他觉得，他们都在毫无目的地凝视着前方而又不愿意看到什么。

"你们这些可怜的人！"男孩子对着照片说，"你们的母亲死了。你们遗弃了她，你们再也不能报答她了。可是我的父母还活着！"

说到这里他停了下来，点了点头，脸上露出了笑容。"我的父母还活着，"他说，"我的父亲和母亲都活着。"

美丽的花园

4月24日　星期日

大雁们朝北飞过瑟姆兰省。男孩子骑在鹅背上俯视下面的景色，不禁遐想起来，他觉得这里的景色同他早先见到的不同。这里没有像斯康耐省和东耶特兰省那样一望无际的原野，也没有像斯莫兰省那样连绵不绝的森林，一切是那样杂乱无章。“这个地方似乎是把一个大湖、一条大河、一座大森林和一座大山统统剁成碎块，然后再拌一拌，就这么乱七八糟地摊在地上。”男孩子这样想道，因为他见到的全是小小的峡谷、小小的湖泊、小小的山丘和小小的丛林。没有哪样东西是像模像样地摊开摆好的。只要哪块平原稍为开阔一些，就会有一个丘陵挡住它的去路。只要哪个丘陵想要蜿蜒延伸成一条山脉，就会被平原截断抹平。一个湖泊刚刚展开一些就马上被挡住，成了一条窄窄的河流，而河流刚流得不太远就变得开阔起来，成了一个小湖。大雁们飞到离海岸很近的地方，男孩子能够一眼望见大海。他看到，甚至连大海也没能把辽阔的海面铺开摊好，而是被许多岛屿分割开来，而那些海岛还没有变大就被海洋围住了。地面上的景色变化莫测，忽而针叶林，忽而阔叶林；耕地旁边就是沼泽地；贵族庄园旁边就是农夫的农舍。

房屋前面一个人都没有，田地里也没有人在干活，可是大路和小径上行人络绎不绝。他们从考尔莫顿丛林地带的农舍里走出来，身穿黑衣，手持书本和手帕。“唔，今天大概是星期天。”男孩子想道，他骑在鹅背上，饶有兴趣地注视着这些人。在两三个地方，他看到坐着车去结婚的新婚夫妇，身边前呼后拥跟着一大群人；在另外一个地方，他看到一支殡葬队伍悲哀地在路上缓缓行走。他看到贵族人家的华丽轿车、农民的四轮大车，也看到湖里的船只，全都朝一个方向驶去。

男孩子骑在鹅背上飞过了比尔克岬湾教堂，又飞过了贝特奈教堂、布拉克斯塔教堂和瓦德斯桥教堂，然后飞向舍丁厄教堂和佛罗达教堂。一路上钟声长鸣，响彻云霄，嘹亮悦耳，余音如缕，不绝于耳，整个晴空似乎都充满了悠扬的钟声。

“唔，看来有一件事情是可以放心的，”男孩子想道，“那就是在这块土地上，无论我走到哪里，都可以听到这响亮的钟声。”他想到这里精神为之一振，心里也踏实多了，因为尽管他如今正过着另外一种生活，但只要能听到那洪亮的钟声，他就仍能感觉到自己还在人类的世界中。

他们飞进瑟姆兰有很长一段路之后，男孩子忽然看见地面上有个黑点在紧紧追逐他们投下的影子。起初他以为那是一只狗，若不是那个黑点一直紧随不舍地跟着他们，他也不会去留意。那个黑点急急忙忙地奔过开阔地，穿过森林，跳过壕沟，爬过农庄围墙，大有不让任何东西阻挡他前进的势头。

“看样子大概是狐狸斯密尔追上来了，”男孩子说道，“不过无论如何，我们飞得快，很快就会把他抛在后面的。”

听了这句话，大雁们便用足力气以最高速度飞行，只要狐狸还在视野之内就不减缓速度。在狐狸再也看不见他们的时候,大雁蓦地掉转身来,拐了一个大弯,朝西南飞去,似乎他们打算飞回东耶特兰省去。“不管怎么说,那一定是狐狸斯密尔,”男孩子想道,“因为连阿卡都绕道改变了方向,走了另外一条路线。”

那一天,快到傍晚时,大雁飞过瑟姆兰省的一个名叫大尤尔屿的古老庄园。这幢宏伟壮观的高大住宅四周有枝繁叶茂的树木环抱,四周是景色优美的园林,在住宅前面是大尤尔屿湖,湖里岬角众多,岸上土丘起伏。这个庄园的外观古朴庄重。男孩子从庄园上空飞过时,不由得叹了一口气,而且纳闷起来。他想,在经过一天的飞行之后,不是栖息在潮湿的沼泽地或者浮冰上,而是栖息在这样一个地方,那该有多好哇!

可是,这只是一种幻想而已。大雁们并没有在那座庄园降落,而是落在庄园北面的一块林间草地上。那里地面上蓄满了积水,只有三三两两的草墩露在水面上。那地方几乎是男孩子在这次长途旅行中碰到的最糟糕的过夜之地。

他在雄鹅背上又坐了片刻,不知该怎么办才好。后来他连蹦带跳地从一个草墩跑到另一个草墩,一直跑到坚实的土地上,然后朝着那座古老的庄园奔去。

那天晚上,大尤尔屿庄园的一家佃农的农舍里,有几个人围坐在炉火边聊天。他们无所不谈,谈到了开春时田地里的活计、天气的好坏等等。到了后来找不出更多话题而静默下来的时候,佃农的老妈妈讲起了鬼故事。

大家知道,在这个国度里,没有一个地方像瑟姆兰省那样有那么多的大庄园和鬼故事啦。那个老奶奶年轻的时候曾经在许多大户人家当过女佣,

见识过许多稀奇古怪的事情，所以她可以滔滔不绝地从晚上一直讲到天亮。她讲得那样绘声绘色，活灵活现，大家都听得入神，几乎以为她讲的都是真人真事了。她讲着讲着，蓦地收住话头，问大家是不是听到了窸窸窣窣的响声，于是大家都惊恐得打了一个寒噤。“你们难道真的没有听到动静？有个东西在屋子里转来转去。”她诡谲地说。可是，大家什么也没有听到。

老奶奶一口气讲了埃立克斯伯格、维比霍尔姆、尤里塔和拉格曼屿以及其他许多地方的故事。有人问有没有听说过大尤尔屿也发生过这类怪事。“噢，是呀，不是一点没有。”老奶奶说。大家马上就想听听他们的庄园里发生过什么怪事。

老奶奶娓娓而谈。她说，从前在大尤尔屿北面的一个山坡上有一幢宅邸。那山坡上长满了参天古树，而宅邸前面是一个很美丽的花园。那时有个名叫卡尔先生的人主管瑟姆兰省，有一次，他路过这里，住在那幢宅邸里。他吃饱喝足之后就走进花园里，在那里伫立了很久，观赏大尤尔屿湖和湖岸一带的美丽景色。他看得心旷神怡，心想这般美景除了瑟姆兰之外在别的地方都看不到。就在这时，他听到身后有人深深长叹一声。他回过头来一看，有个上了年纪的打散工的雇工正双手倚着铁锨站着。“是你在这儿长吁短叹？”卡尔先生问道，“你为什么要叹气？”

“我这样日日夜夜在这里拼命干活，哪能不叹气呀？”那个雇工回答说。

卡尔先生脾气暴戾，不喜欢听手底下人叫苦抱怨。“嘿，要是我能够来到瑟姆兰省，在我有生之年一直干刨土的活计，我就心满意足了。”

“那么，但愿大人您能如愿以偿。”那个雇工回答说。

不过，后来人们说，卡尔先生就是因为许了这个愿，结果死后埋葬入土了都不得安宁，每天晚上他的灵魂都要到大尤尔屿去，在他的花园里挥锨刨土。是呀，如今宅邸早就没有啦，花园也没有啦。早先是宅邸花园的地方，现在是长满树木的森林，和别处没有什么两样。要是有人在漆黑的深夜从森林里走过，说不定还能看到那个花园。

老奶奶讲到这里，停住了话头，眼睛瞄向屋里一个阴暗的角落。“难道那边不是有个东西在动吗？”她大惊小怪地问道。

“噢，那不是的，妈妈，您只管往下讲吧！”儿媳妇说道，“我昨天看见，老鼠在那角落里打了个大洞。我手上要做的事情太多，忘掉把它堵上了。您说说有人看见那座花园没有。”

“好哇，我讲给你听，”老奶奶说道，“我自己的父亲就曾经亲眼见过一回。有一年夏天，夜里，他步行穿过森林，蓦地看见身边有一堵很高的花园围墙，从围墙上看过去还可隐隐约约见到不少名贵的树木，那些树上的繁花和硕果把枝条压得垂到墙外。父亲放慢脚步走过去，想看看这个花园究竟是从哪里冒出来的。这时候，围墙上突然有一扇大门霍地打开了，一个园丁出来问他想不想看看他的花园。那个人就像其他园丁一样，身上围着大围裙，手里拿着大铁锨。父亲正要跟他进去的时候，瞅了一下那个园丁的脸。父亲一下子认出了披散在前额上的那绺鬈发以及一撮山羊胡子。那不是别人，正是卡尔先生，因为父亲在那些大庄园里干活时曾经看到家家都挂着他的肖像画……”

讲到这里她顿住了话头。那是因为炉火里有根柴火发出了噼啪声，火苗蹿得很高，火星溅到了地板上。瞬间，屋里所有的角落都被映得通亮。老奶奶似乎看到在老鼠洞旁有个小人儿的影子，他坐在那里出神地听她讲故事，霎时间又慌张地躲闪开了。

儿媳妇拿起扫帚和铁铲，把地上的木炭碎块收拾干净，重新坐下来。“您再说下去吧，妈妈。”她央求说。可是老奶奶不愿意了。“今天晚上就讲到这里算啦。”她说道，声音有点变了样。别人还想听下去，不过儿媳妇却看出来，老奶奶脸色发白，双手颤抖不已。“算了吧，妈妈太累了，必须去睡觉了。”她解围说道。

过了片刻，男孩子走回森林去寻找大雁。他一边走，一边啃着一根在地窖外面找到的胡萝卜。他觉得简直是吃了一顿美味可口的晚饭，而且对能够在暖融融的小屋里坐了几小时心满意足。“要是再有个好地方过夜，那该有多好哇。”他得寸进尺地想道。

他忽然灵机一动，想到路边那棵枝叶繁茂的云杉树倒是一个非常好的睡觉的地方。于是他爬上去用细小的枝条垫成一张床，这样他就可以睡觉了。

他躺在那里大半晌工夫，惦念着他在小屋里听见的那个故事，尤其是想到在大尤尔屿森林里到处游荡的幽灵卡尔先生，不过他很快就进入了梦乡。他本来是可以一觉睡到大天亮的，要不是有一扇大铁门在他身下吱嘎吱嘎地发出开门关门的声音的话。

男孩子马上就醒了过来，他揉揉眼睛使睡意消失，然后举目四顾。就在他身旁，有一堵一人高的围墙，围墙上隐隐约约露出被累累硕果压弯了的树枝。

他起初只感到惊奇，觉得不可思议，方才这里分明没有果树。可是过了一会儿，他想起来了，而且明白过来那是一座什么样的花园了。

说来最奇怪不过的也许是他竟然一点也不觉得害怕，反而有一种形容不出的强烈的兴趣想到那座花园里去逛逛。他躺着睡觉的这边又黑暗又阴冷，花园里却一片明亮，他看到树上的果子和地上的玫瑰在烈日下晒得似火焰一般红艳一片。他已经栉风沐雨，在严寒和雷雨中游荡了那么久，能够享受到一点点夏日的温暖，那简直是再好不过了。

要走进这座花园看起来丝毫不困难。紧靠着男孩子睡觉的那棵杉树的高墙上有个大门。一个年纪很大的园丁刚刚把两扇铁栅大门打开，站在门口探头朝着森林张望，好像在等待某人来到。

男孩子一骨碌从树上爬下来。他把小尖帽拿在手里，走到园丁面前，鞠了一躬，并且问可不可以到花园里去逛逛。

“行呀，可以进去，” 园丁用粗暴的腔调说道，“你只管进去好啦！”

他随手把铁栅门关紧，用一把很重的钥匙把门锁死，然后将那把钥匙挂在腰带上。在这段时间内，男孩子站在那里一直仔细地瞧着他。他面孔呆板，毫无表情，髭须浓密，颏下一撮尖尖的山羊胡子，鼻子也是尖尖的，如果他身上不系着蓝色大围裙，手里不拿着铁锹，男孩子准保会把他看成一个年纪很大的卫兵。

园丁大步流星地朝着园子里面走去，男孩子不得不奔跑着才能跟得上他。他们走上一条很窄的甬道，男孩子被挤得踩到了草地边沿上，园丁立即申斥他，吩咐不准把草踩倒，男孩子只好跟在园丁背后跑。

男孩子觉察出来，那个园丁似乎在想，带领像他这么个小不点儿去观赏花园未免过于降尊纡贵，有失身份，所以他连一句都不敢提问，只是一股劲儿地跟在园丁后面奔跑。有时园丁头也不回地对他说一两句话。在刚进到离围墙不远处，有一排茂密的灌木树篱，他们走过去的时候，园丁说他把这行灌木树篱叫作考尔莫顿大森林。“不错，这树丛那么大，倒是名副其实的。”男孩子回答说，可是园丁根本没有理会他在说些什么。

他们走过灌木丛之后，男孩子放眼望去，可以看到大半个园子。他立刻看出来，这个花园并不很大，只有几英亩，南面和西面有那堵高围墙环绕，北面和东面临水傍湖，所以用不着围墙。

园丁停下脚步去捆扎一根藤蔓，男孩子这才有时间环视四周。他从小到现在没有见到过多少花园，不过他觉得这个花园别具一格，与众不同。它的布局是因循守旧的，因为就在这样一个狭小的地方，堆砌着许许多多低矮的土丘、小巧玲珑的花坛、矮小的灌木树篱、狭小的草坪和小巧的凉亭，这是现时花园里所不大见到的。还有，他在这里随处可见的小池塘和蜿蜒曲折的小水沟也是在别处见不到的。

到处是郁郁葱葱的名树佳木和争妍斗艳的鲜花。小水沟里绿水盈盈，波光粼粼。男孩子觉得自己恍如进入了一个仙境。他不禁拍起手来，放声喊道："我从来没有见过这样美丽的地方！这是一个什么样的花园呀！"

他呼喊的声音很响，园丁马上转过身来用冷若冰霜的腔调说道："这座花园名叫瑟姆兰花园。你这个人是怎么回事，竟然这样孤陋寡闻？这座花园历来称得上是全国最美丽的花园。"

男孩子听到回答后沉思了片刻，可是他要看的东西太多，来不及想出这句话的意思。各种各样的名花异卉、百转千回的清清溪流，使这块地方美不胜收。然而还有不少别的玩意儿使男孩子更加兴致勃勃。那就是花园里点缀着许多小巧玲珑的凉亭和玩具小屋。它们多得俯拾皆是，尤其在小池塘和小水沟旁边。它们并不是真正可以供人憩息的小屋，而是小得似乎是专门为大小跟他差不多的人建造的，可是特别精致优美，建筑式样也是别具匠心、瑰丽多姿。有些设有高耸的尖顶和两侧偏屋，俨如宫殿；有的样子像是教堂；也有的是磨坊和农舍。

那些小房子一幢幢都美轮美奂，男孩子真想停下脚步仔细观赏一番，可是他没有胆量这样做，只好脚不停步地紧紧跟着园丁走。走了不多时，他们来到一幢宅邸，那幢华厦巍峨宏大，气派非凡，远远胜过他们方才见到的任何一幢房子。宅邸有三层楼高，屋前有山墙屏障，两侧偏屋环抱。它居高临下，坐落在一座土丘的正中央，四周是青翠如茵的大草地。在通往这幢宅邸的道路上，溪流回绕，一座座美丽的小桥横跨流水，相映成趣。

男孩子不敢做其他的事情，只好规规矩矩跟着园丁的脚后跟走，他走过那么多好看的地方，都不能够停下来浏览观赏，不免重重地叹了一口气。那个严厉的园丁听见了就停下脚步。"这幢房子我起名叫埃里克斯山庄，"

他说道，“要是你想进去，就不妨进去。不过要小心，千万不许惹恼平托巴夫人[①]！”

话音刚落，男孩子就像脱缰之马一样朝那边直奔过去。他穿过两旁树木依依的通道，走过那些可爱的小桥，踩过鲜花漫布的草地，走进了那幢房子的大门。那里的一切对于像他这样大小的人来说是最合适不过了。台阶既不太高也不太矮。门锁高矮也很适中，他可以够得上打开每一把门锁。倘若不是亲眼看到，他怎么也不会相信，他能看到那么多瑰丽夺目的贵重东西。打蜡橡木地板锃光发亮，条纹鲜明。石膏刷白的天花板上镂刻着各色图案。四面墙壁上挂满了一幅幅的画。屋里的桌椅家什都是描金的腿脚和丝绸的衬面。他看到有些房间里满架满柜都是书籍，又看到另一间房间里桌上和柜子里都是闪闪发光的珠宝。

无论他怎样尽力飞奔，他仍旧连那幢房子的一半都没有来得及看完。他出来的时候，那个园丁已经不耐烦地在咬胡子尖了。

“喂，怎么样？”园丁问道，“你看见平托巴夫人了没有？”可是男孩子连个大活人的影子都没有见到过。他这样回答了，园丁气得脸都扭歪了。

“唉，连平托巴夫人都可以休息，偏偏我却不能！”他吼叫道。男孩子从来也不曾想到过男人的嗓音竟能发出这般颤抖的绝望的呼声。

随后园丁又迈开大步走在前头，男孩子一边奔跑着跟在后面，一边设法尽量多看一些奇异的景致。他们沿着一个要比其他几个略为大一些的水塘走去。灌木丛中和鲜花丛中随处显露出像是贵族庄园的精舍一般的白色

---

① 瑞典民间传说中因对用人过于苛刻而被罚入地狱的贵族夫人。

的亭台楼阁，园丁并未停下脚步，只是偶尔头也不回地对男孩子说上一句半句。

“我把这个池塘叫作英阿伦湖，那边是维比霍尔姆庄园，那边是哈格比贝庄园，那边是胡佛斯塔庄园，那边是奥格莱屿庄园。”

园丁接着连迈了几大步，来到一个小池塘，他把这个池塘叫作博文湖。男孩子情不自禁地发出一声赞叹，园丁便停住了脚步。男孩子呆呆地站在一座小桥前面，那座桥通到池塘中央一个岛上的一座宅邸。

“倘若你有兴趣的话，你可以跑到维比霍尔姆宅邸去观光一番，”他说道，“不过千万要小心白衣女神[1]！”

男孩子马上照吩咐跑了进去。屋里墙上挂着许多肖像画，他觉得那屋子简直像一本很大的图画册。他待在那里流连忘返，真想整个晚上都在那里浏览那些图画。可是过了没多久，就听到园丁在喊他。

“出来！出来！”他大声呼喊着，“我不能光在这里等你，我还有别的事情要做呢！你这个小倒霉鬼。”

男孩子刚刚奔到桥上，园丁就朝他喊道：“喂，怎么样，你看到白衣女神了吗？”

男孩子却连一个活人影子都没有见到，于是他如实说了。没想到，那个老园丁把铁锹狠命往一块石头上一插，石头被一劈两半，他还用绝望到极点的深沉的声音吼叫道：“连白衣女神都可以休息，我却不能！”

直到这时，他们还一直在花园的南边漫游，园丁现在朝西边走去。这里

① 传说中本族祖先显灵的鬼魅。

的布局又别具一格。土地平平整整，大片草坪相连，间杂着种草莓、种白菜的田地和醋栗树丛。那里也有小凉亭和玩具屋，不过漆成赭红色，这样更像农舍，而且屋前屋后还种着啤酒花和樱桃树。

园丁站在这里停留了片刻，然后对男孩子说道："这个地方我把它叫作葡萄地。"

随后他又用手指着一幢比其他房子简便得多、很像铁匠铺的房子。"这是一个制造农具的大作坊，"他说道，"我把它叫作埃斯格斯托纳[①]。倘若你有兴致，不妨进去看看。"

男孩子走进去一看，但见许许多多轮子滚滚转动，许许多多铁锤在锤打锻造，许许多多车床在飞快地切削。倒也有许许多多东西值得一看。他本可以在那里待上整整一夜，倘若不是园丁连声催促的话。

随后他们顺着一个湖朝花园的北部走过去。湖岸弯弯曲曲，岬角和滩湾犬牙交错，整个花园这一边的湖岸全都是岬角和滩湾，岬角外面是许多很小的岛屿，同陆地隔得很近。那些小岛也是花园的一部分，岛上也同其他地方一样精心种植了许多奇花异草。

男孩子走过一处处美景胜地，可是不能停下来细细观赏，一直走到一个气派十足的赭红色教堂门前才停下脚步。教堂坐落在一个岬角上，四周绿树成荫，硕果累累。园丁仍想往前面走过去，男孩子大着胆子请求进去看看。"唔，可以，进去吧，"他回答说，"可是要小心罗吉主教[②]！他至今仍旧在斯特伦耐斯这一带游荡。"

---

① 瑞典一地名，是钢铁制造业中心之一。

② 康纳德·罗吉（？—1501），1479年起任斯特伦耐斯主教，同时还兼任王国枢密大臣。

男孩奔进教堂去，观看了古老的墓碑和精美的祭坛神龛。他尤其对前厅偏屋里一尊披盔挂甲的镀金骑士塑像赞叹不已。这里要看的东西也有许许多多，他本可以待上整整一夜，不过他必须匆匆看了就走，免得园丁等候太久。

他走出来的时候，看到园丁正在监视着空中的一只猫头鹰。那只猫头鹰正追赶着一只红尾鸲。老园丁对红尾鸲吹了几声口哨。那只红尾鸲乖乖地栖落到他的肩头上，猫头鹰追赶过来时，园丁挥起铁锹就把它撵走了。“他倒不像他长相那么吓人。”男孩子想道，因为他看到园丁爱怜地保护了那只可怜的鸟。

园丁一见到男孩子马上就问他见到罗吉主教没有。男孩子回答说没有，园丁伤心透顶地吼道：“连罗吉主教都休息了，我却不能够。”

随后，他们来到那些玩具小屋当中最引人注目的一幢。那是一座砖砌的城堡，三个圆塔高耸在城堡之上，它们之间由一排长长的房屋相连通。

“倘若你有兴趣的话，不妨进去看看！”园丁吩咐说，“这是格里浦斯霍尔姆[①]王宫，你千万要小心埃里克国王[②]。”

男孩子穿过深邃的拱形门洞过道，来到一个四周平房环抱的三角形庭院。那些平房样子不怎么阔气，男孩子无心细看。他像跳鞍马似的从摆在那里的几尊很长的大炮上跳过去又接着往前跑。他又穿过一个很长的拱形门洞过道，来到城堡里的一个内院，庭院四周是精美华丽的房屋。他走了进

① 瑞典地名，在斯德哥尔摩附近，系瑞典昔日王宫所在地，这里有最古老和最大的王宫林苑，19世纪前，瑞典王室均居住在此地。

② 即埃里克十四（1533—1577），1568年被贵族废黜后囚禁在格里浦斯霍尔姆城堡。

去，来到一个古色古香的大房间，天花板上雕梁十字交叉，四面围墙上挂满了又高又大、颜色已经发暗的油画，画面上的贵族男女全都神情庄重，身穿挺帅的礼服。

在二楼，他看到一间光线明亮一些、色调也鲜艳一些的房间。他这才看清自己确实走进了一座王室的宫殿，因为触目所见，墙上全是国王和王后的肖像画。再往上走一层是一间宽敞的顶层房间，周围是用途各异的房间。有些房间色调淡雅，摆放着白色的精美家具。还有一个很小的剧场，紧邻剧场的却是一间名副其实的牢房：里面除了光秃秃的牢墙之外什么也没有，牢房的门是粗大的铁栅，地板被囚徒沉重的脚步磨得凹凸不平。

那里值得观赏的宝物实在太多了，叫人几天几夜都看不完，可是园丁已经在连声催促，男孩子只好怏怏地走了出来。

“你可曾见到埃里克国王？”男孩子走出来时，园丁劈头盖脸地问道。男孩什么人也没有看见，那个老园丁就像方才那样绝望地吼叫：“连埃里克国王都休息去了，我却不能。”

他们又到了花园的东部，走过一个浴场，园丁把它叫作塞德特利厄[①]，还走过了一个他起名为荷宁霍尔摩的古代王宫。那里没有多少值得观光的，到处是顽石、怪岩和珊瑚岛屿，而且愈偏僻的地方愈显得荒凉。

他们又转身往南走去，男孩子认出了那排叫作考尔莫顿大森林的灌木树篱，知道他们已经快走到门口了。

他为看到的一切而兴高采烈。走近大门的时候，他很想感谢园丁一番。

---

① 瑞典地名，为沐浴休养胜地。

可是老园丁根本不听他说话，只顾朝着大门走去。到了门口，他转过身来把铁锨递给男孩子。“喂，”他吩咐说，“接住，我去把大门铁锁打开。”

男孩子觉得已经给这个严厉的老头带来那么多麻烦，心里着实过意不去，所以他想不要再让他多费力气了。

“用不着为我去打开这扇沉重的大铁门。”他说着就把身子一侧从铁栅缝里钻了出去，这对像他那样一个小人儿来说是不费吹灰之力的。

他这样做是出于最大的好意，不料让人十分吃惊的是，园丁在他背后暴跳如雷地大吼起来，并且用脚狠蹬地面，双手猛烈摇晃铁栅门。

“怎么啦，怎么啦？”男孩子莫名其妙地问道，“我只是想让您少费点力气，园丁先生，您为什么这样恼火？”

“我当然要恼火，”那个老头说道，“你不用做什么别的，只用把我的铁锨接过去，那么你就得留在这里照管花园，而我就可以解脱了。现在我不知道还要在这里待多久。”

他站在那里死命地摇晃铁栅门，看样子已是狂怒至极。男孩子不禁动了恻隐之心，想要安慰他几句。

“您不必为此心里难过，瑟姆兰省的卡尔先生，”男孩子说道，“随便哪个人都不能比您更精心周到地照管这个花园！”

男孩子说了这句话之后，年老的园丁忽然平静下来，一声不吭了。男孩子还看到他那张铁青呆板的面孔也豁然开朗起来。可是男孩子无法看得真切，因为园丁的整个人影一下子变得模糊起来，渐渐化为一股烟雾飘散开去。不但如此，整个花园也淡化起来，化为烟雾消失掉了。花卉、草木、硕果和阳光统统消失殆尽，剩下的只是一片荒凉的森林。

解　冻

4月28日　星期四

清晨，天高气爽，虽然西风劲吹，但是人们倒十分乐意，因为大风可以把前一天被连绵大雨弄成一摊稀泥的道路快点吹干。

大清早，两个斯莫兰省的孩子，放鹅姑娘奥萨和小马茨，就顺着从瑟姆兰省到奈尔盖省的大路走来了。那条路蜿蜒曲折，环绕耶尔马湖南岸。两个孩子一面走，一面看着那仍旧覆盖着大半个湖面的冰层。旭日冉冉升起，晨曦霞光四射，把冰面照得光亮耀眼，不再像春天解冻时冰层常见的那样黑乎乎、脏兮兮，而是白得刺眼，非常好看。他们举目望去，冰层又坚固又干燥，因为雨水早已顺着冰层的孔隙和裂缝流了下去，或者干脆渗进了冰层之中，所以在他们眼里冰层是完好的。

放鹅姑娘奥萨和小马茨正在朝北走，他们不禁盘算起来，倘若不是绕着湖岸而是从冰上直接穿过这个大湖，不知能少走多少路。他们俩心里明白，春天的冰层是说变就变的。可是这湖面上的冰层看上去倒十分坚实，想必还是安全的。他们看到沿湖岸的冰层厚达好几英寸，冰层上还有一条被踩得光溜溜的路可以走，况且对岸似乎并不远，用不了一小时就可以到达。

“来吧，咱们去试试，”小马茨说道，“我们多留点神，只要不要掉进冰窟窿里去，那就啥事都没有啦。”

于是，他们两个就从湖面上走过去。冰倒一点也不滑，踩在上面很轻松，一点也不费劲。冰面上的积水比他们看到的要多，有些地方冰上有大大小小的窟窿，噗噗地冒着水。那样的地方走起来要十分小心，好在阳光把一切都照得清清楚楚。

两个孩子步履轻盈地往前走，他们没聊什么别的事情，全是在说他们怎么聪明，没有走那条被大雨冲垮了的道路，而是径直从冰上过来，这多省力气。

走了不多久，他们就到了维恩岛附近。在岛上居住的一个老奶奶从窗户里瞧见了他们俩。她疾步走出屋来，拼命朝他们摆动双手，嘴里还呼叫着什么，可惜他们听不清楚。他们很明白，她准保是叫他们不要再往前走啦。可是，他们既然已经在冰上走了这么一长段路，而且眼下也不见得有什么危险，就这样顺顺利利的，反倒要离开冰面，岂不太愚蠢了。

就这样，他们绕过了维恩岛，现在出现在他们眼前的是一块方圆十公里的冰面。冰面上是一汪汪的积水，他们不得不兜着圈子走，但是他们反倒觉得挺开心的。他们俩甚至还比试，看看谁脚下踩的冰最坚实。他们忘了疲劳，也忘了饥饿。反正他们只要在天黑之前走到就行，因此并不急着赶路。在碰到新的障碍时，他们就嘻嘻哈哈地大笑一番。

有时候，他们也抬起头来朝对面的湖岸望望，尽管他们已经走了足足一个多小时，但是对岸非但没有靠近，反而更遥远了。他们不禁纳闷起来，怎么湖面竟然那么开阔。“我们往前走的时候，对面的湖岸也好像跟着往后倒退过去了。”小马茨说道。

这里四面空荡荡的，没有一点屏障可以挡风，而西风刮得一阵紧似一阵，他们的衣服紧紧贴在身上，走起路来摇摇晃晃，寒冷的大风是他们俩在行程中所遇到的最大的障碍。

有一件事情使他们大为吃惊，就是风竟然能够发出如此巨大的声响，像是一个大磨坊或者是五金工场发出的轰鸣。然而在这茫茫一片的冰层上，既没有磨坊也没有五金工场。

他们走到瓦伦岛，又往西走，现在他们看出离北岸不太远了。可是在此时，大风给他们造成的麻烦愈来愈大，风中夹着的轰鸣也越来越响，这使他们有点提心吊胆。

他们忽然好像明白过来，这响声不是别的声音，而是白沫飞溅的激浪冲击堤岸的声音。不过这也不大可能，因为湖上仍旧覆盖着冰层。

不管怎么说，他们还是停下脚步朝四周细细望去。他们这才看到在西面很远的地方，正对着熊岛和布谷鸟半岛有一道白色的堤坝横贯湖面。起初，他们还以为那是道路旁边的积雪，可是他们马上看出来，那是泡沫飞溅的波浪正在朝冰块扑打过来。

一看到这种情景，他们连一句话都顾不上说，就手拉着手飞奔起来。西边的湖面非常开阔，他们觉得那层喷吐着白沫的波浪正在朝东吞噬过来。他们不知道究竟是整个冰层会爆裂开来，还是要发生一些别的事情，可是他们感到自己已经身处险境了。

忽然，他们看到就在他们拔脚奔过去的方向冰层被掀了起来，然后又沉下去，仿佛有人从底下往上顶一样，紧接着冰层发出一阵沉闷的轰鸣声，裂缝朝着四面八方伸展开来。两个孩子可以看到裂缝像利刃一般迅速地把冰层切割开来。

现在平静了片刻，接着冰层又开始上升和下沉，在这以后裂缝就大得成为豁口，从豁口里可以看到水哗哗地冒出来，豁口又裂成了深沟，冰层分崩离析，裂成一块块巨大的冰块。

“奥萨，”小马茨说道，“一定是解冻了。”

“是呀，一定是那样，小马茨。”奥萨说道，“但是我们还来得及跑上岸去，赶快跑吧！”

其实，大风和浪涛真要把湖面上的冰统统除掉，还要大费一番手脚。那厚厚的冰壳虽然已经四分五裂，但还没有融化，这些大大的浮冰还要再分裂开来，彼此撞击，变得愈来愈碎，再消融成水。所以眼前还有许多坚实的冰块，而且组成了一个很大的，还没有被完全损坏的场地。

可是最糟糕的是，那两个孩子无法看到冰层的全貌，这就险上加险了。他们看不清哪里有他们根本跨不过去的大豁口，也不知道哪里有可以落脚的大块浮冰。所以他们茫然地到处乱闯，跑过来又跑过去，莽莽撞撞也不看看哪里是湖岸。结果他们非但没有靠近岸边，反而越来越远离湖岸，朝湖中心方向跑去了。冰块不断破裂的声音使他们心惊胆战、六神无主。后来他们干脆站在冰上放声大哭起来。

就在这千钧一发之际，一群大雁从他们头顶上飞过。他们俩放声大喊。奇怪的是在大雁的叫声中竟然夹杂着这样几句人话：“你们要往右边走，往右边走，往右边走！”

他们毫不迟疑地照做了，可是走了不久，面前又出现一道很宽的裂缝，他们又没了主意。

他们又听见大雁在他们的头顶上叫喊，在叫声中又传来了嗓音清脆的人话："站在那里千万别动，站在那里千万别动！"

孩子们对听到的话什么也没有多说，只是乖乖地服从，站在那里一动不动。刚过了一会儿，那几块浮冰滑动连在一起了，他们一跳就跳过了裂缝，然后又手牵手拔脚飞奔起来。他们心慌意乱，不仅仅是因为身处险境，而且还因为得到了意想不到的搭救。

不久他们又停下脚步，犹豫不决起来。但是，他们马上听到有个声音在头顶上高喊："笔直往前跑，笔直往前跑，笔直往前跑！"就这样断断续续走了半个多钟头，总算来到了狭长的伦格尔岬角，能够跳下冰块，蹚水上岸了。

可以看得出来，他们是多么害怕，他们脱了险，一跑上陆地，就头也不回地拼命往前奔跑，根本顾不得回过头去看一看湖里那正在把浮冰推来搡去的波浪。当他们在伦格尔岬角上走了一段路之后，奥萨突然收住脚步。

“你先在这儿等一会儿，小马茨，”她说道，“我忘记了一件事情。”

放鹅姑娘奥萨又返身回到湖岸旁。她站在那里，把手探进口袋摸来摸去，最后掏出一只很小的木鞋。她把小木鞋放在一块十分显眼的石头上，然后就回到了小马茨身边，都没有朝四周看一下。

就在她转过身去往回走的时候，一只白色的大雄鹅疾飞下来，叼住木鞋，然后又以同样快的速度冲上了天空。

分遗产

4月28日　星期四

大雁们搭救了放鹅姑娘奥萨和小马茨，帮助他们走出耶尔马湖之后，就笔直朝北飞，一口气飞到了西孟兰省。他们降落在费陵桥教区的一块大耕地上休息觅食。

男孩子饥肠辘辘，他真的饿极了，但是找遍四周也没有找到可以下口入肚的东西。他东张西望，忽然看到在田地另一端有两个男人在犁地。不久后他们把犁停住，坐下来吃早饭。男孩子赶紧朝那边跑过去，尽量悄悄地靠近那两个男人，因为说不定在他们吃完之后还能找到一些面包皮或者碎屑。

田地里有一条小土路横贯其间，一个老头在路上慢慢走来。他一看到那两个犁地的人，就迈过篱笆，走到他们的面前。“我也来凑在一起吃早饭。”说着他便把肩上的褡裢取下来，掏出了黄油和面包。“大家凑在一起吃热热闹闹的，省得我孤零零地坐在路边吃了。”他接着说道。

于是，他就同那两个犁地的人攀谈起来。不一会儿，他们就弄清楚了，原来这个老头是北山矿区的一个矿工。如今他年纪太大，腿脚不便，无法再在坑道里爬上爬下，所以已经不再下井干活了，不过仍旧住在离矿井很近的一幢小房子里。他有一个女儿，已经嫁给了费陵桥当地人。他刚刚探望女儿回来，女儿想叫他搬去一起住，可是他老大不乐意。

“唉呀，你难道不觉得，这儿比北山更舒服一些！”农夫揶揄地说道，并且噘了噘嘴，因为他们知道费陵桥是全省最大最富的教区之一。

“难道叫我在这样一马平川的地方待下去？”老头儿说着连连摆手，似乎这样的事情是想都不用想的。于是，他们友善地争论起来，争辩在西孟兰省究竟居住在哪里最好。有一个耕地的汉子是费陵桥土生土长的，当仁不让地说那自然要数在平原上居住最为舒服。另一个是从韦斯特罗斯地区来的，他一口咬定梅拉伦湖畔最好，因为那里有树木葱茏的岛屿和草地青翠的岬角，风景非常优美。老头却总不服气，为了要说明他的想法是对的，他讲了一个孩提时代从老人那里听来的故事：

“从前，在西孟兰省住着巨人家族的一个老奶奶，她有钱得很，整个省都属她所有。她的日子过得奢侈极了，享用不尽的美食，穿不尽的绮罗，可是她却闷闷不乐，整天烦恼，因为她不知道应该怎样把这份家产分给三个儿子。

“事情是这样的，她有三个儿子，唯独那最小的才是她的心头肉。她有心要让他得到最好的一份遗产，可是又担心要是老大和老二发觉她把遗产分得不公平，便会酿成一场兄弟之间的争斗。

“有一天，她觉得自己已经离死神不远，来不及再盘算下去了，于是就把三个儿子统统叫到身边，同他们谈起了分遗产的事情。

“‘现在我把我的全部家业分成三份，让你们各自挑选，’她说道，‘第一份，我把我所有的槲树林、长着落叶林的岛屿和鲜花满地的草地都归在一起，统统放在梅拉伦湖四周。谁挑选了这一份财产的话，他可以在湖岸草地上放牧牛羊，那些岛屿即便不开辟成果园，起码也可以把树叶收集在一起用来饲养家禽。那里有许多深入陆地的峡湾和水道，有很好的机会搞搞货运或者别的航运。那些河流的入海口是兴修码头的好地方。我相信在他分到的这块地上必将出现村镇和城市。再说那块地方也不乏耕地，虽然分布得过于零碎了一点。他的儿子最好从小就学会在岛屿之间驾舟航行，因为他们在学会了一身航海本事之后，就可以航行到外国去挣回财富。嗯，这就是第一份遗产，你们看怎么样？'

"真不错，三个儿子都觉得这份财产好极了，无论谁分到了，都一定会幸福。

"'是呀，这一份是没话可说的。'那个年老的女巨人说，'第二份嘛，也不错。我把我名下所有的平坦土地和开阔的耕地统统归在一起，把它们一块一块地排列在从梅拉伦湖地区到北部的达拉那省之间一带。我相信，选中这份遗产的人是不会后悔的。他爱种多少粮食就种多少。他可以建起许多大农庄，那样他和他的子孙后代都不用为生计犯愁了。为了提防平原发生水灾，我已经挖了几条大沟引水排涝。那些沟渠上还有瀑布，可以在那里修建磨坊和锻冶工场，沿着河沟我还安放了几个沙滩，那里能够培育森林，用来当柴火。嗯，这就是第二份。我觉得，分到这一份的人有一切理由心满意足。'

"三个儿子都赞成她的话，并且感谢她为他们做了如此精心的安排。

"'唉，我已经尽了自己最大的努力，'巨人老奶奶长叹了一口气说，'不过现在我要说说那最使我操心的一份啦。因为你们知道，我把所有的阔叶林、草地、牧场和槲树林都放在第一份遗产里了，把我所有的农田和新开垦的土地全都放在第二份遗产里了。着手收集东西准备第三份遗产的时候，我发现手头上已经没有什么值钱的东西了，只剩下一些松树林、杉木林，还有山岭、山崖、贫瘠的桦树林地带、毫无用处的刺槐丛地带和一些很小的湖泊。我很明白，分到这一份的人准保心里很不乐意，不过我没有别的法子，只好把这些剩下来的破烂家底一股脑儿放在平原的西面和北面。可是我着实担心，那个挑中这一份遗产的人恐怕除了忍受贫穷之外，没有什么别的指望。他能够饲养的牲口只有山羊和绵羊。他必须到湖里去捕鱼或者到深山老林里去打猎才能糊口度日。那里有不少湍流和瀑布，可兴建许多磨坊，可是我怕除了桦树皮之外，没有什么别的东西可以送到磨坊里去磨的。再说荒原上会有狼和熊一类野兽，他要对付它们是够伤脑筋的。唉，这就是第三份遗产。我很明白，这一份同前两份相比那真是比不上啦，倘若我不是这样年老体弱，我是一定会重新分得好一点的，可是现在已经来不及了。我在最后的时刻心都不能够平静下来，因为我不知道你们当中究竟是谁得到了那份最坏的遗产。你们三个都是我的好儿子，对哪个不公平都说不过去。'

"巨人老奶奶把事情一五一十说清楚之后就焦虑地看着三个儿子。这时他们不像方才那样满口称赞她分得公道和安排得周到了。他们呆呆地站着一声不吭，不难看出无论谁分到最后一份，都不会高兴的。

"他们年迈的母亲焦躁不安地躺在那里，三个儿子都看得出来，忧虑使得死神提前来折磨她了。她必须赶紧把三份遗产在他们当中分好，可是她又不忍心要哪一个去接受那最坏的一份而倒一辈子的霉。

"还是那个最小的儿子对母亲最孝顺体贴，他不忍心让母亲受痛苦的折磨，于是站出来说：‘妈妈，您不必再为这桩事操心了，您还是安安心心地躺着，但愿您百年之后能解脱，及时升入天堂。那一份不好的遗产您就留给我吧！我一定千方百计在那里扎根生存下去。无论如何，我决不会因为两位哥哥得到的比我好而埋怨您的。’

“他的这番话一出口，母亲总算松了一口气。她从心眼里感激他，还称赞了他几句。至于其他两份，她一点也不担心，因为那两份都是非常好的。

“老奶奶把三份遗产分完，再一次感谢小儿子，说他孝顺，体谅她的苦衷。她要他在搬到荒原上去居住之后仍旧牢记她那深深的慈母之情。

“后来她双眼一闭，就撒手人寰了。弟兄三个把母亲埋葬之后，就各奔东西，搬到各自分到的地方去居住。不用说老大和老二对所分到手的财产是十分满意的。

“那个小儿子来到他的荒原上。他放眼远眺，母亲的话果然一点不假，那里除了荒山野地和湖泊之外，空荡荡的什么也没有。他可以体会到母亲的拳拳之忱，虽说她并没有留给他什么好东西，但是这儿一切都安排得井然有序，处处透露出母亲的深情厚谊，这块地方仍有它的美丽之处。就算有一些地方荒凉得吓人，但也具有一种粗犷的野性美。他对自己分到的这块地方百看不厌，不过要说心里很高兴那可就谈不上了。

“可是后来他忽然注意到山上的岩石很奇怪，而且闪烁着异样的光泽。他仔细一看，这才发现，原来山上到处是矿脉。他那块土地上主要出产铁矿，还有大量的银矿和铜矿。这一下他才明白，他所得到的财富要比他两个哥哥得到的多得多，这时他才知道老母亲生前把遗产分得清清楚楚的一片苦心。”

在乌普萨拉

5月5日　星期四

大学生

在尼尔斯·豪格尔森跟着大雁周游全国的那个年头，乌普萨拉有个很英俊的大学生。他住在阁楼上的一个小房间里。他很节俭，人们常常取笑他，说他不吃不喝也能活下去。他全副精力都用在学习上，因此领悟得比别人快得多，成绩非常出色。但是他并非因此成了个书呆子或者迂夫子，相反，他不时同三五个好友去娱乐一番。他原可以成为一个品德高尚的大学生，倘若他身上没有那一点毛病的话。他本来应该是完美无缺的，可惜顺利把他宠坏了。出类拔萃的人往往容易高傲。须知幸运成功的担子不是轻易能挑得动的，尤其是年轻人。

一天早晨，他刚刚醒来，就躺在那里思忖自己是多么出众。“所有的人都喜欢我，同学和老师都喜欢我，”他自言自语道，“我的学习真是又出色又顺利。今天我还要参加最后一场结业考试，我很快就会毕业的。待到大学毕业后，我就会马上获得一个薪水丰厚的职位。我真是处处鸿运高照，前途似锦。不过我还是要认真对待，这样能使我面前总是坦途一片，不会有什么事情来干扰。”

乌普萨拉的大学生并不像小学生那样许多人挤在一个教室里一起念书，而是各自在家里自修。他们自修完一个科目就到教授那里去，对这个科目来一次总的答辩。这样的口试叫作结业考试。那个大学生那一天就是要去进行这样一次最后也最难的口试。

他穿好衣服，吃完早饭，就在书桌旁边坐下，准备把他复习过的内容再浏览一遍。“我觉得我再看一遍也是多此一举，我复习得够充分了，”他想道，“不过我还是尽量多看一点，万一有疏漏就后悔莫及了。”

他刚看了一会儿书，就听到有人敲门，一个大学生胳膊下面夹着厚厚的一卷稿纸走了进来。他同坐在书桌前面的那个大学生完全不是同一类型的人。他木讷腼腆，胆小懦弱，衣着褴褛，一副穷困的样子。他只知道埋头读书，没有其他爱好。人人都认为他学识渊博，但他十分腼腆胆小，从来不敢去参加结业考试。大家觉得他有可能年复一年地待在乌普萨拉，不断地念呀念呀，成为终生一事无成的那种老留级生。

他这次来是恳请他的同学校核一遍他写的一本书。那本书还没有付印，只是他的手稿。“要是你肯把这份手稿过目一遍，就是帮了我一个大忙，”他畏畏缩缩地说道，“看完之后告诉我写得行不行。”

那位事事如意的大学生心里想道：“我说的人人都喜欢我，难道有什么不对吗？这个从不敢把自己的著作拿给人看的隐居者，竟然也来请教我啦。”

他答应尽快把手稿看完，那个来请教的大学生把手稿放到他的书桌上。“请您费心妥善保管，”那个大学生央求他说，“我呕心沥血地写这本书，花了五年心血才写出来。倘若丢失的话，我可再也写不出来啦。”

“你放心好啦，放在我这里丢不了的。”他满口答应，然后那位客人就告辞了。

那个事事如意的大学生把那沓厚厚的稿纸拉到自己面前。“我真不知道他能够拼凑出什么东西，”他说道，“哦，原来是乌普萨拉的历史！这题目倒还不错。”

这位大学生非常热爱本乡本土，觉得乌普萨拉这个城市要比别的城市好得多，因此他对老留级的大学生怎样描写这个城市感到十分好奇，想先读为快。“唔，与其要我老是牵肠挂肚惦记着这件事，倒不如把他的历史书马上看一遍。”他喃喃地自言自语，“在考试之前最后一分钟复习功课那是白费工夫，到了教授面前也不见得会考得更好一些。”

大学生连头也不抬，一口气把那部手稿通读了一遍。他看完之后拍案叫好。“真是不错，”他说道，“真是不鸣则已，一鸣惊人啊。这本书出版了，他也就要走运啦。我要去告诉他这本书写得非常出色，这真是一件令人愉快的事。”

他把散乱的稿纸收集起来，叠得整整齐齐放在桌上。就在他叠手稿的时候，他听见了挂钟报时的响声。

“哎呀，快来不及到教授那里去了。”他叫了一声，立即跑到阁楼上的更衣室里去取他的黑衣服。就像通常发生的一样，越是手忙脚乱，锁和钥匙就越是拧不动，他耽误了好长时间才回来。

等到他踏到门槛上，往房间里一看，他不由得大叫起来。方才他慌慌张张走出去没有随手把门关上，而书桌边上的窗户也是开着的。一阵强大的穿堂风吹过来，手稿就在大学生眼前一页一页地飘出了窗外。他一个箭步跨上去，用手紧紧按住，但是剩下的稿纸已经不多了，大概只有十张或者十二张还留在桌上。别的稿纸已经飘到院子里或者屋顶上。

大学生将身体探出窗外去看看稿纸的下落。正好有只黑色的鸟儿站在阁楼外面的房顶上。"那不是一只乌鸦吗？"大学生愣了一下，"常言说得好，乌鸦带来了晦气。"

还有几张稿纸在屋顶上，如果他不是心里想着考试，起码还能把飘走的稿纸找回一部分。可是他觉得当务之急是先办好自己的事情。"要知道这可是关系到我的锦绣前程的事。"他想道。

他匆忙披上衣服，奔向教授那里。一路上，他心里翻腾的全是丢失那手稿的事情。"唉，这真是一件叫人非常窝火的事情，"他想道，"我弄得这样慌里慌张，真是倒霉。"

教授开始对他进行口试，但是他的思路无法从那部手稿的事里摆脱出来。"唉，那个可怜的家伙是怎么对你说的？"他想道，"他为了写这本书花费了整整五年的心血，而且再也重写不出来了，难道他不曾这样郑重其事地叮嘱过你吗？我真不知道自己有没有勇气告诉他手稿丢失了。"

他对这桩已经发生的事情恼怒不已，思想无法集中。他学到的所有知识仿佛被风刮跑了。他听不明白教授提出的问题，也根本不知道自己在回答什么。教授对他如此无知非常恼火，只好给他个不及格。

大学生出来走到街上，心头如同油煎火烧一般难受。"这一下完了，我渴望到手的职位也吹啦，”他怏怏不乐地想道，“这都是那个老留级的大学生的罪过。为什么不早不迟偏偏今天送来了这么一沓手稿，结果弄得我好心给人办事反而没有落个好报。”

就在这时候，他一眼看见那个萦绕在他脑际的老留级的大学生迎面朝他走来。他不愿意在还没有设法寻找之前就马上告诉那个人手稿已经丢失，所以打算一声不吭地从老留级的大学生身边擦过去。但是对方看到他仅仅冷淡地点一下头就擦身而过，不免起了疑心，心里感到不安，很想知道那个大学生会如何评价他的手稿。他一把拉住大学生的胳膊，问他手稿看完了没有。“唔，我去结业考试了。”大学生支吾地说道，想要匆忙躲闪过去。但是对方以为大学生不想当面对他说那本书写得不令人满意，他觉得心都快要碎了。那部著作花费了他整整五年的心血，到头来还是一切都付诸东流。他对大学生说道：“请记住我对你说的话，如果那本书实在不行，根本无法付印的话，那么我就不想再见到它了。请尽快看完，告诉我你有何评论。如果写得实在不行的话，你干脆把它付之一炬。我不想再见到它了。”

他说完就匆忙走开了。大学生一直盯着他的背影，似乎想把他叫回来，但是他又后悔起来，便改变了主意，回家去了。

他回到家里立即换上日常衣衫，跑出去寻找那些失落的手稿。他在马路上、广场上和树丛里到处寻找。他闯进了人家的庭院，甚至跑到了郊外，可是他连一页都未能找到。

他找了几个小时之后，肚子饿极了，不得不去吃晚饭，但是在餐馆里又碰到了那个老留级的大学生。对方走了过来，询问他对那本书的看法。“唔，我今天晚上登门拜访，再谈谈这本书。”他搪塞地说道。他在完全肯定手稿无法找回来之前，不肯承认自己已把手稿弄丢了。对方一听脸变得刷白。“记住，要是写得不行，你就干脆把手稿烧掉好了。”他说完转身就走。这个可怜的人儿现在完全肯定大学生对他写的那部书很不满意。

大学生又重新跑到市里去找，一直找到天黑，但一无所获。他在回家的路上碰到几个同学。“你到哪儿去了，为什么连迎春节都没有来呀？”“哎哟，已经是迎春节啦，”大学生说道，“我完全忘记了。”

当他站着和同学们讲话的时候，一个他钟爱的年轻姑娘从他身边走过。她连正眼都没有对他瞅一眼，就同另外一个男大学生一边说着话，一边走过去了，而且还对那个人亲昵地娇笑。大学生这才想起来，他曾经邀请她来过五朔节，共同迎春，他自己却没有来参加，她会对他有什么想法呢？

他一阵心酸，想跑过去追赶她，可是他的一个朋友这时说道：“你知道吗？听说那个老留级的大学生境况真够呛，他今天晚上终于病倒了。”

“会有什么危险吗？”大学生着急地问道。

“心脏出了毛病，他早先很厉害地发作过一次，这次又重犯了。医生认为，他必定是受到某种刺激，伤心过度才犯的，至于能不能复原，那要看他的悲伤能不能够消除。”

过了不久，大学生就来到那个老留级的大学生的病榻前。老留级的大学生面色苍白，十分羸弱地躺在床上，看样子在发病之后还没有恢复过来。“我特意登门来奉告那本书的事，”大学生说道，“那本书真是一部出色的著作。我还很少读到过那样的好书。”

老留级的大学生从床上抬起身来，双眼逼视着他，说道：“那么你今天下午为什么表情呆板，行动古怪？”

“哦，我心里很难过，因为结业考试没有及格。我没有想到你会那样留神我的一言一行。我真的对你的书非常满意。”

那个躺在病榻上的人一听这话，用狐疑的眼神盯住他，越发觉得大学生有事要瞒住他。“唉，你说这些好话无非是为了安慰我，因为你知道我病倒了。”

“完全不是，那部书的确是上乘之作。你可以相信这句话。”

“你果然没有像我说的那样把手稿付之一炬吗?”

“我还不至于那样糊涂。”

“请你把书拿来！让我看到你真的没有把它烧掉，那我就信得过你。”病人刚说完话就一头栽在枕头上。他是那样虚弱，大学生真担心他的心脏病随时会发作。

大学生一阵内疚，羞愧得几乎难以自容，他双手紧握病人的手，如实地告诉他那部手稿被风刮跑了，并且对他承认，自己由于给他造成了这么大的损失而难过了整整一天。

他说完之后，那个躺在床上的病人轻轻地拍着他的手说道：“你真好，很会体贴人。可是用不着说谎来给我安慰！我知道，你已经照我的嘱咐把那部手稿烧掉了，因为我写得实在太糟糕，但是你不敢告诉我真话，你怕我经不住这样的打击。”

大学生发誓说，他所讲的都是真话，可是对方固执己见，不愿意相信他。“倘若你能将手稿归还给我，我就相信你。”那个老留级的大学生说道。

对方病恹恹的，大学生一看，心里想，再待下去更会增添病人的心事，于是他只好起身告辞。

大学生回到家里，心情沉重且身体疲惫，几乎连坐都坐不住了。他煮点茶喝了就上床睡觉。蒙起被子盖住脑袋时，他不禁自怨自艾起来，想到今天早上还是那么鸿运高照，现在却把自己美好的前途葬送了大半。自己的不幸毕竟还是可以忍受的。“最糟糕的是，我将会因曾经给别人造成不幸而终生懊恼。”他痛心疾首地反思。

他以为那一夜将辗转反侧难以入眠。岂料，他的脑袋刚一挨着枕头就睡着了，他连身边柜子上的床头灯都没有关掉。

迎春节

就在此时，发生了这样一件事：当大学生呼呼沉睡的时候，一个身穿黄色皮裤、绿色背心，头戴白色尖顶帽的小人儿，站在靠近大学生住的阁楼的一幢房子的屋顶上。他想，要是他换个位置，成了那个在床上睡觉的大学生，那他会感到非常幸福的。

两三个小时之前，他还躺在埃考尔松德附近的一丛金盏莲上休息，现在他来到了乌普萨拉，他是受了渡鸦巴塔基的蛊惑出来冒险的。

男孩子自己本来并没有到这里来的想法。他正躺在草丛里仰望着晴空的时候，看到渡鸦巴塔基从随风飘曳的云彩里钻了出来，男孩子本来想尽量躲开他，但是巴塔基早已看到了他，转眼间就落在金盏莲上，同大拇指儿攀谈起来，就好像他是大拇指儿最贴心的朋友一样。

巴塔基虽然神情肃穆，显得一本正经，但是男孩子还是一眼就看出他的眼波里闪动着诡谲狡黠的光芒。他下意识地觉察到巴塔基大概又要耍花招引他上钩。于是，他下了决心，无论巴塔基怎样鼓起如簧之舌，他也决不轻信。

渡鸦说，他很后悔当初有些事情隐瞒了男孩子，心里一直过意不去，所以现在赶来做一点弥补，要告诉他另外一个秘密。也就是说，巴塔基知道已经变成了小人儿的人怎样才能变回到原来的人形。

渡鸦以为只消抛出这个诱饵，男孩子便会欣然上钩。不料事与愿违，男孩子却漠然置之，淡淡地回答道，他知道只要他把白鹅照料好，让白鹅安然无恙地先到拉普兰，然后再返回斯康耐，他就可以再变成人。

“你要知道带领一只雄鹅安全地周游全国并不是一件轻而易举的事，”巴塔基故弄玄虚地说，“为了保险起见，你不妨再另找一条出路。不过你不想知道的话，我也就不说了。”这样，男孩子动心了，回答说，要是巴塔基愿意把秘密告诉他，他一点都不反对。

“告诉你我倒是愿意的，”巴塔基趁势说道，“但是要等到时机适当才行。骑到我的背上来，跟着我出去一趟吧，我们去看看有没有合适的机会！”男孩子一听又犹豫起来，他弄不清巴塔基的真正用意何在。“哎呀，你一定对我不大放心。”渡鸦说道。可是男孩子不想让别人说他胆小怕事，所以一转眼他就骑到渡鸦背上了。

巴塔基把男孩子带到了乌普萨拉。渡鸦把男孩子放在一个屋顶上，先叫他朝四周看，然后问他这座城市里住的是什么人，这座城市是由哪些人管辖的。

男孩子仔细察看那座城市。那是一座很大的城市，宏伟、壮观地屹立在一大片开阔的田野中央。城里气派十足、装潢美观的高楼大厦到处林立。

在一个低矮的山坡上有一座磨砖砌成的坚实的宫殿，宫殿里的两座大尖塔直插云霄。“这里大概是国王和他手下人住的地方吧。”他说道。

“猜得倒不大离谱，”渡鸦回答说，“这座城市早先曾经是国王居住的王城，但是昔日的辉煌已经一去不复返了。”

男孩子又朝四周看了看，一座大教堂在晚霞中熠熠生辉。那座教堂有三个高耸入云的尖塔、庄严肃穆的大门和浮雕众多的墙壁。“这里也许住着很有权威的人吧？”他说道。

“猜得差不多，”渡鸦回答说，“早先这里曾经住过一个同国王一样显赫的人。时至今日虽然还有人住在里面，但是掌管国家大事的却再也不是他喽。”

“这些我就猜不出来啦。”男孩子说道。

“让我来告诉你，现在居住和管辖这座城市的是有知识的人，”渡鸦说道，“你所看到的大片大片的建筑物都是为有知识的人兴建的。”

男孩子几乎难以相信这些话。“来呀，你不妨亲眼看看。”渡鸦说道。随后他们就到处漫游，参观这些大楼房。楼房的不少窗户是开着的，男孩子可以看到里面是什么样子。他不得不承认渡鸦说得对。

巴塔基带他参观了从地下室到屋顶都放满了书籍的大图书馆。他把男孩子带到那座高大的大学主楼，带他看了宽敞的报告大厅。他驮着男孩子飞过被命名为古斯塔夫大楼的旧校舍，男孩子透过窗子看到里面陈列的许多动物标本。他们飞过培育各种奇花异草的大温室，还特意参观了天文台，看到长长的望远镜指向天空。

他们还从许多窗户旁飞过，看到许多鼻梁上架着眼镜的老学者坐在房间里看书写文章，房里的书架上摆满了书。他们还飞过阁楼上大学生们住的房间，大学生们躺在沙发上捧着厚书在认真阅读。

渡鸦最后落在一个屋顶上。“你看看，我说得不错吧！知识就是这座城市的主宰。”他说道。男孩子也不得不承认渡鸦说得对。“倘若我不是一只渡鸦，”巴塔基继续说道，“而是生来就像你一样的人，那么我就要在这里住下来。我要从早到晚都坐在一间摆满书的房间里，把书里的一切知识都学到手。难道你就没有这样的兴趣吗？”

“没有，我宁可跟着大雁到处游荡。”

“难道你不愿成为一个能给别人治病的人吗？”渡鸦问道。

“唔，我愿意。”

“难道你不想变成一个能知天下大小事，能讲好几种外语，能讲得出太阳、月亮、地球运行轨道的人？”

“唔，那倒真有意思。”

“难道你不愿学会分清善恶、明辨是非吗？”

“这倒是万万不可缺少的，”男孩子回答说，“我这一路上已经有多次亲身体会啦。”

“难道你不想学业出色，当个有出息的人，为你家附近的乡亲们服务？”

“哎呀，要是我那么有出息的话，我爸爸妈妈准要笑得嘴巴都合不拢。”男孩子答道。

渡鸦就这样启发男孩子，让他懂得在乌普萨拉大学读书做学问的人是多么幸福，不过大拇指儿那时候还没有这种愿望：想成为他们当中的一员。

说来也巧，乌普萨拉大学城迎春集会正好在那天傍晚举行。

大学生们络绎不绝地来到植物园参加集会，尼尔斯·豪格尔森有机会就近看到他们。他们头上戴着白色的大学生帽，排成很长的队列在街上游行。整个街道仿佛成了一条黑色的河流，一朵朵白色的睡莲在摇曳。队伍最前面是一面绣金边的白旗，大学生们唱着赞美春天的歌在行进。可是尼尔斯·豪格尔森仿佛觉得这不是大学生们自己在歌唱，而是歌声萦绕在他们的头顶上。他想，那不是大学生们在歌唱春天，而是春天正在为大学生们歌唱。他无法相信，人的歌声竟会那么嘹亮，就像松树林里刮过的松涛声，就像铁锤敲击的铿锵声，也像野天鹅在海岸边发出的鸣叫声。

植物园里的大草坪一片青翠，树木的枝条都已泛出了绿色，绽出了嫩芽。大学生们走进植物园，在讲台前集合，一个英俊洒脱的年轻人走上讲台，对他们讲起话来。

讲台就在大温室前面的台阶上，渡鸦把男孩子放在温室的棚顶上，他安安静静地坐在那里，听着一个又一个人发表演讲。最后一位上了年纪的长者走上讲台。他说，他人生中最美好的岁月就是在乌普萨拉度过的。他讲到宁静的读书生活，讲到在和同学的交往中体会到生活的瑰丽多姿、青春的欢乐。他一次又一次讲到生活在无忧无虑、品格高尚的同学中间乃是人生最大的乐趣和幸福。正因为如此，艰辛的学习才变得如此令人快慰，使人容易忘记悲哀，使人满怀希望憧憬着光明的未来。

男孩子坐在棚顶上朝下看着在讲台周围排成半圆形的大学生。他渐渐明白过来，能够跻身这个圈子是最体面不过的事情，那是一种崇高的荣誉和幸福。每个站在这个圈子里的人都显得比他们单独一人的时候要高大得多，因为他们共同处于这一群体之中。

每一次演讲完毕，歌声立即响彻云霄。每当歌声一落就又开始演讲。男孩子从来没有想到，那些词句连在一起竟会产生那么大的力量，可以使人深深感动，也可以使人深受鼓舞，还可以使人欢欣雀跃。

尼尔斯·豪格尔森一直注视着那些大学生，不过他也看到植物园里除了大学生还有不少年轻的姑娘，她们穿着艳丽的衣服，头戴漂亮的春帽，此外还有许多别的人。不过他们好像也同他一样，到那里是为了看看大学生的。

有时候演讲和歌唱之间出现了间歇，那时大学生的行列就会散开来，人们三五成群地散布在整个花园里。待到新的演讲者一登上讲台，听众又聚到他的周围，就这样一直持续到天色昏暗下来。

迎春集会结束了，男孩子深深地吸了一口气，揉了揉眼睛，仿佛刚刚从梦中惊醒过来。他已经到过一个他从来没有到过的陌生的地方。那些青春年少而又对未来充满信心的大学生们沉浸在欢乐和幸福之中，男孩子也受到感染，他也像大学生们那样沉浸在欢悦之中。可是在歌声完全消失之后，男孩子却有了一种惘然若失的感觉，他哀怨自己的生活是那么糟，他越想心里越懊恼，甚至都不愿回到自己的旅伴身边去了。

一直站在他身边的渡鸦这时在他耳边聒噪起来。“大拇指儿，现在可以告诉你，你怎样才能重新变成人了。你要一直等到碰到一个人，他对你说他愿意穿上你的衣服，跟随大雁们去游荡。你就抓紧机会对他说……”巴塔基这时传授给男孩子一句咒语，那咒语非常厉害和可怕，非到万不得已不能高声讲出来，所以他只好对男孩子咬耳朵。“行啦，你要重新变成人，凭这句咒语就够了。”巴塔基最后说道。

“行呀，就算是可以，”男孩子快快不乐地说，“但是看样子我永远也不会碰到那个愿意穿上我的衣服的人。”

“也不是说绝对碰不上。”渡鸦说道。渡鸦随后把男孩子带到城里，放在一个阁楼外面的屋顶上。房间里亮着灯，窗户半开半掩，男孩在那里站了很久，心想，那个躺在屋里睡觉的大学生是多么幸福啊。

考　验

大学生突然从睡梦中惊醒过来，看见床头柜上的灯还亮着。“哎呀，我怎么连灯都忘记关了。”他想道，用胳膊支起身子来把灯关掉。但是他还没有来得及把灯关掉，就看到书桌上有个什么东西在爬动。

那房间很小，桌子离床不远，他可以清晰地看到书桌上杂乱地堆放着书、纸张、笔，还有几张照片。他也看到临睡前没有收拾掉的酒精炉和茶具。然而就像清清楚楚地看到别的东西一样，他还看见一个小人儿坐在黄油盒子上，正在往手里拿着的面包上抹黄油。

大学生在白天经历的坏事太多，所以对眼前的怪事反而见怪不怪了。他既不害怕，也不惊慌，反而无动于衷，他觉得有小人儿进屋来找点东西吃不值得大惊小怪。

他没有关灯就又躺下了。他眯起眼睛躺在那儿，偷偷地觑着那个小人儿的一举一动。抹完黄油后，小人儿非常惬意地坐在一块镇纸上，津津有味地嚼着大学生吃晚饭时掉落的渣。小人儿细嚼慢咽，在细细地品尝食物的滋味。他坐在那里，双眼半开半闭，舌头舔着嘴巴，吃得非常香。那些干面包皮和奶酪渣对他来说似乎都是佳肴。

那个小人儿在吃饭的时候，大学生一直没有去打扰他。等到小人儿打着饱嗝再也吃不下去的时候，大学生便开口同他攀谈起来。

“喂，”大学生说道，“你是什么人？”

男孩子大吃一惊，不由得拔腿就朝窗口跑去。但是他一看那个大学生仍旧一动不动地躺在床上没有起身来追赶他，就又站住了。

“我是西威曼豪格教区的尼尔斯·豪格尔森，”男孩子如实说，“早先我也是一个同你一样的人，后来被魔法变成了一个小精灵，从此以后我就跟着一群大雁到处游荡。”

“哎呀，天下事真是无奇不有。”大学生惊叹地说，并且开始问起男孩子的日常情况，直到他对男孩子离家出走以后的状况有了大致的了解。

“你倒过得还不错，”大学生赞叹说，“谁要是能够穿上你的衣服到处去遨游，那倒可以摆脱人生的一切烦恼！”

渡鸦巴塔基这时正好来到窗台上，当大学生信口说出那些话的时候，他就赶紧用嘴啄窗玻璃。男孩子心里明白，渡鸦是在提醒自己注意，千万不要忽略大学生说出的咒语中的那几个字眼，免得坐失天赐的良机。“哦，你是不肯同我更换衣服的，”男孩子说道，“当了大学生的人是得天独厚的，怎么肯再变成别的人！”

“唉，今天早晨我刚醒过来的时候，还是这么想的，”大学生长吁一声说道，“但是，你知道今天我出了什么事吗？我真是完蛋啦。倘若我能够跟着大雁一走了之，那对我来说是最好不过啦。”

男孩子又听见巴塔基在啄打玻璃，而他的脑袋也开始眩晕，心在怦怦跳个不停，因为那个大学生快要说出那句话来了。

“我已经告诉你我的事情了，”男孩子对大学生说道，“那么你也给我讲讲你的事情吧！”大学生也许是因为找到了一个可以一吐衷肠的知己而心头松快了一些，便原原本本地把所发生的事情讲了出来。“别的事情倒无所谓，过去也就算了，”大学生最后说道，“我最伤心的是，我给一个同学带来了不幸。倘若我穿上你的衣服，跟着大雁一起去漫游，那对我来说会更好一些。”

巴塔基拼命啄打玻璃，但是男孩子稳坐不动，一声不吭地坐了很久，双眼盯着大学生出神。

“请你稍等一下！我马上就给你回话。”男孩子压低了声音对大学生说，然后他步履蹒跚地走过桌面，从窗户里跨了出去。他来到窗外的房顶上，看到朝阳正冉冉升起，橘红色的朝霞映红了整个乌普萨拉城，每一座尖塔和钟楼都沐浴在晨曦的光芒之中。男孩子又一次情不自禁地赞美说，这真是个充满欢乐的城市。

“这是怎么一回事啊？”渡鸦埋怨说，“你把重新变成人的机会白白错过了。”

“我一点也不在乎让那个大学生当我的替身，”男孩子理直气壮地说，“我心里非常不好受的是那部手稿丢掉了，这太可惜啦。”

“你用不着为这件事犯愁，”渡鸦说，“我有办法把那些手稿弄回来。”

“我相信你有本事把那些手稿找回来，”男孩子说，“可是我拿不准你究竟肯不肯这样做。我最关心的是把手稿完好地归还给他。”

巴塔基一句话都没有说，张开翅膀飞入云霄，不久就衔回来两三张稿纸。他飞来又飞去，整整飞了一个多小时，就像燕子衔泥筑窝那样勤奋，把一张张手稿交到男孩子手里。“行啦，我相信现在我几乎把所有的手稿都找回来啦。”渡鸦巴塔基最后站在窗台上大口大口地喘着气说。

“多谢你啦，”男孩子说，“现在我进屋去同那个大学生说几句话。”这时，渡鸦巴塔基乘机朝屋里瞅了一眼，只见那个大学生正在一页一页地将那份手稿展平叠齐。“唉，你真是我碰到过的天字第一号大傻瓜！”他忍不住心头怒火，朝着男孩子发作起来，“你把手稿交给了大学生？那么你就用不着再进去同他说话了。他肯定再也不会说他愿意变成你现在这副模样啦。”

男孩子站在那里，凝视着小房间里的大学生，他身上只穿了一件衬衫，高兴得手舞足蹈。然后，他回过头来对巴塔基说：“巴塔基，我完全理解你的一番好心，你是想让我经受一下考验。你大概在想，要是我真的苦尽甘来的话，我也许会撇下雄鹅莫顿，让他孤零零地去应付这段艰难旅程中的一切风险，可是当那个大学生讲起他的不幸时，我意识到背弃朋友是何等不义和丑恶，所以我不能做出那样的事情来。”

渡鸦巴塔基用一只爪子搔着后脑勺，显得非常尴尬。他一句话都没有多说，驮起男孩子就朝大雁们栖息的地方飞去。

老鹰高尔果

在峡谷里

在拉普兰北部的崇山峻岭中，有一个年代久远的老鹰窝，它筑在陡峭山壁上的一块岩石上，窝是用树枝一层一层叠起来筑成的。多年来，那个窝一直在扩大和加固，如今已有两三米宽，几乎赶上拉普人①住的帐篷的高度了。

老鹰窝的峭壁底下是一个很大的峡谷，每年夏天都有一群大雁住在那里。这个峡谷对大雁来说是一个极好的栖身之处。它深藏在崇山之中，没有多少人知道这个地方，甚至连拉普人也不知道。峡谷中央有一个圆形小湖，那里有供小雁吃的大量食物，在高低不平的湖岸上，长满了柳树丛和矮小的桦树，大雁们可以在那里找到最理想的筑窝地点。

自古以来都是鹰住在上面的悬崖上，大雁住在下面的峡谷里。每年，老鹰总要叼走几只大雁，但是他们能做到不叼走太多的大雁，免得大雁不敢在

① 拉普人又称萨米人，是瑞典的少数民族，居住在瑞典北部，以游牧为主，主要饲养驯鹿，部分从事渔业。

峡谷里住下去。而对大雁来说，他们也从鹰那儿得到不少好处。老鹰虽然是强盗，但是他们使其他强盗不敢接近这个地方。

在尼尔斯·豪格尔森跟随大雁们周游全国的几年前，从大雪山[①]来的领头老雁阿卡一天早晨站在谷底，向上朝老鹰窝望去。鹰通常是在太阳升起后不久便外出寻猎的。在阿卡住在峡谷的那些日子里，她每天早晨都是这样等着他们出来，看他们是留在峡谷狩猎呢，还是飞到其他猎场去追寻猎物。

她不用等多久，那两只高傲的老鹰就会离开悬崖，他们在空中盘旋，尽管样子长得很漂亮，但是也很可怕。当他们朝下面的平原地带飞去时，阿卡才松了一口气。

这只领头雁年岁已大，不能再产蛋和抚育幼鸟了。她在夏天常常从一个雁窝飞到另一个雁窝，向其他雁传授产蛋和哺育小鸟的经验，以此来消磨时间。此外，她还为其他雁担任警戒，不但监视老鹰的行动，还要警惕诸如北极狐、林鸮和其他所有威胁大雁和雏雁生命的敌人。

中午时分，阿卡又开始监视老鹰的行踪。在她住在峡谷的那些日子里，她天天如此。从老鹰的飞行上，阿卡也能看出他们外出狩猎是否有好的收获，如果有好的收获，她就不会为她率领的一群大雁感到担心。但是这一天，她没有看到老鹰归来。“我大概是年老迟钝不中用了吧。”她等了他们一会儿，心里又想：“这时候老鹰们早该回来了。”

到了下午，她又抬头向悬崖看去，希望能在老鹰经常午休的岩石上看到

---

① 此处指凯布讷山，位于瑞典北部拉普兰省，是瑞典最高的山，北峰高约2097米。

他们，傍晚她又希望能在他们洗澡的高山湖里看到他们，但是仍然没有看见他们。她再次埋怨自己年老不中用了。她已经习惯于老鹰们待在她上面的悬崖上，她怎么也不会相信他们还没有回来。

第二天早晨，阿卡又早早地醒来监视老鹰。但即使在这个时候，她还是没有看见他们。相反，在清晨的寂静中，她听见一声叫声，悲愤而凄惨，好像是从上面的鹰窝里传来的。“上面的老鹰会不会出了什么事？”她想。她迅速张开翅膀，向上飞去，她飞得很高，以便能往下看清底下鹰窝里的情况。

她居高临下，既没有看到雄鹰，也没有看到雌鹰，鹰窝里只剩下一只羽毛未丰的小鹰，躺在那里喊叫着要吃食。

阿卡慢慢地降低高度，迟疑地飞向鹰窝。这是一个令人作呕的地方，一眼就能看出，这十足是一个强盗住的地方。窝里和悬崖上到处散落着发白的骨头、带血的羽毛和烂皮，还有兔子的头、鸟的嘴巴、带毛的雷鸟脚。就是那只躺在那堆东西当中的雏鹰也叫她看了恶心，他的那张大嘴，披着绒毛的笨拙的身子，羽毛未丰的翅膀和翅上像刺一样竖着的小羽毛都叫人不舒服。

最后，阿卡克服了厌恶心理，落在老鹰窝边，但她同时又不安地环顾四周，随时提防那两只老鹰回到家里。

“太好了，终于有鸟来了，”小鹰叫道，“快给我弄点吃的！”

“慢，慢，且不要着急！”阿卡说，“先告诉我，你的父亲母亲在哪里！”

“唉，谁知道啊！他们昨天早晨就出去了，只给我留下了一只旅鼠。我早就把它吃光了。母亲这样让我挨饿真可耻。”

阿卡开始意识到，那两只老鹰真的已经被人打死了。她想，如果让这只雏鹰饿死的话，她就可以永远摆脱那帮强盗了。但同时她又觉得，此时此刻她有能力去帮助一只被遗弃的小鸟，要是不帮，良心上总有点说不过去。

“你还站着看什么？”雏鹰说，“你没听见我要吃东西吗？”

阿卡张开翅膀，急速飞向峡谷里的小湖。过了一会儿，她又飞回了鹰窝，嘴里叼着一条小鲑鱼。

当她把小鱼放在雏鹰面前时，雏鹰却恼怒至极。“你以为我会吃这样的东西吗？”他说，随后把鱼往旁边一推，并试图用嘴去啄阿卡。“去给我搞一只雷鸟或者旅鼠来，有没有听见？”

这时，阿卡伸出头去，在雏鹰的脖子上狠狠地拧了一下。“我要告诉你，”老阿卡说，“如果要我给你弄吃的，那么我弄到什么你就得吃什么，不要挑三拣四。你的父亲和母亲都死了，你再也得不到他们的帮助了。如果你一定要吃雷鸟和旅鼠，那么你就躺在这里等着饿死吧，我是不会阻止你的。”

阿卡说完便立刻飞走了，过了很久才飞回来。雏鹰已经把鱼吃掉了，当阿卡又把一条鱼放在他的面前时，他又很快把它吞了下去，尽管看上去很勉强。

阿卡承担了一项繁重的劳动。那对老鹰再也没有露面，她不得不独自为雏鹰寻找他所需要的食物。她给他鱼和青蛙吃，但雏鹰也并没有因为吃这种食物而显得发育不良，相反，他长得又大又壮。他很快就忘了自己的父母亲，以为阿卡就是他的亲生母亲。阿卡也很疼爱他，好像他就是她的亲儿子。她尽力给他良好的教育，帮助他克服野性和傲慢的习性。

几星期过去了，阿卡开始察觉到，她脱毛和不能飞的时候快到了。她将整整一个月不能送食物给雏鹰吃，雏鹰肯定会饿死。

"高尔果，"阿卡有一天对他说，"我现在不能给你送鱼吃了，现在的问题是，看你敢不敢到底下的峡谷里去，这样我就可以继续给你找吃的。你现在有两种选择，要么在上面等着饿死，要么跳进底下的峡谷，当然后者也可能让你丧失性命。"

雏鹰二话没说便走到窝的边缘，看也不看底下的峡谷究竟有多深，就张开他的小翅膀，飞向空中。他在空中翻了几个滚，但还是稳住了，安全地飞到了地面上。

高尔果在底下的峡谷里和那些小雁一起度过了夏天，并且成了他们的好伙伴。他把自己也当作小雁看待，尽力按照他们的方式生活，当小雁到湖里去游泳时，他也跟着去，差点儿被淹死。他为自己学不会游泳而感到羞耻，常常到阿卡那里去埋怨自己。"我为什么不能像他们一样学会游泳呢？"他问道。

“因为你躺在悬崖上时，爪子长得太弯，趾也太大了，”阿卡说，“但不要为此而感到伤心！不管怎样，你还是会成为一只好鸟的。”

不久，雏鹰的翅膀就长大了，可以承受住他身体的重量在空中飞行了，但是直到秋天小雁学飞的时候，他才想起要使用翅膀去飞行。现在他值得骄傲的时刻来到了，因为在这项运动中他很快就成了冠军。他的伙伴们只能在空中勉强停留一会儿，他却几乎能整天在空中飞行，练习各种飞翔技巧。直到此时，他还不知道自己和大雁不是同类，但是他也不可避免地注意到一些使他感到非常吃惊的事情，因此不断地向阿卡提出问题。“为什么我的影子一落到山上，雷鸟和旅鼠就逃跑和躲藏起来呢？”他问道，“而他们对其他小雁并不是这样害怕呀。”

“你躺在悬崖上的时候，你的翅膀已经长得很丰满了，”阿卡说，“是你的翅膀吓坏了那些可怜的小东西，但不要为此而感到伤心！不管怎样，你还是会成为一只好鸟的。”

雏鹰已经很好地掌握了飞翔技巧，于是他就学习自己抓鱼和青蛙吃。但是不久他又开始思考起这件事来。“我怎么靠吃鱼和青蛙生活呢？”他问，“而其他小雁都不是这样呀。”

“事情是这样的，你躺在悬崖上的时候，我除了鱼和青蛙外弄不到其他食物给你吃，”阿卡说，“但不要为此而感到伤心！不管怎样，你还是会成为一只好鸟的。”

秋天，大雁们要迁徙的时候，高尔果也跟随雁群去了。他仍然把自己当成他们中的一员。但是，空中飞满了要到南方去的各种鸟类，当阿卡率领的雁群中出现一只老鹰时，这件事立即在他们之中引起了很大的轰动。大雁群四周总是围着一群群好奇的鸟，他们惊讶得叫起来。阿卡请求他们保持安静，但是要把那么多尖舌头都拴起来是不可能的。“他们为什么把我叫作老鹰？”高尔果不断地问，并且越来越生气，“难道他们看不见我也是一只大雁吗？我根本不是吞食我的伙伴的猛禽。他们怎敢给我起这么一个讨厌的名字呢？”

一天，他们飞过一个农庄，那里有一群鸡正围着一堆垃圾在刨食吃。“一只老鹰！一只老鹰！”这群鸡惊叫起来，并且四处奔跑，寻找藏身之地。高尔果一直听说老鹰是野蛮的歹徒，这时听到鸡也叫他老鹰，再也无法抑制住自己的怒火。他夹紧翅膀，嗖的一下冲向地面，用爪子抓住一只母鸡。“我要教训教训你，我，我不是一只老鹰。”他一边愤愤地叫着，一边用嘴去啄她。

与此同时，他听见阿卡在空中呼叫他，他唯命是从地飞回空中。阿卡朝他飞过来，并开始惩罚他。“你干什么去了？”她吼道，同时用嘴去啄他。“你是不是想把那只可怜的母鸡抓死？你真不知羞耻！”老鹰没有反抗，而是任凭阿卡训斥，这时正在他们周围的鸟发出了一阵嘲笑声和讽刺声。老鹰听到那些鸟的讽刺声，便回过头来用恶狠狠的目光盯着阿卡，似乎要向她发起进攻，但是他立即改变了主意，用力扇动翅膀向高空飞去。他飞得很高很高，连其他鸟的喊声都听不见了。在大雁们能看得见他的时候，他一直在上面盘旋。

三天之后，他又返回了雁群。

“我现在知道我是谁了，”他对阿卡说，“因为我是一只鹰，所以我一定要像鹰那样生活。但是我认为，我们还是可以继续做朋友的。你或你们当中的任何一只雁,我是决不会袭击的。”

阿卡以前为她成功地把一只鹰培养成一只温顺的鸟而感到自豪。但是现在听到鹰要按照自己的意愿去生活,她再也不能容忍了。“你以为,我会愿意做一只猛禽的朋友吗?”她说,“如果你照我教导的那样去生活,你还可以跟以前一样留在我的雁群里!”

双方都很高傲、固执,谁也不肯让步。结果,阿卡不准鹰在她的周围出现,她气愤至极,谁也不敢在她的面前再提鹰的名字。

从此以后,高尔果像所有的大盗一样,在全国各地四处游荡,独来独往。他经常情绪低落,不时地怀念起过去的那段日子,那时他把自己当作雁,与快乐的小雁亲昵地玩耍。在动物中他以勇敢而闻名。他们常常说,他除了他的养母阿卡外谁也不怕。他们还常说,他还从来没有袭击过一只大雁。

被　擒

有一天,高尔果被猎人捕获,卖到斯康森,那时他刚满三岁,还没有考虑娶妻成家和定居的问题。在他到斯康森之前,那里已经有几只鹰了,他们被关在一个用钢丝做成的笼子里。笼子在室外,而且很大,人们移进几棵树,堆起一个很大的石堆,使老鹰感到跟生活在家里一样。尽管如此,老鹰们还是不喜欢那里的生活。他们几乎整天站在同一个地方,一动也不动。他们那美丽的黑羽毛变得蓬松而无光泽。他们的眼睛绝望地凝视着远方,渴望到外面的自由世界去。

高尔果被关在笼中的第一个星期，他还是很清醒，很活跃，但是很快一种昏昏欲睡的感觉开始紧紧地缠着他。他也像其他的老鹰一样，站在同一个地方一动也不动，双眼呆呆地盯着远方，但是什么也没看见，他也不知道这一天又一天是怎么度过的。

一天早晨，高尔果像往常那样呆呆地站着，这时他听见地上有人在喊他的名字。他是那样无精打采，连眼皮也懒得抬一下，不愿意朝地面看一眼。“叫我的是谁呀？”他问道。

“怎么，高尔果，你不认识我了？我是经常和大雁们在一起飞行的大拇指儿呀。”

“是不是阿卡也被人关起来啦？”高尔果问道，那语调听起来让人觉得他好像经过长眠之后刚刚醒来，并且竭力在思索。

“没有，阿卡、白雄鹅和整个雁群这时肯定在北方的拉普兰了。”男孩子说，“只有我被一个打鱼的人从天上打下来，这儿的守门人买下了我，他说他会找时机放了我的，但前提是我不能私自离开。”

男孩子说这番话时，看到高尔果又把目光移开，开始像以前那样凝视着外面的天空。“金鹰！”男孩子喊起来，“我没有忘记，你有一次把我背回了大雁群，你饶了白雄鹅一条命。告诉我，有什么办法可以帮助你！”高尔果几乎连头也没有抬一下。“不要打搅我，大拇指儿！”他说，“我正站在这里，梦见我在高高的天空自由地飞翔，我不想醒来。”

“你必须活动活动你的身子，看看你周围发生的事情。”男孩子劝他说，“不然的话，你很快就会像别的鹰一样可怜而悲惨。”

“我情愿和他们一样，沉醉在迷梦之中，不受任何事情的打搅。”高尔果说。

夜幕降临，所有的老鹰都已经熟睡了，这时候，笼子顶部的钢丝网上发出轻微的锉东西的声音。那两只麻木不仁的老鹰对此无动于衷，但是高尔果醒来了。“是谁在那里？是谁在顶上走动？”他问道。

“是大拇指儿，高尔果，”男孩子回答说，“我坐在这里锉钢丝，好让你飞走。”

老鹰抬起头来，在明亮的月色中，看见男孩子坐在那里，锉那紧绷在笼子顶部的钢丝，他感到有了一丝希望，但是马上又心灰意冷了。“我是一只大鸟啊，大拇指儿，”他说，“你要锉断多少根钢丝我才能飞出去呀？你最好还是不要锉了，让我安静一会儿吧。”

“你睡你的觉，不要管我的事！”男孩子回答说，“即使我今天夜里干不完，明天夜里也干不完，但是我无论如何要设法把你救出去，要不你在这里会被毁掉的。”

高尔果又昏睡过去了，但是第二天早晨醒来的时候，他看见许多根钢丝已经被锉断。这一天他再也不像前些日子那样无精打采了，他张开翅膀，在树枝上跳来跳去，舒展着僵硬的关节。

一天清晨，天刚蒙蒙亮，大拇指儿就把老鹰叫醒了。“高尔果，现在试试看！”他说。

老鹰抬起头来看了看，果然发现男孩子已经锉断了很多钢丝，钢丝网上出现了一个大洞。高尔果活动了几下翅膀，就朝洞口飞去，他几次失败，跌回笼底，但最后终于成功地飞了出去。

他张开矫健的翅膀，高傲地飞上天空。而那个小小的大拇指儿则坐在那里，满脸愁容地望着他离去，他多么希望会有人来把他救出去。

男孩子对斯康森已经很熟悉了。他认识那里所有的动物，并且同其中的许多动物交了朋友。一天，他散步来到了狐狸笼附近，让他惊讶的是，在那儿他看到了狐狸斯密尔，原来，斯密尔被猎人抓住，关进了斯康森。男孩子偷偷观察了几天斯密尔，发现他总是垂头丧气，闷闷不乐。后来，男孩子从一只拉普兰狗那儿得知，有人会到斯康森来买狐狸，为了把他们放到一座鼠患成灾的岛上，消灭老鼠。思考了几天后，男孩子决定借这个机会帮狐狸重获自由。斯密尔听从了男孩子的建议，想办法让自己被选中。现在他已经在那座岛上自由自在地四处奔跑了。

男孩子必须承认，斯康森确实有许多可看可学的东西，他也不愁难以打发时光。但是他内心天天盼着能回到雄鹅莫顿和其他旅伴的身边。"如果我不受诺言的约束，"他想，"我早就可以找到一只能把我驮到他们那里去的鸟了。"

那天夜里，男孩子比以往任何时候更加渴望自由，这是因为现在已经是真正的春天了。他在旅途中已经吃尽了严寒和恶劣天气的苦头。刚到斯康森的时候，他还想被迫中断旅行也许并不是一件坏事，因为如果五月份到拉普兰去的话，他非冻死不可。但是现在天气已经转暖，地上绿草如茵；白桦树和杨树长出了像绸缎一样光亮的叶子；樱桃树，还有其他所有的果树，都开了花；浆果树已经结满了小果子；橡树极为谨慎地张开了叶子；斯康森菜地里的豌豆、白菜和菜豆都已经发绿。"现在拉普兰也一定是温暖而美丽的，"男孩子心想，"我真想在这样美丽的早晨骑在雄鹅莫顿的背上。要是能在这样风和日丽的天空中飞翔，沿途欣赏着由青草和娇艳的花朵打扮起来的大地,那该多惬意啊!”

正当他坐在那里浮想联翩的时候,那只鹰却从空中直飞下来,落在笼子顶上男孩子的身边。“我刚才是想试试我的翅膀,看看它们是不是还能飞行。”高尔果说,“你难道以为我会把你留在这儿让你继续受囚禁吗?来吧,骑到我的背上来,我要把你送到你的旅伴那里!”

“不,这是不可能的,”男孩子说,“我已经答应留在这里,直到我被释放。”

“你在说什么蠢话呀,”高尔果说,“首先,他们是违背你的意愿强行把你送到这里来的;其次,他们又强迫你做出留在这里的许诺!你完全应该明白,对于这样的诺言根本没有必要去遵守。”

“是的,尽管我是被迫的,但是我还是要遵守诺言,”男孩子说,“谢谢你的好意,但是你帮不了我的忙。”

“我帮不了你的忙吗?”高尔果说,“那就等着瞧吧。”转眼间他就用他的大爪子抓起尼尔斯·豪格尔森直冲云霄,消失在飞向北方的路途中。

放鹅姑娘奥萨和小马茨

疾病

在尼尔斯·豪格尔森跟随大雁们四处漫游的那一年，人们到处在谈论两个孩子——一个男孩和一个女孩，以及他们在全国各地流浪的事。他们是斯莫兰省索耐尔布县人。本来，他们同父母和其他四个兄弟姐妹住在一片大荒漠上的一间小茅屋里。在这两个孩子还很小的时候，一天晚上有一个穷苦的流浪女人来敲门要求借宿。尽管小茅屋小得连自己家里人也难以挤下，他们还是让她进来了，妈妈在地上搭了个床铺让她睡。夜里，她躺在地铺上不断咳嗽，咳得非常厉害，孩子们感到整个小茅屋都在摇晃。到了早晨，她病得很厉害，根本没法起床继续到外面流浪了。

爸爸和妈妈竭尽全力去照顾她，他们把自己的床铺让给她，自己却睡到地上去。爸爸还去请医生，给她买药水。头几天，那个病人像一个野蛮人那样，一个劲儿地要这个要那个，从来不说一句感谢的话；可是后来她慢慢地温柔起来，变得既客气又一个劲儿地讲感谢的话；到最后，她只是乞求他们把她从茅屋里背到荒漠上去，让她死在那里。当主人不肯这样做的时候，她才告诉他们说：几年来她一直跟着一群游民到处流浪。她本人倒不是游民出身，而是一个自耕农的女儿，但是她偷偷地离开了家，跟着一群游民到处游荡。现在她相信是一个对她怀恨在心的女游民使她得了这个病，事情远非到此为止，那个女游民还曾威胁她说，凡是留她借宿并且对她发善心的人都要遭到同她一样的下场。对此她深信不疑，所以她恳求他们将她赶出茅屋，永远不要再见到她，她不愿意给像他们这样好心肠的人带来灾难。但是父母亲没有按照她的要求去做，他们可能感到害怕，可是他们绝不是那种把一个生命垂危的穷苦人赶出家门去的人。

不久她就死了，灾难也开始降临了。过去小茅屋里只有欢乐，他们的确很穷，但是还没有穷到最糟糕的地步。父亲是个做织布机上杼筘[①]的工匠，母亲和孩子们帮着他一起干活。父亲亲手做杼筘的框子，母亲和大姐姐负责捆木片，小一点的孩子帮着刮木片，他们虽然从早忙到晚，生活倒也过得愉快惬意。父亲讲起他远走他乡，一边流浪，一边兜售杼筘的那些日子时，神情特别滑稽，常常把妈妈和孩子们逗得哈哈大笑。

可怜的女流浪者死后的那一段时间对孩子们来说真像是一场恐怖的噩梦，他们不知道那段时间是短还是长，他们只记得家里总是办丧事，他们的兄弟姐妹一个接着一个地死去，一个接着一个地被埋进坟墓。他们总共有四个兄弟姐妹，举行过四次葬礼，更多的葬礼当然是不可能有的，可是在这两个孩子看来，葬礼的次数却大大超过四次。最后，小茅屋里变得死气沉沉，似乎茅屋里每天都在办丧殡酒那样。

---

① 杼筘系老式织布机上的部件，形似梳子，用于确定经纱的密度并固定经纱的位置，也起到把纬纱打紧的作用。

母亲有时还能够强打起精神，父亲却整个儿变了样，他再也不说笑话，也不工作，只是两手抱着头，从早到晚呆呆地坐着出神。

有一次，那是在第三次葬礼以后，父亲说了一段孩子们听了十分害怕的胡话。他说，他真弄不明白，为什么这样的灾难要降临到他们的头上，他们帮助那个女病人总归算是做了件好事嘛，难道事情已经颠倒啦？在这个世界上邪恶已经超过善良了？母亲极力规劝父亲要理智点，但是她没有能够使他像她那样镇静和听凭命运的摆布。

几天后，父亲不见了，他没有死，而是离家出走了。因为大姐也病倒了，她一直是父亲最宠爱的孩子。看到大女儿快要死去时，他只能离家出走，以此摆脱一切苦恼。母亲没有多说什么，只是说父亲还是离开家的好，因为她一直担心父亲会发疯，他已经失去了理智，脑子里总是在想上天怎么能够允许一个恶人去干那么多坏事。

自从父亲走后，他们变得十分穷困。起初，他还给他们寄些钱，但是后来也许他自己的日子也不好过，就不再给他们寄钱了。在埋葬大姐的同一天，母亲关上茅屋的大门，带上还剩下的两个孩子离开了家。她流落到斯康耐省，在甜菜田里干活儿，在尤德贝里糖厂做工。母亲是一个好工人，她性格开朗，为人忠厚，大家都喜欢她。许多人对她遭受过那么多灾难后仍然能够那么冷静感到惊讶。而母亲是一个非常坚强又善于忍耐的人。当有人和她谈起她身边带着的两个好孩子时，她只是说："他们会很快死去的，他们也要死去的。"她讲这话的时候，声音一点也不颤抖，眼睛里也没有一滴眼泪，她对自己的厄运已经习以为常了，除此之外是盼不到别的什么啦。

但是情况没有像母亲想象的那样。相反，病魔缠住了她。母亲的病来得快，而且很快就恶化了。她是在夏天刚开始时来到斯康耐的，还没有到秋天，就扔下了两个无依无靠的孩子离世了。

母亲在生病期间多次对两个孩子说，他们应该记住，她对让那个病人住在他们家里从来没有后悔过。她说，一个人做了好事，死的时候是不会痛苦的。人都是要死的，谁也逃不了，但是，是问心无愧地死去，还是带着罪恶死去，自己是可以选择的。

母亲在去世之前，想办法为她的两个孩子做了一点小安排。她请求房东允许孩子们在他们三个人住了一个夏天的屋子里继续住下去。只要孩子们有地方住，他们就不会给人造成负担，他们会自己养活自己，这一点她是清楚的。

孩子们答应为房东放鹅，作为继续住这间屋子的条件，因为要找到愿意干这种活计的孩子总是很困难的。他们果真像母亲说的那样，自己养活自己。女孩子熬糖，男孩子削制木头玩具，然后走街串巷去叫卖。他们天生有做买卖的才能。不久，他们开始到农民那里买进鸡蛋和黄油，去卖给糖厂的工人。他们办事有条不紊，不管什么事托付给他们，大家都尽可放心。女孩子比男孩子大，她十三岁时，已经像个大姑娘那样能干了。她沉默寡言，神情严肃，而男孩子生性活泼，讲话滔滔不绝，他姐姐常常说，他在同田地里的鹅群比赛呱呱大叫。

孩子们在尤德贝里住了两三年。一天晚上，学校里举行一次报告会。实际上，那是为成人们举办的，而这两个来自斯莫兰的孩子也坐在听众中间，他们没有把自己看作孩子，大家也没有把他们看成孩子。报告人讲的是每年在瑞典造成许多人死亡的严重的肺结核病，他讲得有条有理，清楚明白,孩子们每一句都能听得懂。

当报告会结束后,他们俩站在校门外等着。当报告人走出来时,他们手拉着手,庄重地迎上前去请求说,他们想同他谈一谈。

那位陌生人看到站在他面前的两个人,长着圆圆的、红润的娃娃脸,神情严肃而认真,讲的话如果出自比他们的年龄大两倍的人之口,那就合适了。他显然感到十分奇怪,但他还是十分和蔼地听他们讲。

孩子们告诉他家里发生的事,并且问这位报告人,他是不是认为,母亲和他们的兄弟姐妹就是死于他刚才所说的那种病。他回答说:“非常可能,看来不会是别的什么病。”

如果母亲和父亲当时就知道孩子们今天晚上所听到的话,并且能够注意;如果他们当时把那个女流浪者的衣服烧掉;如果他们当时把小茅屋彻底打扫干净,也不用病人盖过的被褥,那么,孩子们现在怀念着的所有的亲人,现在是不是会活着?报告人说,谁也不能对此给予肯定的答复,不过,他认为,如果他们的亲人当时懂得预防,那么他们就不会得这种病了。

孩子们没有立刻提出下一个问题,但是仍旧站在原地没有移动,因为他们现在所要得到回答的问题是所有问题中最重要的一个问题。那个女游民之所以要把疾病降临在他们身上,是因为他们帮助了她所怀恨的人,这难道不是事实吗?难道不是某种特殊的东西使他们丧失了生命吗?噢,不是的,这位报告人向他们保证说,情况不是这样的。任何人都没有魔力用这种办法来把疾病传染给另一个人。正像他们已经知道的,这种病在全国各地流行,几乎降临到每家每户,虽然病魔没有像在他们家那样夺走那么多人的生命。

孩子们道过谢走回家去。那天晚上,他们两个人一直谈了很久很久。

第二天,他们辞掉了工作。他们不能再在这里放鹅了,必须到其他地方去。那么,他们到哪儿去呢?当然咯,他们要去寻找父亲。他们要去告诉他,母亲和兄弟姐妹是得了一种常见病去世的,并不是一个邪恶的人把一种什么特殊的东西降到他们身上。他们很高兴能知道这一点。现在,他们有责任去告诉父亲,因为直到今天,父亲肯定仍然未解开这个谜。

孩子们首先来到索耐尔布县荒漠上他们那个小小的家,使他们大吃一惊的是,小茅屋成了一堆灰烬。然后,他们又走到牧师庄园,在那里,他们了解到,一个曾在铁路上当工人的人曾在拉普兰省的马尔姆贝里矿区见到过他们的父亲,他在矿里干活儿,也许,他现在仍在那里,不过谁也肯定不了。当牧师听到孩子们要去找父亲时,他拿出一张地图,指给他们看马尔姆贝里矿区有多遥远,并且劝他们不要去。可是,孩子们说,他们不能不去找父亲,父亲之所以离家出走是因为他相信了某种不是事实的东西,他们一定要去告诉他,他搞错了。

他们做买卖攒了一些钱,但是不想用那些钱去买火车票,他们决定步行去。对于这一决定,他们没有后悔,他们确实做了一次十分愉快且令人难以忘怀的漫游。

在还没有走出斯莫兰省的时候,有一天,他们为了买一点吃的,走进一个农庄。农庄主妇是个性格开朗又爱说话的人。她问孩子们是干什么的、从哪儿来等等,孩子们把自己的经历一五一十地告诉她。在孩子们讲的时候,农庄主妇不断地叹息说:“唉,真是可怜!唉,真是可怜!”然后,她高高兴兴地给孩子们准备了又丰盛又好吃的东西,而且一个钱也不要他们付。

当孩子们站起来道谢并且表示要继续往前走的时候，农庄主妇问他们愿不愿意在下一个教区到她兄弟家里去借宿，她把她兄弟的名字和住址告诉了他们。孩子们当然十分高兴，求之不得。“你们代我向他问好，把你们家发生的事详详细细地告诉他。”农妇叮嘱道。

孩子们根据农妇的指点来到了她兄弟的家，同样受到很好的照顾。他让孩子们搭他的车到下一个教区的一个地方，他们在那里也受到了很好的款待。从此以后，每次他们离开一个农庄，主人总是说：如果你们往这个方向走，就到了一户人家，把你们家里发生的事给他们说一说！

在他们指引孩子们去的农庄里，都有一个得肺结核病的病人，这两个孩子步行走遍全国，不知不觉地告诉人们，偷偷袭击着每家每户的这种病是一种什么样的可怕而危险的病，怎样才能更有效地同这种疾病做斗争，等等。

很久很久以前，当被叫作黑死病的大瘟疫在瑞典全国蔓延的时候，据说，人们看到有一个男孩子和一个女孩子从一个农庄走到另一个农庄，男孩子手里拿着一把耙子，如果他走到一家人家门前，用耙子耙几下，那就是说，这户人家将有很多人要死掉，但不是所有的人都会死掉，因为耙齿稀疏，不会把所有东西都耙走。女孩子手里拿着一把扫帚，如果她走到一户人家门前，用扫帚扫几下，那就是说，住在这个门里的所有的人都得死光，因为扫帚是把屋子扫干净的一种工具。

在我们的时代里，两个孩子为了一种严重而危险的疾病走遍全国真是使人感到意外，这两个孩子不是拿着耙子和扫帚来吓唬人，相反，他们说：“我们不能满足于仅仅耙耙院子，拖拖地板，我们还要拿起掸子、刷子，用洗涤剂、肥皂，把门里门外打扫得干干净净，而且还要把自己身上洗得干干净净，只有这样，我们才能控制并且战胜这种疾病。”

小马茨的葬礼

小马茨死了。那些在几个小时以前还看见他活蹦乱跳、身体健康的人对此简直无法相信，但这确实是事实。小马茨死了，要安葬。

小马茨是在一天清晨死去的，除了他姐姐奥萨在屋里守着他，看着他死去外就没有别人在旁边了。“别去叫别人！”小马茨在临终前这样说道。姐姐依从了他。“我感到高兴的是，我不是患‘那种病’而死的，奥萨，”小马茨说道，“你不是也为此而高兴吗？”奥萨说不出话来，他又继续说道，“我认为，死倒没有什么关系，只要不是像母亲和其他兄弟姐妹那样死去就好了。如果我也是得了他们那样的病而死的，那么你肯定也不能使父亲相信，夺去他们生命的只不过是一种普通的病，但是现在你一定可以使他相信了，这一点你会看到的。”

小马茨咽下了最后一口气之后，奥萨还怔怔地坐了很久很久，回想着她的弟弟小马茨活在世上时所经历过的一切。她认为小马茨像个成年人一样经受过种种磨难，她思忖着他临终前的最后几句话，他还是像他过去那样勇敢坚强。她清楚地意识到，当小马茨不得不入土时，他的葬礼应该像一个大人的那样隆重。

她当然懂得，要这么办是非常困难的，不过她一定要这样做，为了小马茨，她一定要竭尽全力去做到。

放鹅姑娘这时已经到了遥远的北方，到了拉普兰省一个叫作马尔姆贝里的大矿区。这是一个奇怪的地方，也许正是这样一个地方对她来说事情或许还好办一些。

小马茨和她在来到这里之前，穿过大片大片一望无际的森林地区，一连好几天，他们既看不到耕地，也看不到农庄，看到的尽是矮小而简陋的客栈，直到后来，他们忽然来到了耶里瓦莱教区村。村里有教堂、火车站、法院、银行、药房和旅馆。教区村坐落在高山脚下，孩子们流浪到这儿的时候虽然已时值仲夏，但是山上仍然有积雪残留。耶里瓦莱教区村里所有的房屋几乎都是新盖的，整齐而漂亮。如果孩子们没有看到山上的残雪，如果没有看到桦树还没有长出茂盛的叶子，那么他们一定想不到他们已经来到了那么北的拉普兰省。但是他们不是要在那儿寻找父亲，而是要到更往北的马尔姆贝里矿区去，那里的条件就不如耶里瓦莱了。

看，情况确实是这样，人们尽管很早以前就知道在耶里瓦莱附近有一个大铁矿，但是直到几年前铁路修好以后才开始大规模地开采。那时，几千人一下子像潮水似的涌到这里，工作当然是有他们做的，住房却没有，要由他们自己想办法去解决。当时有的人用带有树皮的树干搭起小窝棚，有的人把木箱像砖头那样一层一层地垒起来盖成简陋的小屋，现在虽然有许多正规的房屋建起来，但是整个地区看上去仍然很杂乱。这里有大片大片的居民区，房屋采光好，结构也漂亮，但是其间也夹杂着布满树墩石块的未经整理的林地。这里既有矿业主和工程师们居住的漂亮的大别墅，也有初期遗留下来的乱七八糟的低矮小屋。这里有铁路、电灯和大机器房，人们可以乘着有轨电车，穿过用小电灯泡照明的坑道，直到山里的矿井。这里到处是一片繁忙景象，装满矿石的火车一辆接一辆从车站开出，矿区周围却是大片荒地，没人耕种，没人在造房子，这里只有拉普人，他们赶着鹿群到处放牧。

现在奥萨坐在这里，心想这里的生活基本上是正常的、安宁的，但是她也看到了粗野和古怪的现象。她感到，也许在这里办不寻常的事要比在其他地方容易得多。

她回想起他们来到马尔姆贝里矿区，打听一个两道眉毛连在一起、名字叫作荣·阿萨尔森的工人时的情景。两道眉毛连在一起是父亲长相中最引人注目的特征，也是他最容易被人记住的地方。孩子们很快得知父亲在马尔姆贝里矿区已经工作了好几年，但是现在他外出游荡去了。有时他一感到烦恼就外出游荡，这是常事。他到底到哪儿去了，谁也不知道，不过大家肯定地说，过几个星期他是会回来的。既然他们是荣·阿萨尔森的孩子，就可以住到父亲居住过的小屋里，等待他回来。一个妇女在门槛底下找到了钥匙，把孩子们放了进去。没有人对他们的来到表示惊奇，似乎也没有人对父亲时常到外面去漫游感到惊奇。大约各行其是在这遥远的北方是不足为奇的。

奥萨对她怎样去办丧事不难做出决定。上个星期天，她看到过矿上一个工头是怎样安葬的。有人用矿主私人的马把他拉到耶里瓦莱教堂，由矿工组成的长长的出殡队伍跟在灵柩后面。墓地旁，一个乐队奏哀乐，一个歌唱队唱歌。安葬后，所有出殡的人都被请到学校里去喝咖啡。放鹅姑娘奥萨要为她弟弟小马茨举行的葬礼大致就是这个样子。

她想得那样出神，仿佛送殡队伍就在她的眼前，但是后来她又气馁起来，自言自语道，要按照她的愿望来办恐怕是不可能的，倒并不是因为费用

太高，他们，小马茨和她，已经积攒了很多钱，她有能力为他举行如她所愿的隆重的葬礼，但她知道，难办的是，大人们决不会根据一个孩子的想法去办事的。她只比躺在她面前的、看上去又小又弱的小马茨大一岁，她自己也只是一个孩子，正因为她只是一个孩子，成人很可能会反对她的要求。

关于安葬的事，奥萨找的第一个人是矿上的护士。小马茨死后不久，赫尔玛护士来到了小屋，她还没有进门就知道小马茨一定是不行了。头一天下午，小马茨在矿区里转来转去，矿上爆破时，他站得离一个大型露天矿坑太近，几块飞石打中了他。当时只有他一个人，他昏倒后躺在地上很久很久，没有人知道出了这个事故。后来有几个在露天矿干活的人从一种令人奇怪的途径知道了这件事。据他们说，有一个还没有竖起的手掌那么高的小人儿跑到矿井边上向他们呼喊，让他们快去救躺在矿井上面、流血不止的小马茨。接着，小马茨就被抱回了家，给包扎起来；可是已经太晚了，他失血过多，救不活了。

护士走进小屋的时候，她想得更多的不是小马茨，而是他的姐姐。“对这个穷苦的小孩子我可以做些什么呢？”她自言自语道，“真是没有一点可以安慰她的。”

可是护士注意到，奥萨不哭也不抱怨，而是默默地帮着她做该做的事。护士小姐感到十分惊讶，但是，当奥萨同她谈起自己对葬礼的安排时，她就明白了。

“当我不得不考虑为小马茨这样的人安排后事的时候，”奥萨说道，她使自己的话说得庄重一点，更像小大人一点，“我首先考虑的是办一种对他表示敬意的葬礼，而我又有这种能力。丧事办好以后有足够的时间去难过哭泣。”

她请求护士小姐帮助她为小马茨安排一次体面的葬礼。没有任何人比他更值得这样办了。

护士小姐认为，这个孤单而又可怜的孩子如果能从体面的葬礼中得到安慰的话，那倒是一件好事。她答应帮她的忙，这对奥萨来讲是件大事。现在，她认为，她的目标差不多达到了，因为赫尔玛护士是非常有权威的。在每天进行爆破的这个大矿区里，每一个工人都知道，随时随地都会被四处乱飞的石头打中，或者被松动的岩石压倒，因此，每一个人都愿意同赫尔玛护士保持良好关系。

当护士和奥萨到矿工那里，请他们下星期日为小马茨去送殡的时候，没有多少人拒绝参加。“我们当然要去啰，因为是护士小姐请我们的。”他们回答说。

护士还非常顺利地请来了在墓地旁演奏的四重奏铜管乐队和小合唱队。她没有去借用学校的场地，因为天气还暖和，夏天天气变化不大，她决定让送殡的客人们在露天喝咖啡。他们可以向禁酒协会礼堂借用桌椅板凳，向商店借用杯子和盘子。几个矿工的妻子在箱子里藏着一些东西，只要她们住在荒原上，这些东西是用不上的。她们看在护士的面上，拿出一些好看的桌布，准备铺在咖啡桌上。

她还向布登市的面包房订购了松脆的面包片和椒盐饼干，向律勒欧的一家糖果店订购了黑白糖果。

奥萨要为她的弟弟小马茨办这样一个隆重的葬礼引起人们极大的注意，整个马尔姆贝里矿区的人都在谈论，最后，矿业主本人也知道了这件事。

矿业主听说五十个矿工要为一个十二岁的小男孩送殡，而这个小男孩，就他所知，只不过是一个到处流浪的乞丐。这时，他认为，这简直是荒唐透顶，而且还要唱歌、演奏，请人喝咖啡，坟墓上安放杉树枝，甚至还到律勒欧订购糖果！他派人把护士找来，请她把这一切安排都取消。“让这么一个可怜的小女孩这样浪费金钱真是太过分了，”他说道，“一个小孩子心血来潮，大人们跟着去做，这是不行的。你们会把事情搞得滑稽可笑的。”

矿业主没有恶意，也没有发火。他心平气和地说着话，要求护士取消唱歌、演奏和长长的出殡队伍。找十几个人跟着去墓地就足够了。护士没有讲一句反对矿业主的话，一方面是因为尊敬他，另一方面是因为她内心确实感到他是对的。对一个讨饭的孩子来说，这样铺张是太过分了。虽说她是出于对这个可怜的小姑娘的同情，但她抛掉了理智。

护士从矿业主的别墅里出来，到窝棚区去告诉奥萨，她不能按奥萨的愿望安排葬礼。她心里很不好受，因为她十分了解，这样的葬礼对这个可怜的小孩子意味着什么。在路上，她碰到了几个矿工的妻子，把自己的烦恼告诉了她们，她们立刻就说，她们认为矿业主是正确的。为一个要饭的孩子大办丧事是不合适的。这个小女孩的确很可怜，不过一个小孩子提出并且要安排这种事那是太过分了，还是不要大张旗鼓地操办为好。

这些工人妻子各自把这件事去告诉别人，不一会儿，从窝棚区到矿井，大家都知道不再为小马茨大办丧事了，而且大家都立刻认为，这是唯一正确的做法。

在整个马尔姆贝里矿区只有一个人有不同的意见，那就是放鹅姑娘奥萨。

护士在她那里真的碰上了困难。奥萨不哭也不抱怨，但是就是不愿意改变主意。她说，她没有请求矿业主帮什么忙，他与这件事是毫无关系的。他也不能禁止她按自己的愿望来安葬她的弟弟。

几个妇女向她解释说，如果矿业主不同意，他们谁也不会去送殡，这时她才明白，她必须得到他的允许才行。

放鹅姑娘奥萨默默地坐了一会儿，接着又迅速地站了起来。“你到哪儿去？”护士问道。“我要去找矿业主，同他谈一谈。”奥萨说。“你别以为他会听你的。”妇女们劝告说。“我想，小马茨是愿意我去的，”奥萨说，“矿业主也许根本没有听说过他是一个怎样的人。”

放鹅姑娘奥萨迅速收拾停当，很快上路，去找矿业主。但是现在愿她懂得，像她这样的一个小孩子，要使马尔姆贝里矿区最有权威的人——矿业主改变他固有的看法，似乎是根本不可能的。护士和其他妇女不由得和她隔开一段路，跟着她走，她们想看一看，她到底有没有勇气一直走到矿业主那里。

放鹅姑娘奥萨走在大路中间，她身上有某种东西吸引了过往的行人。她严肃而端庄地走着。她头上包着母亲留给她的一块黑色丝绸布，一只手拿着一块叠好的手帕，另一只手提着一只篮子，里面装着小马茨做好的木头玩具。

路上玩耍的孩子看见她这样走过来的时候，一边向前跑，一边大声问道：“你到哪里去，奥萨？你到哪里去？”但是奥萨没有回答。她根本没有听到他们在对她说话。她只是一直向前走。孩子们一面跑，一面一遍又一遍地问她。在他们快要追上她的时候，跟在她后面的妇女抓住孩子们的胳膊，拖住了他们。“让她走!”她们说,“她要去找矿业主,请求他允许她为弟弟小马茨办一次大葬礼。”孩子们也为她要做这样大胆的事而吓了一大跳。一帮孩子也跟在后头要去看一看事情的结果。

当时正是下午六点左右,恰好是矿上放工的时候,奥萨走了一段路之后,几百名工人迈着大步匆匆地走了过来。平时他们下班回家的时候,是不东张西望的,但是当他们看到奥萨时,有几个工人注意到有不寻常的事情要发生了。他们问奥萨出了什么事,奥萨一句话也不说,可是别的孩子高声说出了她准备到哪里去。当时有几个工人认为,一个孩子要做这样的事真是勇敢非凡,他们也要跟着去看一看,她究竟会有什么结果。

奥萨走到办公大楼,矿业主通常在这里工作到这个时候。当她走进门厅的时候,房门打开了,矿业主头戴礼帽,手中拿着手杖站在她面前,他正准备回家去吃晚饭。“你找谁?”当他看到这个小姑娘头包丝绸布,手里拿着叠好的手帕,一本正经的样子时,这样问道。“我要找矿业主本人。”奥萨回答说。“噢,那就请进吧。”矿业主说着,走进了屋子。他让房门敞开着,因为他想,一个小女孩不会有什么花时间的事情要谈的。这样,跟着放鹅姑娘来的人站在门厅里和台阶上听到了办公室里的谈话。

放鹅姑娘奥萨走进去以后,首先把身子挺直,把头巾往后推,用瞪得圆圆的、充满孩子气的眼睛向矿业主望去。她的目光严厉得能刺痛人的心。“事情是这样的,小马茨死了。”她说,声音颤抖得再也说不下去了。不过到这时候矿业主明白了他在同谁说话。“啊,你就是提出来要举行盛大葬礼的那个姑娘,”他和气地说,“你不要这样办,孩子,对你来说花钱太多了。如果我早先听到的话,我会立即制止的。”

女孩子的脸上抽搐了一下，矿业主以为她要哭了，可是她没有哭，却说道："我想问问矿业主，我能不能给你讲一些小马茨的情况。"

"你们的事情我都已经听说了，"矿业主用他平常那种安详而和蔼的语调说道，"你不要以为我觉得你不可怜，我只是为你着想。"

这时候，放鹅姑娘把身子挺得更直一些，用清脆而响亮的声音说道："小马茨九岁时，既没了父亲也没了母亲，他不得不像一个成年人那样养活自己。他连一顿饭也不愿意向人乞讨，而要自己付钱。他总是说，一个男子汉是不作兴讨饭吃的。他在农村四处奔走，收买鸡蛋和黄油，像一个上了年纪的商人那样善于经营。他从不疏忽大意，从不私藏一个小钱，而是把所有的钱都交给我。小马茨放鹅的时候，还在地里干活，勤勤恳恳，如同他是一个成年人一样。小马茨在南方的斯康耐串街游乡，农民们常常托他转送大笔的钱，因为他们知道，他们对他可以像对自己那样信任，所以，要说小马茨还仅仅是一个小孩子，那是不对的，因为还没有很多大人能做到这些……"

矿业主站在那里，两眼望着地板，脸上毫无表情，连肌肉都没有动一下。放鹅姑娘奥萨不吭声了，因为她以为她的话对他一点不起作用。她在家的时候觉得关于小马茨有好多话要说，但是现在，她的话似乎才那么一点点。她怎样才能使矿业主明白，把小马茨像一个成年人那样去安葬是值得的呢？

"想一想，我现在愿意自己支付全部安葬费……"奥萨说，然后她又不吭声了。

这时矿业主抬起眼皮，盯着放鹅姑娘奥萨的眼睛，他端详着她，好像一个像他那样手下有许多雇工的人不得不这样做似的。他思忖着，她遭受过失去父母和兄弟姐妹的痛苦,可是她仍然坚强地站在那里,她一定会成为一个了不起的人物。他怕在她已经承受的担子上再增加负担,因为拒绝她最后的寄托是有可能使她绝望的。他知道她来找他的意思。她对弟弟的爱显然胜过其他的一切,用拒绝来回答这样一种爱是不行的。

“那么,你就照你的想法去办吧。”矿业主说。

在拉普人中间

葬礼举行完了。放鹅姑娘奥萨的所有客人都已经走了，她独自一人留在她父亲的小窝棚里。她关上房门，坐下来安安静静地思念自己的弟弟。小马茨说的话、做的事，一句句、一桩桩，她记得清清楚楚。她想了很多很多，无法睡觉，她整整坐了一个晚上。她越想弟弟，心里就越明白，没有他，她今后的生活有多难过，最后她伏在桌子上痛哭起来，“没有小马茨我以后可怎么办呢？”她呜咽着说。

夜已经很深了，放鹅姑娘白天又十分劳累，只要她一低头，睡眠就偷偷向她袭来，这是不奇怪的。她在梦中见到了她刚才坐着时想念的人，这也是不奇怪的。她看见小马茨活生生地走进屋子，来到她身边。“现在，奥萨，你该走了，去找父亲去。”他说。“我连他在什么地方都不知道，怎么去找他呢？”她好像是这样回答他的。“别为这个担心，”小马茨像平常那样急促而又愉快地说，“我给你派一个能够帮你忙的人来。”

正当放鹅姑娘奥萨在梦中听到小马茨讲这些话的时候，有人在敲她房间的门。这是真正的敲门声，而不是她在梦里听到的敲门声。但是，她还沉浸在梦境中，搞不清楚是真的还是幻觉，去开门时，她想道：“一定是小马茨答应给我派来的人来了。”

如果放鹅姑娘奥萨打开房门的时候，站在门槛上的是赫尔玛护士或是别的真正的人，那么小姑娘马上就会明白，她已经不是在做梦了，现在的情况却不是这样，敲门的是一个很小的小人儿，还没有竖起来的手掌那么高。尽管现在是深更半夜，但是天仍然跟白天一样明亮，奥萨一眼就看出，这个小人儿就是她和小马茨在全国各地流浪时碰到过好几次的小人儿。那时候她很怕他，而现在，如果她不是仍然睡得迷迷糊糊的话，她也要害怕了。但是她以为自己依旧在做梦，所以能够镇定地站着。“小马茨派来帮助我去寻找父亲的那个人就是他。”她想。

她这样想倒没有什么错，小人儿正是来告诉她关于她父亲的情况的。看到她不再怕他时，小人儿告诉她到哪儿去找她的父亲，以及怎样到那儿去。

当他讲话的时候，放鹅姑娘奥萨渐渐清醒了，他讲完后，她已完全醒过来了。那时候，她才感到害怕和恐惧，因为她站在那里同一个不属于人类群体的人在说话。她吓得失魂落魄，说不出感谢的话，也说不出别的话，只是转头就往屋里跑，把门紧紧关上。她似乎看到，当她这样做的时候，小人儿的神情十分忧伤，可是她也没有办法。她给吓得魂不附体，赶紧爬到床上，拉过被子蒙上眼睛。

她尽管害怕小人儿，但是心里明白，他是为她好，因而第二天她赶紧按小人儿说的去做，出发寻找父亲去了。

在马尔姆贝里矿区以北几十公里的地方有一个小湖，叫作鲁萨雅莱，湖西岸有一个拉普人居住的小居民点。湖的南端屹立着一座巍巍大山，叫基律那瓦拉，据说山里蕴藏着丰富的铁矿石。湖的东北面是另一座大山，叫鲁萨瓦拉，也是一座富铁矿山。从耶里瓦莱通向那两座大山的铁路正在修建，在基律那瓦拉附近人们正在建造火车站、旅馆以及大批住宅。一座完整的小城市正在兴起，房屋漂亮而舒适。这座小城市地处遥远的北方，矮小的桦树一直要到仲夏之后才吐芽长叶。

湖的西面是一片开阔地带，刚才已经说过，那里有几户拉普人，他们扎了几顶帐篷。他们是在一个月以前到那里去的，他们不需要花很长时间就能把住处安排好。他们不用爆破或者垒砖头，为房子打出整齐而平坦的地基，只要在湖边选择一块干燥、舒适的地方，砍掉灌木，铲平土丘，空地就整理出来了。他们也不用在白天砍伐树木，为修筑牢固的木板墙而忙碌，更不用为安檩条、装房顶、铺木板、安窗子、装门锁等犯愁，只要把帐篷的支架牢牢地打进地里，把帐篷布往上一挂就行了。他们也不用装修和打家具，只要在地上铺一些杉树枝和几张鹿皮就行了。他们把那口通常用来煮鹿肉的大锅吊在一根铁链子上，这根铁链子则固定在帐篷支架的顶端上。

湖东岸的开拓者们为在严冬到来之前建好房屋而紧张卖力地劳动着，他们对那些拉普人在那么北的地方到处游荡，除了薄薄的帐篷以外，没有想到建造更好的住所来抵御严寒和暴风雨感到惊讶；而拉普人则认为，只要有几头鹿和一顶帐篷，就可以生活了，他们对那些开拓者干着那么繁重的劳动感到奇怪。

七月的一天下午，鲁萨雅莱一带雨大得可怕，那天下午，夏天一般很少待在帐篷里的拉普人，很多人都钻进了帐篷，围火坐下，喝着咖啡。

当拉普人喝着咖啡谈兴正浓的时候，一只船从基律那方向划来，停靠在拉普人的帐篷旁。一个工人和一个十三四岁的小姑娘从船上走下来。几只拉普人的狗狂吼着向他们奔去，一个拉普人从帐篷的入口处探出头去看看出了什么事。看到这个工人时，他感到很高兴。这个工人是拉普人的好朋友，他和蔼、健谈，还会讲拉普语。拉普人喊他到帐篷里来。"好像有人捎信让你现在到这里来似的，舍德贝里，"他喊道，"咖啡壶正放在火上，在这种下雨天，没有人能干什么事。你来给我们讲讲新闻吧！"

这个工人钻进拉普人的帐篷。大家费劲地为他和小姑娘腾地方，因为小帐篷里已经挤满了人。工人立即用拉普语同主人攀谈起来。跟他来的小姑娘一点也听不懂他们的谈话，只是安安静静地坐着，好奇地打量着大锅和咖啡壶、火堆和烟、拉普男人和拉普女人、孩子和狗、墙和地、咖啡杯和烟斗、色彩鲜艳的服装和用鹿角刻出来的工具等。这里的一切对她来说都是新鲜的、陌生的。

但是她突然垂下眼皮，不再看东西了，因为她发现帐篷里所有的人都在看她。舍德贝里肯定说了一些关于她的事，因为现在拉普族的男男女女都把短烟斗从嘴上拿开，盯着她这边瞧。坐在她旁边的拉普人拍着她的肩膀，频频点头，并且用瑞典语说道："好，好。"一个拉普女人倒了一大杯咖啡，费了不少劲才递给了她；一个跟她差不多大小的拉普男孩从坐着的人中间爬到她身边，躺在那里盯着她看。

小姑娘知道舍德贝里在向拉普人讲述她怎样为她的弟弟小马茨办了一次葬礼。她不希望舍德贝里过多地谈论她，只希望他问问拉普人是否知道她父亲在什么地方。小人儿说过，他在鲁萨雅莱湖西岸的拉普人那里。她是得到运送石子的工人同意后，搭乘运石子的火车到这里来寻找父亲的，因为这条铁轨上还没有客车。所有的人，包括工人和工头，都想方设法帮助她，基律那的一位工程师还派了这位能讲拉普语的舍德贝里带她坐船过湖来打听父亲的消息。她本来希望，她一到这里就会见到父亲。她把目光从帐篷里的这一张脸移到那一张脸，但是所有的人全是拉普人，父亲不在这里。

她看到拉普人和舍德贝里越说越严肃，拉普人摇着头，用手拍着前额，好像他们在谈论的人是一个神志不清的人。当时她十分不安，再也无法默默地坐着等待，就问舍德贝里，拉普人对她父亲知道些什么。

"他们说，他出去打鱼了，"工人回答说，"他们不知道他今天晚上会不会回帐篷，不过，只要天气稍好一些，他们就会派人去找他。"

接着，他就转过头去，又继续同拉普人急切地交谈起来。他不想让奥萨有机会再打听荣·阿萨尔森的情况。

*

这天清晨，天气晴朗。拉普人中最卓著的人物乌拉·塞尔卡说，他要亲自出去寻找奥萨的父亲，但是他并不急着走，而是蹲在帐篷前寻思，不知道该怎样把荣·阿萨尔森的女儿来找他的消息告诉他。现在要做的是不要使荣·阿萨尔森感到害怕而逃走，因为他是一个见了孩子就恐惧的怪人。他常常说，他一见到孩子，脑子里就会出现一些乱七八糟的可怕的想法，这使他承受不了。

在乌拉·塞尔卡思考问题的时候，放鹅姑娘奥萨和头天晚上盯着她看的拉普族小男孩阿斯拉克一起坐在帐篷前聊天。阿斯拉克上过学，会讲瑞典语。他给奥萨讲萨米人[1]的生活，并且向她保证说，萨米人的生活比其他所有人的生活都要好。奥萨认为，萨米人的生活是可怕的，而且还说了出来。“你不知道你在说些什么，”阿斯拉克说道，“你只要在这里住上一个星期，你就会看到，我们是全世界最幸福的人！”

“如果我在这里住上一个星期的话，我一定会给帐篷里的烟呛死。”奥萨回答说。

“你可别这么说！”拉普男孩说，“你对我们一无所知。我要告诉你一些事，你就会明白，你在我们这里待的时间越长，你就越会感觉到我们这里愉快舒服。”

接着，他开始对奥萨讲一种叫作黑死病的疾病在全国蔓延时的情况。他不知道，这种疾病是不是也在他们现在待着的地区流行过，但是这种病在耶姆特兰却十分猖獗，住在那里高山上的萨米人，除了一个十五岁的小男孩外，全都死光了，住在河谷地的瑞典人除了一个小女孩外，也没有任何人活下来。她也是十五岁。

“男孩和女孩为了寻找人，在这满目疮痍的土地上各自漫游了整整一个冬天，他们终于在快到春天的时候相逢了，”男孩接着说，“当时这个瑞典族的女孩子请求拉普男孩陪她到南方去，这样她就可以回到瑞典人那里。她不愿意再在荒芜凄凉的耶姆特兰待下去了。‘你想到哪里，我就陪你去哪里，’男孩说，‘不过要等过了冬天才行。现在是春天，我的鹿群要到西边的山里去，我们萨米人一定要去鹿群让我们去的地方。’

[1] 即拉普人。

“这个瑞典族小女孩是富家的孩子，她习惯住在屋子里，睡在床铺上，坐在桌子旁吃饭。她一贯看不起穷苦的山里人，认为居住在露天的人是非常不幸的。但是她又怕回到自己的庄园去，因为那里除了死人就没有别的了。‘那么，至少让我跟着你到山里去，’她央求男孩说，‘免得我一个人孤零零地待在这里，连人的声音都听不到！’男孩当然欣然答应了，这样，女孩就有机会跟随鹿群到山里去。鹿群向往高山上鲜嫩肥美的牧草，每天要走很远的路。他们没有时间搭帐篷，只得在鹿群停下来吃草的时候往地下一躺，在雪地上睡一会儿。这些动物感到南风吹进了皮毛，知道用不了几天，山坡上的积雪将会融化，而女孩和男孩不得不踩着即将消融的雪，踏着快要破碎的冰，跟在鹿群后面奔跑。当来到只有矮小的桦树生长的高山地区时，他们休息了几个星期，等待大山里的积雪融化，然后再往上走。女孩不断抱怨叹气，多次说她累得要命，一定要回到下面的河谷地区去，但是她仍然跟着往上走，这样总比自己孤身一人去附近连一个活人也没有的地方要好得多。

“他们来到高山顶上，男孩在一块面朝小河的美丽的绿草坡上为女孩搭起了一顶帐篷。到了晚上，男孩用套索套住母鹿，挤了鹿奶让她喝。他把去年夏天他们的人藏在山上的干鹿肉和干奶酪找了出来。女孩一直在发牢骚，她不想吃干鹿肉和干奶酪，也不想喝鹿奶，她不习惯蹲在帐篷里，也不习惯睡在只铺一张鹿皮和一些树枝的地上。但是他对她的抱怨只是笑笑，继续对她很好。

“几天后，男孩正在挤鹿奶，女孩走到他面前，请求帮他的忙。她在煲鹿肉的大锅下生火，提水，做奶酪。现在，他们过着美好的日子。天气暖和，吃的东西很容易找到。他们一起放夹子捕鸟，在急流里钓鳟鱼，到沼泽地上采云莓。

“夏天过去了，他们下了山，搬到针叶林和阔叶林交界的地方，在那里重新搭起帐篷。那时正是屠宰的季节，他们天天紧张地劳动着，这是一段美好的时光，食物比夏天好得多。当大雪纷飞，湖面上开始结冰的时候，他们又继续往东迁移，搬进浓密的杉树林。他们一搭好帐篷就干起活来。男孩教女孩用鹿筋搓绳子，鞣皮子，用鹿皮缝制衣服和鞋子，用鹿角做梳子和工具，还教她滑雪，坐着鹿拉的雪橇旅行。他们度过了整天没有太阳的昏暗的冬天，迎来了几乎整天都有太阳的夏天，男孩对女孩说，现在他可以陪她往南走了，去寻找瑞典人。但是，女孩却惊讶地看着他。‘你为什么要把我送走？’她问，‘难道你喜欢同你的鹿群单独待在一起吗？’

“‘我以为你想离开。’男孩说。

“‘我已过了差不多一年的萨米人的生活，’女孩说，‘在大山里和森林中自由自在地游荡了这么长时间，我不能再回到瑞典人那里，在狭窄的房子里生活了。请不要赶我走，让我留下吧！你们的生活方式比我们的好得多。’

“女孩在男孩那里住了一辈子，再也不想回到河谷地区去。奥萨，只要你在我们这里待上一个月，你就永远也不想再离开我们了。”

拉普族男孩阿斯拉克用这些话结束了他的故事，与此同时，他的父亲乌拉·塞尔卡从嘴里抽出烟斗，站了起来。老乌拉会很多瑞典语，只是不想让人知道而已。他听懂了儿子说的话。在听他们讲话时，他突然想出了一个办法，知道该怎样去告诉荣·阿萨尔森他女儿来找他了。

*

乌拉·塞尔卡来到鲁萨雅莱湖边，沿湖岸一直向前走，直到他遇到一个坐在石头上钓鱼的男人才停下。钓鱼的人头发灰白，弓着背，目光倦怠，看上去迟钝而绝望，他像个想背一样东西但又背不起来的人，或者像个想要解决问题而又解决不了的人，他由于不能成功而变得缺乏勇气和心灰意懒。

“你一定钓了不少鱼吧，荣，因为你整整一夜都坐在这里垂钓。”他边走过去，边用拉普语问道。

对方突然一愣，抬起了头。他鱼钩上的食饵早就没有了，他身边的湖岸上一条鱼也没有。他急忙又放上新的鱼饵，把鱼钩扔向水里，与此同时，乌拉在他身边的草地上坐了下来。

“有一件事，我想同你商量一下，”乌拉说道，“你知道，我有一个女儿去年死了，我们帐篷里的人都一直在思念她。”

“嗯，我知道。”钓鱼的人简短地回答说。他的脸蒙上一层乌云，好像不喜欢有人提起一个孩子死去的事。他的拉普语讲得很好。

“但是，让哀伤毁坏了生活是不值得的。”拉普人说。

“是的，是不值得的。”

“现在，我打算收养一个孩子。你认为这样做好吗？”

“那要看这是一个什么样的孩子，乌拉。”

“我想把我所知道的关于这个女孩的情况给你说一说，荣。”乌拉说。接着，他就对这个钓鱼的人讲：仲夏前后，有两个外地孩子，一个男孩和一个女孩徒步来到马尔姆贝里矿区寻找他们的父亲，因为父亲已经外出，他们就在那里等他。但是，在他们等待父亲期间，小男孩被矿上爆破时炸起的石头砸死了，小女孩想为弟弟举行一次隆重的葬礼。然后乌拉绘声绘色地描述那个穷苦的小女孩怎样说服所有的人去帮助她，以及她非常勇敢，竟然还亲自去找矿业主谈葬礼的事等等。

“你要收养在帐篷里的姑娘，难道就是这个小姑娘吗，乌拉？”钓鱼的人问道。

“是的，”拉普人回答说，“听到这件事后，大家都不禁哭起来了，我们都说，这样好的一个姐姐也肯定会是一个好女儿，我们希望，她能到我们这里来。”对方坐着沉默了一会儿。看得出来，他继续说话是为了使他的拉普族朋友高兴。“她，那个小女孩，一定是你们那个民族的人吧？”

“不是，”乌拉说，“她不是萨米族人。”

“那么，她大概是一个开拓者的女儿，习惯这里北方的生活吧？”

“不是，她是从南方很远的地方来的。”乌拉回答说，好像这句话同事情本身毫无关系似的。但是这时，钓鱼的人变得有了点兴趣。“那么我认为你还是不要收养她，”他说，“她不是在这里土生土长的，冬天住在帐篷里会受不了的。”

“她会在帐篷里同好心的父母和兄弟姐妹待在一起，”乌拉·塞尔卡固执地说，“孤独比挨冻更难忍。”

但是钓鱼的人似乎对阻止这件事的兴趣越来越大。他似乎不能接受父母是瑞典族的孩子由拉普人来收养的思想。“你不是说她有个父亲在马尔姆贝里矿区吗？”

“他死了。”拉普人直截了当地说。

“你完全了解清楚了，乌拉？”

“问清楚这件事有什么必要？”拉普人轻蔑地说，“我认为我是清楚的。如果这个小姑娘和她的弟弟还有一个活着的父亲，他们还需要被迫孤苦伶仃地徒步走遍全国吗？如果他们还有一个活着的父亲，难道这两个孩子还需要自己挣钱来养活自己吗？如果她的父亲还活着，这个小姑娘难道还需要一个人跑去找矿业主吗？现在，整个萨米人居住的地区都在谈论她是一个多么能干的小姑娘。要不是她的父亲早就死了，她一刻也不会孤身一人，不是吗？小女孩自己相信他还活着，不过，我说他一定是死了。”

这个两眼倦怠的人转向乌拉。“那个小女孩叫什么名字，乌拉？”他问道。乌拉想了想说：“我不记得了，我可以问问她。”

“你要问问她？是不是她已经在这里啦？”

“是的，她在岸上的帐篷里。”

“什么，乌拉？你还不知道她父亲是怎么想的，就把她领到你这儿来了？”

“我不管她父亲是怎么想的。如果他没有死，他一定是对自己的孩子不闻不问的那种人。别人来领养他的孩子，他兴许还高兴呢。”钓鱼的人扔下鱼竿站了起来。他动作迅速，好像换了一个人似的。“我想，她的父亲跟别的人不一样，”乌拉继续说道，“他可能是一个严重悲观厌世的人，以致连工作都不能坚持干下去。难道让她去要这样的一个父亲？”

乌拉说这些话的时候，钓鱼的人已顺着湖堤向上走了。“你到哪儿去？”拉普人问。

“我去看看你的那个养女，乌拉。”

“好的，”拉普人说，“去看看她吧！我想你会感到我有了一个好女儿。”

这个瑞典人走得飞快，拉普人几乎跟不上他。过了一会儿，乌拉对他的同伴说：“我现在可以告诉你，她叫荣的女儿，奥萨，就是我要收养的小女孩。”对方只是加快了步伐，老乌拉·塞尔卡十分满意，想放声大笑。当他们走了一大段路，看得见帐篷的时候，乌拉又说了几句话。“她到我们萨米人这儿来是为了寻找她的父亲，不是为了来做我的养女，不过，倘若她找不到她的父亲，我愿意把她留在帐篷里。”对方又加快了脚步。“我想，我要把他的女儿收养在我们萨米人中间，用这样的话来要挟他时，他一定吓坏了。”乌拉自言自语道。

把放鹅姑娘奥萨送来的那位基律那人下午回去的时候，他的船上还带着两个人。他们紧紧地挨在一起，亲热地手拉着手坐在船板上，好像再也不愿分开。他们是荣·阿萨尔森和他的女儿。他们两个人同几小时前完全不同了，荣·阿萨尔森看上去不像过去那样驼背、疲乏，他的目光清澈而愉快，好像长久以来困扰他的问题现在得到了回答，而放鹅姑娘奥萨也不像以前那样机智而警惕地打量着周围的一切，她有了一个可以依靠和信赖的大人了，似乎她又重新变成了一个孩子。

到南方去！到南方去！

旅程的第一天

10月1日　星期六

男孩子坐在白雄鹅的背上，在高空中向前飞行。三十一只大雁排成整齐的人字形向南快速地飞行。风在羽毛中呼呼作响，那么多翅膀拍打着空气发出的飕飕声，使他们连自己的叫声也听不见了。大雪山来的大雁阿卡领头飞行，跟在她后面的是亚克西和卡克西、科尔美和奈利亚、维茜和库西、雄鹅莫顿和灰雁邓芬。去年秋天跟随他们一起飞行的六只小雁现在已经离开雁群独立生活了。老雁们现在带着今年夏天在大峡谷里长大的二十二只小雁在飞行，十一只飞在右边，十一只飞在左边，他们尽力同老雁一样相互之间保持着同等的距离。

这些可怜的小雁过去从来没有做过任何长距离飞行，开始时，这样快速的飞行让他们很难跟得上。“大雪山来的阿卡！大雪山来的阿卡！”他们可怜巴巴地叫道。

“什么事？”领头雁问道。

“我们的翅膀累得动不了啦，我们的翅膀累得动不了啦。”小雁们叫道。

“你们飞得越远，就越不会感到累。”领头雁回答说，速度一点没有放慢，而是继续像原先那样向前飞着。看来她说的话真是一点也不错，因为小雁们飞了两三个小时后就再也不抱怨累了。但是，他们在大峡谷里养成了一天到晚嘴巴不停吃东西的习惯，所以没过多久，他们就想吃东西了。

“阿卡，阿卡，大雪山来的阿卡！”小雁们凄婉地叫道。

“又有什么事？”领头雁问道。

“我们饿得飞不动了，”小雁们叫道，“我们饿得飞不动了。”

“大雁应该学会吃空气喝大风。”领头雁回答道，她没有停下来，而是继续像原先那样向前飞着。

看起来，似乎小雁们已经学会靠空气和风生活了，因为他们飞了片刻后就再也不抱怨肚子饿了。雁群仍然在大山的上空飞行。老雁们为了使小雁们记住山峰的名字，每当他们飞过一座山峰时，就喊出它的名字。“这是波苏巧考，这是萨尔耶巧考，这是索里台尔马。”但是，他们这么喊着飞了一会儿，小雁们又不耐烦了。

“阿卡，阿卡，阿卡！”他们伤心地叫道。

“什么事？”领头雁问道。

“我们的脑子里装不下更多的名字了，”小雁们叫道，“我们的脑子里装不下更多的名字了。”

“脑子里装的东西越多，脑子就越好使。”领头雁回答说，继续像原先那样叫喊着稀奇古怪的名字。

男孩子暗自思忖，该是大雁南飞的时候了，因为已经下了很多的雪，极目望去，大地一片白茫茫。不可否认的是，他们待在峡谷里的最后几天是非常不舒服的。大雨、风暴和浓雾不停地袭来，偶尔有那么一个好天，但很快就变得冰冷刺骨。男孩子在夏天赖以生存的浆果和蘑菇都已冻坏和腐烂，到最后，他只好吃生鱼，这是他最厌恶的东西。白天十分短促，黑夜漫长，早晨姗姗来迟，这使他感到百无聊赖、兴致索然。

现在，小雁们的翅膀终于长硬朗了，南飞的旅程也开始了，男孩子是如此高兴，骑在鹅背上又笑又唱。是的，他盼望离开拉普兰，不仅仅是因为那里又黑又冷又没有东西吃，还有别的原因。

到拉普兰的头几个星期，他一点没有想离开的意思。他认为，那是他从来没有到过的美丽而舒适的地方，除了不要让蚊子把他吃掉以外，他没有任何烦恼。男孩子和白雄鹅莫顿待在一起的时候也不多，因为这个白家伙只是守着邓芬，寸步不离。而他一直同老阿卡和老鹰高尔果在一起，他们三个一起度过了许多愉快的时光。那两只鸟带着他做过远距离的飞行。他曾经站在冰雪覆盖的凯布讷大雪山的山顶，眺望伸展到山下的条条冰川，去过许多人迹罕至的高山。阿卡还带他看过深山中的幽谷，母狼哺育狼羔的岩洞。他还和成群结队在美丽的托内湖岸吃草的驯鹿交了朋友，到过大湖瀑布下面，向居住在那里的狗熊转达了他们住在贝里斯拉格那的亲友的问候。他所到之处都是气势雄伟的地方。他非常高兴能亲临其境，但是不愿意在那里长住。阿卡说，那些瑞典开拓者应该保持这一地区的安宁，把它还给那些土生土长的熊、狼、鹿、大雁、雪鹗、旅鼠和拉普人居住。他不得不承认，阿卡的这些话是很有道理的。

一天，阿卡把他带到一个矿区城市，他在那里发现小马茨遍体鳞伤，躺

在矿坑外面，在此后的几天里，他除了想方设法帮助可怜的放鹅姑娘奥萨外，其他什么也不想。奥萨找到父亲之后，他就不需要再为她费心劳神了，他继续待在峡谷里的家中。从那时候起，他盼望有朝一日，能够和雄鹅莫顿一起回家，重新变成一个人。他想再成为一个人，这样放鹅姑娘奥萨就敢同自己讲话而不会关上门了。

是呀，他现在已经踏上南归的路程，高兴万分。看见第一个杉树林时，他挥动帽子，高声呼喊“好哇”。他以同样的方式欢迎第一幢开拓者的灰色屋子、第一只山羊、第一只猫和第一群鸡。他飞过汹涌澎湃的大瀑布，它的右面是壮丽的高山，但是这一类的高山他看得多了，根本就不屑一顾。当他看到山的东面克维基约克的小教堂、牧师宅邸以及那个小教区村的时候，情况就不一样了，他觉得这里是那么美丽，以至兴奋得眼里充满了泪水。

他们不断地遇到飞过来的候鸟群，他们比春天时的鸟群规模大得多。“你们到哪里去，大雁？”候鸟们喊着问道，“你们到哪里去？”

“我们跟你们一样要到外国去，”大雁们回答说，“我们要到外国去。”

“你们的小雁翅膀还没有硬朗，”对方喊道，“那么弱小的翅膀是飞不过大海的。”

拉普人和鹿群也从高山上往下迁移。他们秩序井然地走着：一个拉普人走在队伍最前列，后面跟着由几排大公鹿领队的鹿群，接着是一长溜驮着拉普人帐篷和行李的运货鹿，最后是七八个人。大雁看见鹿群的时候就往下飞行并且喊道：“谢谢你们今年夏天对我们的款待！谢谢你们今年夏天对我们的款待！”

“祝你们旅途愉快，欢迎下次再来！”鹿群回答说。

但是，当熊看见雁群时，他们却指着雁群对自己的孩子叫道："快来看这些大雁呀，他们一点寒冷都经不住，连冬天待在家里都不敢！"老雁们不屑回答他们，只是对自己的小雁们叫道："快来看这些熊呀，他们宁愿躺在家里睡上半年，也不肯麻烦一点到南方去！"

在下面的杉树林里，小松鸡们缩紧身子，竖起羽毛，冻得发抖，看着所有的大鸟喜洋洋、乐滋滋地向南飞去。"什么时候轮到我们飞呢？"他们问母松鸡，"什么时候轮到我们飞呢？"

"你们得同妈妈爸爸一起待在家里，"母松鸡回答说，"你们得同妈妈爸爸一起待在家里。"

在东山上

10月4日　星期二

每一个到过高山地区的人肯定都知道，大雾会给人带来多大的困难。雾气腾腾，遮住视野，即使你的周围全是美丽多姿的高山，也一点看不见。你会在盛夏遇到雾。倘若是秋天，可以说你几乎不可能不遇到大雾。对尼尔斯·豪格尔森来说，当他在拉普兰境内时，天气一直很好，但是大雁们还没有来得及高声喊出他们现在已经飞行在耶姆特兰省，重重浓雾就已经把他团团围住，使他一点也看不清那里的景色。他在空中整整飞了一天，却不知道来到的地方是山区还是平原。

夜幕降临时，大雁们降落在一块倾斜的草地上，这时，他才知道，他是待在一个山丘的顶部，但是，这个山丘是大还是小，他却无法搞清。他猜想，他

们是在有人居住的地区，因为他好像听到了人的说话声，也听到了车轮在一条路上滚动的嘎嘎声，但是对此，他自己也不能完全肯定。

他很想摸到一个农庄去，但又怕在大雾中迷路。他哪儿也不敢去，只得待在大雁们的身边。一切都是潮乎乎、湿淋淋的。每一根草和每一棵小灌木上都悬挂着小水珠，他只要一动，小水珠就往他身上掉，就要经历一次不折不扣的雨水淋浴。“这里并不比山上的峡谷好多少。”他想。

但是，尽管这样，在附近走几步他还是敢的。他隐约看见一幢建筑物就在眼前，虽然不大，但有好几层楼高。他看不到顶部，大门是关着的，整幢房子看来没有人居住。他知道，那只不过是一个瞭望塔，在那里既不可能得到食物，也不可能取暖。即使这样，他也想去。他以最快的速度找到雄鹅。“亲爱的雄鹅莫顿！”他说，“把我放到背上，驮我到那边那座塔的顶上去吧！这里那么潮湿，我无法睡觉，那里一定能找到一块可以躺下的干燥的地方。”

雄鹅莫顿马上表示愿意帮助他，把他送到瞭望塔的阳台上，男孩子躺在那里美美地睡了一觉，直到晨曦把他唤醒。

他睁开双眼，环顾四周，起初他不明白自己看见的是什么，也不知道自己在哪里。有一次赶集时，他曾经走进一顶大帐篷，看到一幅硕大的全景画。这时他觉得他又站在那顶圆帐篷的中间，红色的帐顶，十分漂亮，墙壁和地板上画了一幅美丽的风景画，上面有大村庄、大教堂、耕田、道路、铁路，还有一座城市。不久，他就明白了，他并不是在帐篷里看全景画，而是站在瞭望塔的顶部，头上是朝霞映红的天空，四周是真实的大地。他已经看惯了荒原，如今，他把有村庄和城市的地方当成一幅画，这是不足为奇的。

男孩子不相信自己看到的东西是真实的，这是因为所有的东西都不是本来的颜色。他所在的瞭望塔屹立在一座山上，山位于一个岛上，岛靠近一个大内湖的东岸。这个湖，不像一般内湖那样呈灰色，它的一部分湖面同朝霞映红的天空一样呈粉红色，深入陆地的小湾却闪烁着近似黑色的光。湖周围的堤岸也不是绿色的，而是闪着淡黄色的光，那是因为庄稼收割完的田地发黄了，阔叶树的叶子也发黄了。黄色堤岸的四周是一条很宽的黑色针叶林带。正因为如此，阔叶林才显得鲜明光亮，男孩子却认为针叶林从来没有像这个早晨那样黝黑暗淡。在黝黑的针叶林东面是淡青色的小丘，但是沿着整个西面的地平线却是一条由多种姿态的高山组成的闪着光芒的长长的曲线，它的颜色是如此美丽、柔和、赏心悦目，他不能把这种颜色称为红色或白色，也不能称为蓝色，难以用任何颜色的名称来形容它。

男孩子把目光从高山和针叶林移开，以便更好地来看一看他身旁的景色。在湖的四周，那条黄色地带里，他看到了一个接一个的红色村庄和白色教堂；在正东面，在把小岛和陆地分开的狭窄湖湾的对面，他看到了一座城市。城市延伸到湖岸，后面有一座山做屏障，周围是一片富庶和人口稠密的地区。“这座城市所处的位置真是太美了，”男孩子想道，“我不知道它叫什么名字。”

就在此时他吃了一惊，赶紧向四周张望，他一直忙于欣赏风景，却没有注意有游人来瞭望塔了。

他们快步走上台阶，他刚找好隐藏的地方钻进去，他们就上来了。

他们是一些来远足的年轻人。他们说自己已经游遍了整个耶姆特兰省，他们感到高兴的是昨天晚上正好抵达厄斯特松德，赶上在这晴朗的早

晨，在福罗斯岛的东山上观看雄伟壮丽的景色。他们站在这里，可以看到方圆二百公里的景色，他们要在离开这里以前，对他们亲爱的耶姆特兰省的全景再看上最后一眼。他们指着环湖屹立的许多教堂。“那下面是苏讷，”他们说，“那里是马尔比，再远一些是哈伦。正北的那座是罗德厄教堂，还有那座，就在我们下面，是福罗斯岛教堂。”接着，他们开始谈山。最近的那座山叫乌维克斯山，对此大家的看法都一致。但是后来，他们就弄不清哪一座山是克勒沃舍山，哪一座山是阿那里斯山，也弄不清凡维特尔山、阿尔莫萨山和奥莱斯库坦山在哪里。

正当他们在这么议论的时候，一位年轻的姑娘拿出一张地图，铺在膝盖上，开始研究起来。忽然，她仰起头。“我在地图上看耶姆特兰省的地形时，”她说，“我觉得，它像一座雄伟的大山。我一直期待着能有机会听到一个关于它是怎样直立起来、高耸入云的故事。”

“它可能本来就是一座大山。”一个人讥笑着说。

“是啊，正因为如此，有人就把它推倒了。你自己来看一看，它像不像有宽阔山麓和陡直山峰的一座真正的高山！”

“把这样一个多山的地区说成它的区域形状本身就像一座山倒也不坏，”一个旅游者这样说，“但是虽然我听过关于耶姆特兰省的一些传说，可是我从来没有……”

“你听到过关于耶姆特兰省的传说？”这位年轻的姑娘没有让他把话说完就迫不及待地问道，“那你马上给我们讲讲吧。在这个能看到全省的制高点上讲它的传说是再合适不过了。”

其他人都表示赞同，他们的这位旅伴十分爽快，马上开始讲了起来。

耶姆特兰的传说

在耶姆特兰还居住着巨人的时候，有一天，一个老巨人站在院子里给马细心地刷毛，突然他发现马惊恐得颤抖起来。“你们怎么啦，我的马儿？”巨人一面说，一面朝四周看，想弄明白到底是什么把牲畜吓坏了。他在附近没有发现熊，也没有看到狼。他唯一看到的是不远处有一个人，没有自己高大粗壮，不过也算得上魁梧、有劲，正顺着通向他房子的小路爬山而来。

老巨人一看见这个走路的人，马上像他的马一样也浑身哆嗦起来。他不想再干活了，匆匆地走进屋子，走到坐在那儿用纺锤打麻绳的妻子身旁。

“出什么事啦？”妻子问，“你的脸同雪山一样苍白。”

“怎么能不苍白呢？”巨人说，“小路上走来一个人，肯定是雷神托尔，就像你是我妻子一样肯定。”

“这真是一位不受欢迎的客人，”巨人的妻子说，“难道你不能迷他眼睛，让他把整个院子看成一座山，从我们门口转过去吗？”

“施展这种魔法已经太晚了，”巨人说，“我听到他在推大门了，他快走进院子了。”

“那我劝你还是躲一躲，让我单独来对付他，”女巨人急忙说，“我要想办法，使他以后不能那么快就到我们家来。”

巨人认为这是一个万全之计，他走进里面的小房间，他的妻子却仍然坐在长凳上镇静地打绳子，好像一点也不知道有什么危险似的。

必须提一下，那个时代的耶姆特兰同今天的完全不一样。整个地方只

是一块硕大而扁平的山地，光秃秃的，一无所有，连杉树林也不能生长。这里没有湖泊，没有河流，没有可以耕种的土地。那时候，这里也没有现在这些分布于全省的高山，它们都一座座屹立在西边很远的地方。在这片辽阔的土地上，没有一块人类能够生活的地方，巨人却在这里生活得十分惬意。这个地区那么荒凉，没有人烟，完全是巨人们所作所为的结果。巨人看到雷神托尔向他家里走来吓得失魂落魄是完全有道理的。他知道雷神不喜欢他们，因为他们向四周散发酷寒、黑暗和荒凉，并且阻止大地变成富饶、适合人类居住的地方。

女巨人没有等多久就听到院子里响起了坚定的脚步声，不久，巨人看到在路上行走的那个人推开房门，走进屋里。他不像一般过路人那样在门口停住，而是立即朝屋子最里面靠山墙坐着的女人走去。可是这段路对这个人说来不算近，当他以为已经走了好一会儿的时候，他只是走到离门口不远的地方，离屋子中央的炉灶还差很远的一段路。他加大步子朝前又走了一会儿，炉灶和女巨人好像比他刚进屋的时候更远了。起初，他并不觉得这间屋子特别大，但是费了九牛二虎之力终于走到炉灶那里时，他才感到这间屋子奇大无比。那时他累得要命，只得靠着拐杖休息一会儿。女巨人看到他停下来，便放下纺锤，从长凳上站起来，没走几步就来到了他的面前。“我们巨人喜欢大屋子，”她说，“我的男人常常抱怨这里太窄小。但是我能够理解，对一个步子不能比你迈得更大的人来说，要穿过巨人居住的房间是很吃力的。现在，请你告诉我，你是谁，到我们巨人这儿来干什么？”行人似乎本来准备作一个尖刻的回答，但是因为他不想跟一个女人争吵，所以心平气和地回答说：“我的名字叫大力士，是位勇士，多次参加过冒险活动。我在家中院子里坐了整整一年，当听到人类在谈论你们巨人把这里的土地搞得很坏，除了你们之外，没有人能够到这里来居住时，我想我该做点事了。我现在到这里来就是想找男主人谈一谈，问问他是不是愿意把这里搞得好一点。"

"我们家的男主人出去打猎了，"女巨人说，"等他回来了，让他自己来回答你的问题吧。不过，我要对你说，一个敢向巨人提出这个问题的人应该是一个比你还要高大的人，保住你的声誉的最好的办法就是马上回去，不要同他会面。"

"既然我已经到了此地，就一定要等他回来。"自称为大力士的人说。

"我已经尽力规劝你了，"女主人说，"主意由你自己定。请在长凳上坐，我去拿接风酒。"

女人拿了一只极大的角状杯，走到屋子最靠里的角落里，那里放着装了蜂蜜酒的酒桶。客人也没有把这只酒桶当一回事，但是当女人拔出塞子时，蜂蜜酒流入酒杯发出隆隆声，听起来好像有一个大瀑布在屋子里似的。酒杯很快就灌满了，女主人想把塞子塞到酒桶上，但是没有成功，蜂蜜酒汹涌流出，冲走了她手中的塞子，流到地板上。女巨人尝试再一次把塞子塞进去，但是又失败了，这时，她便请客人帮忙。"你看，酒都流走了，大力士，请你过来把塞子塞到酒桶上！"客人马上跑过去帮忙。他拿了塞子往桶口堵，但是酒又把塞子顶出来，并且把塞子抛到屋里很远的地方，酒继续在地上漫溢。

大力士一次一次地使劲去堵，但是一次也没有成功，最后他气得把塞子扔掉了。地板上淌满了酒。为了不使蜂蜜酒在地板上漫溢，客人在地板上

划出一道道深沟，让酒流走。他在坚硬的岩石上挖沟让蜂蜜酒流走，正像孩子们春天在沙地上挖沟让雪水流走一样；他还用脚在这里那里踩出一个个深坑，让酒淌到那些坑里去。女巨人一直默默地站着，一声不吭，如果客人抬头朝她看，他一定会看到，她惊愕而又恐惧地看着他做这些事。当他做完这些事后，女巨人以嘲笑的口气说道："真是谢谢你啦，大力士。我看出来了，你是尽力而为的。平时都是我的男人帮我塞塞子。不能要求所有的人像他那样有那么大的力气。既然你连这么一点事都干不了，我看你最好还是马上启程回去吧。"

"在我没有把音信带给他以前，我不愿走。"客人说，但是看上去有点羞愧和沮丧。

"请在那里的长凳上坐下吧，"女人说，"我把锅子放到火上去，给你煮点粥！"

女主人按自己说的话做了。但是当粥快要煮好的时候，她却对客人说道："现在我发现面快用完了，这样我是煮不了稠粥的。你能不能把你身旁的磨转一转，两三下就行？两块磨石之间有粮食，不过磨可不轻，你得使出全身力气才行。"

客人没有等她多说就去推磨。他起初并不觉得这磨特别大，但是当他抓住磨把，想让石磨转动时，却发现石磨重得难以推动。他被迫用尽全身力气，才使磨转了一圈。

女巨人惊恐地看着他，一声未吭。但是当他离开石磨时，她却说道："当我推不动石磨的时候，我的男人通常就会成为我的好帮手。但是谁也不能要求你去做力所不及的事。你最好还是避免同那个想在这磨上磨多少面就能磨多少面的人碰头，难道你现在还看不出这一点吗？”

“我仍然觉得，我应该等他回来。”大力士说道，声音很低，而且缺乏勇气和胆量。

“那么到那边的长凳上安静地坐坐吧，我去给你铺床，”女巨人说，“因为你必须留在这里过夜了！”

她在床上铺了很多褥子和垫子，并祝愿客人睡个好觉。“我怕你会觉得床太硬，”她说，“不过，我男人每天晚上都是睡在这种床上的。”

大力士躺下时，发现身子底下坑坑洼洼，高低不平，根本无法睡觉。他翻过来覆过去，怎么都不舒服，于是，他把床上用品都扔掉，这里扔一个枕头，那里扔一床褥子，然后，就美美地一直睡到第二天早晨。

当阳光从天窗上照进屋子时，他爬起来，离开巨人的住所。他穿过院子，走出大门，随手把门关上。就在此时，女巨人走到他身旁。“我见你要走了，大力士，”她说，“这是你最明智的选择。”

“如果你的男人能在你昨夜为我铺的这种床上睡觉的话，”大力士愠怒地说，“我就不想见他了。他一定是个没有人能对付得了的铁人。”

女巨人靠着大门站着。“你现在已经走出了我的院子，”她说，“那么我就告诉你，你这次到我们巨人住的山上来并不像你本人想的那样不值得。你在我们屋子里走路的时候，发现路程遥远，这是不足为奇的，因为你所走过的地方是叫作耶姆特兰的整个山区。你把塞子塞到酒桶上感到困难，这也是不足为奇的，因为那是雪山上的水向你奔泻而来。为了把水从屋里引走，你在地板上挖的沟、踩的坑，现在都成了河流和湖泊。你把磨推了一圈，这不是对你力气的一个小考验，因为磨里不是粮食，而是石灰石和页岩，你

仅仅推了一圈，就磨出了那么多肥沃的泥土，盖满了整个山区。你无法在我为你铺的床上睡觉，我也一点不感到惊讶，因为我把千山万壑铺在床上，你把它们扔了半个省，对你做的这件事人类也许不会感谢，而对你做的前两件事他们会永远感谢。现在我向你告别，同时也向你保证，我和我的男人将从这里搬走，搬到一个你不容易找到的地方去。”

来客越听越生气，当女巨人讲完的时候，他拔出插在腰带上的锤子，但是还没等他把锤子举起来，女巨人就消失了。巨人院子所在的地方成了一道灰色的悬崖峭壁。但是，他在山地上开出的大河、湖泊和磨出的沃土依然存在。那些美丽的大山依然存在，它们使耶姆特兰变得更加壮丽，并给所有到这里来游览的人带来力量、健康、欢悦、勇气和生活的乐趣。所以，即使雷神托尔将从北部的富罗斯特维克山到南部的海拉格斯山，从斯图尔湖边的乌维克斯山直到国境线附近的锡尔山脉地区都撒满了群山，他的业绩也没有比前两项更了不起。

飞往威曼豪格

11月3日　星期四

十一月初的一天，大雁们飞过哈兰德山脉进入斯康耐省。在过去的几周里，他们一直停留在西耶特兰省法耳彻平市周围辽阔的平原上。正好有几个很大的雁群也栖息在那里，所以他们这段时间在一起过得十分热闹。年纪大的在一起畅谈，年纪轻的互相追逐，进行各种比赛。

然而，尼尔斯·豪格尔森却闷闷不乐，因为在西耶特兰耽搁太久了。他极力打起精神，但仍然很难接受命运对他的安排。南飞的途中，他从渡鸦巴塔基和阿卡那儿得知了一个令人沮丧的秘密。原来，小精灵曾与阿卡做过一次交谈。小精灵答应，如果男孩子能把雄鹅莫顿送回家，让他母亲把雄鹅放在屠宰凳上，他就可以重新变成人。男孩子思索了很久，他觉得自己不能害雄鹅丢掉性命。忘恩负义不是一个人应该做的事。虽然很艰难，他还是放弃了回家的念头，决定和雁群继续南飞。“唉，倘若我离开了斯康耐，而且到了外国，”他暗自想道，“那么我就可以知道我有没有希望重新变成人了，我的心情就会平静一些。”

大雁们终于在一天早晨动身了，往南朝着哈兰德省飞去。男孩子起初并没有觉得看风景有多大的乐趣，因为他觉得那里没有什么新鲜的东西可以观赏。东边是一片高地，高地上是石楠花丛生的荒原，令人不禁想起斯莫兰省也是这样的景色。西边到处是光秃秃的山丘，山脚下大多是海湾，看上去支离破碎，同布胡斯省差不多。

大雁们沿着狭窄的沿海地带继续往南飞去，男孩子忍不住坐直身子，把脑袋从鹅颈上探出来，双眼眨也不眨地紧盯着大地。他看到山丘渐渐稀少起来，平原豁然开阔。同时，他还看到海岸也不像方才那样支离破碎，海岸外面的岩石岛群愈来愈少，广阔的大海同陆地直接连在一起。

广袤无际的大森林也消失殆尽。那个省的北部高地上有不少水土肥美的平川，但是大多由树林团团围困起来。在北部一带到处都是大片大片的树林，好像树木才是这片土地上的真正主人，而所有的平川不过是树林当中开辟出来的大块荒地而已。即使在每块平川上，也有不少小树林，仿佛是为了表明，树林随时都会出现。

然而在南边这一带，风光迥异。在这里，平原占了主宰地位，那真是一马平川，无垠无际。这里也有大片树林，不过不是野生的，而是人工培育的。正是由于这里阡陌纵横，垄埂相接，男孩子才浮想联翩，一下子就想到了斯康耐。那沙砾遍地、海藻狼藉的光秃秃的海岸，他觉得眼熟得很。他触景生情，悲喜交集，心潮澎湃。“哎呀，现在我大概离家不远啦。”他在心里默默念叨。

这里的景色也很奇特。几条河流从西耶特兰和斯莫兰倾泻而下，汹涌奔腾，打破了平原的单调。平原上，湖泊成群，有些地方还有沼泽和荒漠，也有些流沙地带，这些都是开垦耕地的障碍，然而耕地仍然伸展到斯康耐省的边缘，直到被那座峡谷幽深、山涧深深的哈兰德山脉挡住了。

在飞行途中，一些年轻的小雁再三地询问那些老雁：“外国是什么样子？外国是什么样子？”

“莫性急，莫性急，等一会儿就会见分晓。”那些南来北往、多次跋涉过全国各地的老雁总是这么回答。

年轻的小雁看见丰姆兰省树木葱茏，茂密的山脉连绵不断，崇山峻岭之间湖泊闪着波光。他们又看到布胡斯省的巍巍大山、层峦叠嶂，看到西耶特兰省的奇峰、丘壑。他们感到心旷神怡，连声问道：“全世界都有这样的景色吗？全世界都有这样的景色吗？”

“莫性急，莫性急！你们很快就会知道世界上很大的一部分是什么样子啦！”老雁们回答说。

大雁们飞越过哈兰德山后，又在斯康耐境内飞了一段时间，阿卡忽然叫起来：“快朝下看！快看看四周！外国就是这副模样！”

这时大雁们正在飞越瑟德尔山脉，大山逶迤，山上覆盖着浓密的山毛榉树。树林深处，尖塔高耸的深宅大院点缀其间。麋鹿在林边啃着青草，山兔在草地上嬉戏跳跃。狩猎的号角声响彻云霄，猎狗的狂吠声连飞在空中的大雁都听得清清楚楚。宽阔的道路蜿蜒通过森林。一群群服饰鲜美的绅士淑女，或是坐着锃亮的马车，或是骑着高大的骏马，正在路上奔驰。山脚下是灵恩湖的一泓绿水，古老的布舍修道院坐落在湖边小岬上，恰好同湖里的倒影相映成趣。那座山脉的中部，赛拉里德峡谷，幽静而深邃，谷底溪流潺潺，两旁的峭壁上藤蔓攀附，古树参天。

“外国就是这个样子吗？外国就是这个样子吗？”年轻的小雁问道。

“是呀,外国有森林覆盖的山脉就是这副模样,”阿卡回答说,“不过这样的地方很少见！不要性急,再过一会儿你们就可以看到有着外国普通景色的地方啦。”

阿卡率领雁群继续往南飞去,来到了斯康耐大平原的上空。平原上有阡陌纵横的耕地,有牛羊遍地的牧场。那些农庄四周都有白色的小棚屋。平原上白色的小教堂不计其数,还有灰色的样子难看的制糖厂。那些火车站周围的村镇已经扩展,俨然是个小城市,泥沼地上堆起了一大堆一大堆的泥炭,煤矿旁边则是漆黑发亮的大煤堆。公路两旁垂柳依依。铁路纵横交错,在平原上织成了一张密密的网。平地上,小湖轻泛涟漪,波光粼粼,四周山毛榉树环绕,贵族庄园的漂亮房屋掩映其间。

“现在往下看！看得仔细些！”那只领头雁喊道,“从波罗的海沿岸到南面的崇山峻岭,外国都是这个模样,再远的地方我们没有去过。”

小雁们把平原仔细观看了一遍,领头雁便朝厄勒海峡飞去。那里湿漉漉的草地渐渐地朝海面倾斜下去,一长排一长排发黑的海藻残留在海滩上。海滩上有些地方是高高的堤坝,有些地方是一片流沙,而流沙又堆成了沙埂和沙丘。一排排式样划一、大小相同的砖瓦小平房组成了一个个小小的渔村。防波堤上有小小的航标灯,晒鱼场上晾晒着棕色的渔网。

“快向下看,看得仔细些！”阿卡吩咐说,“外国的沿海一带就是这副模样！”

最后,领头雁还飞到了两三个城市。那里数不胜数的又细又高的烟囱矗立在半空。街道两旁是被煤烟熏黑的高楼大厦。风景优美的园林里曲径通幽。海港码头上船只云集,桅樯如织。古老的城墙上雉堞环绕,碉楼肃立。雍容华丽的宫殿依傍着古老的教堂。

“看看吧，外国的城市就是这个模样，只不过更大一些，”领头雁说道，“不过这些城市同你们一样，也能长大的。”

阿卡盘旋了一会儿，降落在威曼豪格县的一片沼泽地上。男孩子这才明白过来，原来阿卡在斯康耐上空来回飞了整整一天是为了让他看看，他的国家可以同世界上任何一个国家相媲美。其实她不需要那样做，因为男孩子根本不在乎他的国家是富还是贫，他从看到第一道垂柳飘拂的河堤和第一幢圆木矮平房的时候起，思乡之情就难以克制了。

回到自己的家

11月8日　星期二

这一天大雾弥漫，阴霾满天。大雁们在斯可罗普教堂四周的大片农田里觅食，吃饱了肚子后，就在那里栖息。阿卡走到男孩子身边。“看样子，我们会有几天晴朗的好天气，”她说道，“我想，我们要趁这个机会明天赶快飞越波罗的海。”

“嗯……嗯……”男孩子几乎说不出话来，一阵哽咽堵住了他的喉咙。他毕竟还是满怀希望，想在斯康耐摆脱魔法，重新变成真正的人。

“我们现在离威曼豪格很近了，”阿卡说道，“我想，你说不定打算回家一趟，要是错过了这个机会，那要等很久才能同你的亲人团聚呢！”

“唉，最好还是别回去。”男孩子无精打采地说，可是从他的语调里可以听出，他还是十分高兴阿卡这么体贴地提出了这个建议。

“雄鹅同我们待在一起，不会发生意外的，”阿卡说，“我觉得，你还是应该回去探望一下，看看你家里日子过得怎么样。即使不能重新变成真正的人，你或许还能想办法帮他们一点忙。”

“是呀，您说得真是在理啊，阿卡大婶，这我本来早该想到的。”男孩子说道，他迫不及待地想回家去看看。

转眼间，领头雁就驮着他，朝他的家里飞去。过了一会儿，阿卡就降落在他父亲佃农豪尔格尔·尼尔森的那座农舍的石头围墙背后。“你说奇不奇怪，这里什么东西都跟早先一模一样。”男孩子说道，他急忙爬到围墙上去观看四周。“我只觉得，自从今年春天坐在这里看见你们在天上飞过到现在，好像连一天都不到呢。”

“不知道你父亲有没有猎枪。”阿卡蓦地这么说道。

“噢，他倒有一支，”男孩子说道，“就是因为那支枪，我才宁可待在家里而没有上教堂去。”

“既然你们家有猎枪，那么我就不敢站在这里等你了，”阿卡说道，“你最好明天早晨到斯密格霍克岬角，那个地名的意思是‘偷偷地溜走’，你就到那里来找我们好了，这样你就可以在家里住上一夜。”

“不，阿卡大婶，您先别忙着走啊！”男孩子叫了起来，并且匆忙从围墙上爬了下来。他自己也弄不清是怎么回事，不过隐隐约约总是有种不祥的感觉，似乎他和大雁经此一别便永难再相见了。“您很清楚地看出来，我现在因为没有能够恢复原来的模样而十分苦恼，”男孩子说，“不过我愿对您说明白，我一点也不后悔今年春天跟着您去漫游。我宁可永远不再变成人，也决不能不去旅行。”阿卡长长地舒了一口气，然后回答说：“有一件事我早就应该同你推心置腹地谈一谈。不过那时候你还没有回到亲人的身边，所以早点晚点谈并不着急。现在该是谈的时候啦，把话挑明了反正不会有什么坏处。”

“您知道，我总是顺从您的意志的。”男孩子说道。

“如果你从我们身上学到了什么好东西的话，大拇指儿，那么你也许会觉得，人类不该把整个大地占为己有。”领头雁神色庄重，一本正经地说，“你想想看，你们有了那么一大片土地，你们完全可以让出几个光秃秃的岩石岛、几个浅水湖和潮湿的沼泽地，还有几处荒山和一些偏僻遥远的森林，把它们让给我们这些穷得无立锥之地的飞禽走兽，使得我们有地方安安生生地过日子。我这一生日日夜夜都遭到人类的追逐和捕猎。倘若人类能有良知，明白像我这样的一只鸟儿也需要有个安身立命之处就好了。”

“倘若我能帮上你的忙，我就非常高兴了，”男孩子说，“可惜我在人类当中从来没有这样的权力。”

“算啦，我们站在这里说个没完，倒好像我们就此一别不再相逢似的，”阿卡充满深情地说，“不管怎么说，我们明天还会见上一面的。现在我可要回到我的同伴那儿去啦。”她张开翅膀飞走，旋即又飞了回来，恋恋不舍地用嘴把大拇指儿从上到下抚摩了好几遍，才悄然离去。

那时是大白天，但是庭院里没有一个人走动，男孩子可以毫无顾忌地在院子里任意走动。他急忙跑进牛棚，因为他知道从奶牛那里定能打听到最可靠的消息。牛棚里冷冷清清，春天时那里有三头粗壮的奶牛，可是现在只剩下了一头。那是名叫五月玫瑰的奶牛，她孤单地站在那里，闷闷不乐地思念着自己的伙伴，脑袋低垂着，面前放的青草饲料几乎碰都不碰一下。

“你好，五月玫瑰！”男孩子毫无畏惧地跑进牛栏里。“喂，我的爸爸妈妈都好吗？那只猫，那些鹅呀鸡呀都好吗？喂，你把小星星和金百合花那两头奶牛弄到哪里去了？”

五月玫瑰刚刚听到男孩子的声音时不禁吃了一惊，看样子她似乎本来要用犄角冲撞他的。不过她的脾气如今不像从前那样暴躁了，在打算朝尼尔斯·豪格尔森冲过去之前，先瞅了瞅他。男孩子还是像离开家时那样矮小，身上穿着原来的衣服。可是他的精神气质却大不相同啦。春天刚从家里逃出去时，尼尔斯·豪格尔森走起路来脚步沉重而拖曳，讲起话来有气无力，看起东西来双眼无神。但是经过长途跋涉重归家门的尼尔斯·豪格尔森走起路来脚步矫健轻盈，说话铿锵有力，双目炯炯有神。他虽然仍旧那么小，然而神采奕奕，令人肃然起敬。尽管他自己并不开心，可是见到他的奶牛却如沐春风，非常高兴。

“哞，哞，”五月玫瑰吼叫起来，“大家都说你已经变了，变好了，我还不相信呢。噢！欢迎你回来，尼尔斯·豪格尔森，欢迎你回来！我真是太高兴啦，我有好久没有这样高兴啦！”

“好呀，多谢你啦，五月玫瑰，”男孩子说，他没有料到会受到这样热情的欢迎，禁不住心花怒放，“现在快给我说说，爸爸妈妈他们都好吗？”

“唉，自从你走了以后，他们一直很倒霉，事事不顺心，”五月玫瑰告诉他说，“最糟糕的是，那一匹花高价买来的马站在那里白白吃了一个夏天的饲料却干不了活。你爸爸不愿意开枪把他打死，可是又没法把他卖出去。就是那匹马才害得小星星和金百合花离开了这里。”

其实，男孩子真正想问的是同这毫不相干的另外一件事，不过他不好意思明明白白地说出来，于是含蓄地问道：“妈妈看到雄鹅莫顿飞走了，心里一定难受得不得了吧？”

“我倒觉得，如果你妈妈弄清了雄鹅莫顿失踪究竟是怎么一回事的话，她不会那样难过的。现在她多半是抱怨自己那个不争气的儿子从家里逃走了,还顺手把雄鹅也带走了。”

“哎呀,原来她以为是我把雄鹅偷走的!”男孩子惊异地说。

“难道她能有别的想法吗?”

“爸爸妈妈大概以为整个夏天我像流浪汉一样到处乱窜去了。”

“他们相信你一定度日如年,日子难熬,”五月玫瑰说,“人们失掉了最亲爱的人,自然会伤心得不得了,他们就是那样伤心。”

男孩子听到这句话心头一热,匆匆走出牛棚。他来到马厩。那马厩虽说有点狭窄,但是收拾得十分干净,处处都可以看出,他爸爸豪尔格尔·尼尔森想尽了办法让这头新买来的牲口过得舒服。马厩里站着一匹膘肥体壮、器宇轩昂的骏马,由于饲养得法而毛色发亮。

“你好,”男孩子说,“我方才听说这儿有一匹马病得不轻,那不会是你吧,因为你看起来精神抖擞,身强力壮。”那匹马回过头来,把男孩子上上下下打量了片刻。“你是这户人家的儿子吗?”他慢吞吞地说,“我听到过许多说你不好的话。不过你的样子倒很温顺和善,如果事先不知道的话,我决不会相信,那个被小精灵变成小人儿的就是你。”

“我知道得很清楚,我在这个院子里留下了很坏的名声,”尼尔斯·豪格尔森说,“连我妈妈都以为我偷了家里的东西才逃走的,不过那也没什么关系,反正我回家来也待不长。在我走之前,我想知道一下你究竟生了什么病。”

“咴咴,咴咴,你不留下来真是太可惜啦,”马儿叹息说,“因为我觉得,本来我们是可以成为好朋友的。我其实没有什么病,只是我的蹄子上扎了一个口子,是刀尖断头或者别的硬东西,那东西扎得很深,又藏得很严实,连兽医都没能找出病因。不过我一动就给刺得钻心疼痛，根本没法子走路。倘若你能够把这个情况告诉你爸爸豪尔格尔·尼尔森，我想他用不着费多少工夫就能把我的病治好。我会高高兴兴地去干活，我站在这儿吃饱肚子什么事都不干，真是太丢人啦。”

“原来你不是真的得了重病，那太好啦！”尼尔斯·豪格尔森说，“我来试试看，把你蹄子里扎进去的硬东西拔出来。我把你的蹄子拎起来，用我的刀子划几下，你大概不会觉得疼吧？”

尼尔斯·豪格尔森刚在马蹄上用小刀划了几下，就听到院子里有人在说话。他把马厩的门掀开一道缝，往外张望，只见爸爸和妈妈从外边走进院子，朝正屋走去。可以清楚地看出，忧患和伤心在他们的脸上留下了痕迹，他们比早先苍老多了。妈妈脸上又增添了几道皱纹，爸爸的两鬓华发丛生。妈妈一边走，一边劝爸爸说，他应该找她的姐夫去借点钱。“不行，我不能再去借钱啦，”父亲从马厩前经过时说，“天下没有比欠着一身债更叫人难受的。干脆把房子卖掉算啦。”

“把房子卖掉对我来说倒无所谓，”母亲长吁一声说，“要不是为了孩子，我本来是不会反对的。不过他说不定哪天就会回来，可以想象，他必定是身无分文、狼狈不堪，要是我们又不住在这里了，他到哪里去安身呢？”

“是呀，言之有理，”父亲沉吟片刻说，“不过我们可以请新搬进来的人家好好照顾他，并且告诉他，我们一直盼着他回家，不管他弄成什么样子，我们决不会对他说一句责怪的话，你说这样行吗？”

“好哇，只要他能回来，我除了问问他出门在外有没有挨饿受冻，别的什么都不说。”

爸爸妈妈说着就跨进屋里，至于他们后来又讲了什么，男孩子就不得而知了。他如今知道，尽管爸爸妈妈都以为他走上邪路了，可是依然翘首等待浪子回头，他们对他仍旧满怀舐犊深情，拳拳的爱子之心溢于言表。他心里又高兴又激动，恨不得马上就跑到他们的身边。“可是他们看到我现在这副怪模样，一定会更加心酸的。”他想道。

正当他站在那里踌躇之际，有一辆马车辚辚而来，停在大门口。男孩子一看，惊得险些喊出声来，因为从车上下来的不是别人，正是放鹅姑娘奥萨和她的爸爸荣·阿萨尔森。奥萨和她的爸爸手牵手朝屋里走去。他们神情端庄，没有说话，可是眼神里散发出美丽的幸福之光。他们快要走过半个院子的时候，放鹅姑娘奥萨一把拉住了她的爸爸，对他说：“您可要记住，爸爸，千万不要向他们提起那只木鞋或者大雁的事，更不要提到长得跟尼尔斯·豪格尔森一模一样的小人儿，因为那个小人儿即使不是他，也一定和他有什么关系。”

“好吧，我不说就是啦，”阿萨尔森说，“我只告诉他们，你千里迢迢地寻找我，一路上有好几次都幸亏他们的儿子搭救。现在我在北方找到了一个铁矿，财产多得花不完，所以我们父女两人特地到这里来问候他们，看看我们能够帮点什么忙，来报答这番恩情。”

“说得真好，爸爸，我知道你是很会讲话的，”奥萨说，“就是我刚才说的那件事你千万别说出来。”

他们走进屋里，男孩子真想跟进去听听他们在屋里究竟说些什么，但是他不敢走出马厩。过了没多久，奥萨和她的爸爸就告辞出来，爸爸妈妈一直把他们送到大门口。说来也奇怪，爸爸妈妈这时候春风满面，喜上眉梢，似乎获得了新生。

客人们渐渐远去，爸爸妈妈仍然站在门口极目远望。“谢天谢地，这一下我总算用不着伤心啦，你听听，尼尔斯竟然做了那么多好事。”妈妈乐不可支地说。

“也许他做的好事没有像他们说的那么多吧。”父亲含着微笑，若有所思地说。

“哎呀，瞧你说的，他们父女两人从很远的地方专程跑来，向我们面谢尼尔斯帮过他们的忙，而且还要帮助我们，来报答这份恩情，这难道还不够吗？我倒觉得你应当接受他们的好意才是。”

“不，我不愿意拿别人的钱，不管是借给我的还是送给我的。我想当务之急是先把欠的债统统还清，然后我们再努力干活，发家致富。我们两人反正身体还结实，干得动活。”父亲说到这里，高兴得笑了，这是发自内心的哈哈大笑。

“我相信，你非要把我们花了那么多汗水和力气耕种的这块土地卖掉了才高兴。”妈妈揶揄地说。

“你其实很清楚我为什么开心得哈哈大笑，”爸爸正色说道，“孩子离家这件事把我压垮了，我一点也没有力气和心思去干活。可是如今，我知道他还活着，而且还做了不少好事，走了正道。那你就等着瞧吧，我豪尔格尔·尼尔森是可以干出点名堂来的。”

妈妈反身走回屋里，可是男孩子却不得不赶紧缩到一个角落里，因为爸爸朝马厩走了过来。爸爸踏进马厩，凑到马的身边，掀起蹄子看看能不能找到毛病。“这是怎么回事？”爸爸诧异地说，因为他看到马蹄上刻着一行小字。“把马蹄里的尖铁片拔出来！”他念了一遍，又不胜惊愕地朝四周仔细察看动静。可是过了一会儿，他还是认认真真地盯住马蹄子看起来，不断地用手摸。“唔，我相信蹄子里真的扎进了东西。”他自言自语道。

爸爸忙着从马蹄里拔出东西来，男孩子缩在角落里一声不吭。就在这时，院子里又有了动静，一批客人大模大样地不请自来。事情原来是这样的：雄鹅莫顿一来到他的旧居附近，便再也克制不住自己的欲望，一心要让农庄上的亲友同自己的妻子和儿女见见面，于是率领着灰雁邓芬和几只小雁浩浩荡荡地飞回来了。

雄鹅来到的时候，豪尔格尔·尼尔森家的院子里一个人也没有。荣归故里的他心里乐滋滋的，便无忧无虑地降落在地上。他大摇大摆地带领邓芬到处转悠，想对她炫耀他过去还是一只家鹅的时候生活有多惬意。他们绕了整个庭院一圈，发现牛棚的门是开着的。“到这里来瞧瞧！”雄鹅大声说，“你们会看到我早先住得多舒服。那跟我们现在露宿在草地和沼泽里的滋味可大不一样。”

雄鹅站在门槛上朝牛棚里张望了一下，“唔，里面倒没有人，”他说道，“来吧，邓芬，你来看看鹅窝！用不着提心吊胆！一点危险都没有！”

于是，雄鹅走在前头，邓芬和六只小雁跟在后面走进鹅窝，去开开眼界，见识一下大白鹅在跟随大雁一起去周游之前住得多舒服。

“噢，我们那几只家鹅早先就住在这里。那边是我的窝，那边是食槽，早先食槽里总是装满了燕麦和水，”雄鹅眉飞色舞地介绍说，“看哪，食槽里还真有点吃的东西。”说着他就跑到食槽旁边，大口大口吃起燕麦来。

可是灰雁邓芬却惴惴不安起来。“我们赶快出去吧。”她央求说。

“好的，再吃几口就走。”雄鹅说，就在这时，他突然尖叫一声就朝门口跑去，可惜已经来不及啦。那扇门吱嘎一声关上了。女主人站在门外把门关上了，他们一家全都自投罗网了。

爸爸从黑马的蹄子里拔出一根铁刺，正扬扬得意地站在那里抚摸着那匹马，妈妈兴冲冲跑进了马厩。“喂，你快来瞧瞧，看我抓到了一窝子。”她说道。

“不要性急，先看看这里，”爸爸慢条斯理地说，“直到现在我才找到马儿干不了活的真正原因。”

“哦，我相信，我们时来运转啦，”妈妈兴奋地说，“你想想，春天不见了的那只雄鹅竟是跟着大雁飞走的！他如今飞回来啦，还带回来七只大雁。他们统统钻进了鹅窝里，我一下子把他们全关在里面啦。”

“这真是稀奇，”豪尔格尔·尼尔森说，“你要知道，这么一来我们不再怀疑是孩子离开家时顺手把雄鹅抱走的。”

“是呀，你说得很在理，”妈妈说，“不过，我想我们不得不在今天晚上把他们全宰掉。再过两三天就是节日了，我们要赶快把他们宰了，才来得及拿到城里去卖。”

“我以为把雄鹅宰掉是罪恶的行为，因为他带了一群雁儿回家，是有功劳的。”爸爸豪尔格尔·尼尔森不以为然地说。

“哎，那倒也是。”妈妈随声附和，可是一转眼又说，“倘若在别的时候，倒可以放他们一条活路。不过现在我们自己都要从这里搬走了，我们没法子再养鹅啦。”

“嗯，这倒也是。”爸爸无可奈何地说。

“那么你来帮我把他们抓到屋里去！”妈妈吩咐说。

他们走了出去。过了一会儿，男孩子看见爸爸胳膊下分别夹着雄鹅莫顿和灰雁邓芬，跟在妈妈身后走进屋里。雄鹅尖声号叫起来：“大拇指儿，快来救救我！”尽管此时雄鹅并不知道大拇指儿就近在咫尺，但是他还是像往常陷入险境时一样呼喊着。

尼尔斯·豪格尔森分明听到了雄鹅的呼救声，可是他倚在马厩门口动弹不得。他之所以迟迟疑疑不出来相救，倒不是因为他知道雄鹅被捆到屠宰凳上对他自己会有好处——在那一瞬间他甚至连想都没有想起这一点——而是因为他要是跑出去搭救雄鹅，就会出现在爸爸妈妈的面前，而他极不情愿那样做。“爸爸妈妈为我操碎了心，”他想道，“我又何必再为他们增添悲伤呢？”

可是，当他们把雄鹅带进屋里，把门关上的时候，男孩子再也沉不住气了。他像脱弦之箭冲过庭院，跳上房门前的槲木板，奔进门廊。他习惯成自然地在那里把木鞋脱下来，光着脚走到门口。可是他实在不愿意让爸爸妈妈看见自己的这副怪模样，所以他抬不起手臂来敲门。“这是雄鹅莫顿性命攸关的时刻呀，”他心头悚然一震，“自从你离开家门的那一天起，他不是成了你最知心的朋友？”他这样反躬自问。霎时间，雄鹅和他生死与共的情景全都涌现在他的脑际，他想起了雄鹅怎样在冰冻的湖面上，在暴风骤雨的大海上，在凶残的野兽中间舍命救他的情景。他的心里充满了感激之情，终于他克服了畏惧心理，不顾一切地用拳头拼命敲门。

“噢，外面是谁那么急着要进来？”爸爸嘟囔了一声把门打开。

“妈妈，您千万不要宰雄鹅！”男孩子高声叫道，就在这时候被捆在凳子上的雄鹅和灰雁邓芬惊喜地发出一声尖叫，男孩子一听总算放心了，因为他们还活着。

屋里惊喜地发出一声尖叫的还有一个人，那便是他的妈妈。“哎哟，我的孩子，你长高啦，也长得好看啦！”她叫喊起来。

男孩子没有走进屋去，仍旧站在门槛上，像一个不速之客不知道会看到主人怎样的脸色。“感谢上天，我可把你盼回来啦，”妈妈涕泪交加地说，“快进来呀！快进来呀！”

“欢迎你回来。”爸爸哽咽得再也讲不出话来了。

男孩子还是局促不安地站在门槛上，迟迟疑疑，不敢进去。他莫名其妙，怎么父母看到他那么小的怪模样还如此高兴和激动。妈妈走了过来，张开双臂把他搂住，拖着他进了屋。这时候他才发觉自己突然间长得比原来还高。

“爸爸，妈妈，我变大啦，我又变成人啦。”男孩子喜出望外地喊叫起来。

告别大雁

11月9日　星期三

第二天早上天还没亮，男孩子就起床出门，朝海边走去。在晨光熹微的时候，他已经来到了斯密格渔村东面的海岸。他是独自去的，离开家之前他到牛棚里去找过雄鹅莫顿，想把雄鹅叫醒一起去。可是雄鹅刚回家就舍不得再离开了。雄鹅一句话也没有，只是把脑袋缩在翅膀底下睡觉。

那一天看样子会是个晴朗的好天，几乎就像今年春天大雁飞越大海来到斯康耐的那一天一样好。大海上烟波浩渺，风平浪静，连天上的空气似乎也不流动了。男孩子不禁想道，大雁们真是挑了一个好日子飞过大海啊。

他至今还有些头晕目眩，迷迷糊糊的。他一会儿觉得自己是小精灵，一会儿又觉得自己是个真正的人。看到路旁有一堵石头围墙的时候，他就免不了提心吊胆，不敢走过去。他一定要看个仔细，直到弄清围墙背后确实没有野兽躲在那儿。转眼间他又忍不住笑出声来，因为如今他又高大又强壮，用不着害怕什么。

他站到海岸边，好让大雁们看到他那高大的身躯。那一天刚好有大批候鸟迁徙，天空中啼鸣之声不绝于耳。他想，没有人能够像他那样听得懂鸟儿的鸣叫,他禁不住得意扬扬地微笑起来。

大雁们浩浩荡荡地飞过来了,一大群接着一大群络绎不绝。“但愿我的那群大雁千万不要没有向我告别就飞走啦!”他心里想道,因为他一心要把事情的原委全都告诉他们,而且还要告诉他们,现在他又是一个真正的人了。

又一群大雁飞过来了,这一群飞得比其他大雁更矫健,叫得比其他大雁更响亮。他们那种说不出来的神态告诉他,这就是带着他周游过各地的雁群,可是他却不能像前一天那样只消看上一眼就能准确地认出来。

大雁们放慢速度,沿着海岸来回飞翔。男孩子立刻明白,那就是他的雁群。可是他暗暗纳闷,大雁们为什么不飞到他的身边,因为他们不会看不见他站在那里。

他用尽力气想发出模仿鸟语的声音,然而舌头僵硬不听使唤了!他再也发不出那种正确的鸟语了。

他的耳际传来了阿卡在空中的鸣叫声,可是他再也听不懂她在说些什么了。“这是怎么回事呀?难道大雁们说话的腔调变啦?”他茫然地想道。

他朝他们挥舞自己的尖顶小帽,沿着海岸大步奔跑,嘴里高喊:“我在这里,你在哪里?”

然而这样做似乎使雁群受到了惊吓,他们往上飞,朝海面拐过去了。这时候他总算明白过来!大雁们并不知道他已变成人了,他们认不出他了。

他再也无法把雁群呼唤到自己的身边了。人是不会讲鸟语的,他一旦变成了人,就不会讲鸟语了,自然也听不懂鸟语了。

尽管男孩子为摆脱了魔法而兴高采烈,但是此时就要同自己最心爱的伙伴分手不免让他心里难过。他一屁股坐在沙滩上,双手捂紧了面孔。唉,再盯着他们看又有什么用呢?

过了片刻,他又听到扑翅膀的声音。原来领头雁阿卡离开大拇指儿心情非常沉重,又忍不住飞回来,再来看一看。这时候男孩子一动不动地静坐着,她就敢飞得离他近一些。蓦地,那熟悉的身影映入眼帘,她终于看清并认出了他是谁,于是降落在紧靠着他身边的一个小岬上。

男孩子喜出望外,欢呼起来,他把老雁阿卡紧紧搂在怀里。别的大雁也都围了上来,挤在他身边,用喙抚摩他,叽叽呱呱地叫个不停,似乎都在表示由衷的祝贺。他也不停地对他们说着话,感谢他们带着他做了一次奇妙的旅行。

可是大雁们突然沉静下来,而且从他身边缩了回去。他们警觉起来,似乎想说:"要小心哪,他不是那个大拇指儿啦,他是一个真正的人了。他不了解我们,我们也不了解他呀。"

于是男孩子站起身来,走到领头雁阿卡面前。他抚摩着她,还轻轻地拍拍她。然后,他又依次抚摩和轻拍那些从一开始就同他在一起的老雁,像亚克西和卡克西啦,科尔美和奈利亚啦,还有库西和维茜。

终于,他离开海岸往内陆走去,因为他深知鸟类的悲伤是维持不了多久的。他想趁他们还在为失去了他而伤心的时候赶快离开。

他走上堤岸后,又转过身去注视那些向大海飞去的鸟群。所有的鸟群都发出鸣叫,此起彼伏,不绝于耳。唯有一群大雁默默地朝前飞去。男孩子站在那里目送着他们远去。

那群大雁队形整齐,飞得很快,翅膀有力地扇动着。男孩子深情地目送着他们远去,心里无限惆怅,似乎在盼望能够再一次变成一个名叫大拇指儿的小人儿,跟着雁群飞过陆地和海洋,遨游各地。

译后记

丰富的想象,真挚的情感

《骑鹅旅行记》是1909年诺贝尔文学奖获得者、瑞典女作家塞尔玛·拉格洛芙(1858—1940)的代表作。她于1904年夏开始撰写,于1906年至1907年间写完。自第一次出版到1940年拉格洛芙去世,该书总共发行了350万册,此后,每隔几年又再版一次,是瑞典文学作品中发行量最大的作品之一。此书迄今已被译成50多种文字,也是世界上被译成外文最多的一部瑞典作品。这部作品不仅使拉格洛芙饮誉瑞典文坛,而且也奠定了她在世界文坛上的地位。本文就作品的思想性和艺术性等方面做一初步探讨。

一

塞尔玛·拉格洛芙于1858年11月20日诞生在瑞典西部风景秀丽的丰姆兰省的莫尔巴卡庄园,并且在那里度过了童年、青年和晚年。她的父亲是位陆军中尉,结婚后一直居住在莫尔巴卡庄园,从事农业劳动。他性格开朗,心地善良,不但能弹奏、唱歌,而且十分喜爱文学。劳动之余,一家人会围坐在一起朗读诗歌和小说。对文学以及家乡的热爱是塞尔玛·拉格洛芙从她父亲那里获得的两笔极为宝贵的遗产，对她从事文学创作起了很大的作用。在她的作品中，尤其是描写童年和青年时代的作品中，父亲往往是非常重要的角色。她在世时，每年父亲生日，即8月17日，她总要邀请庄园和附近的乡亲们来庄园聚会庆祝，以示对父亲的怀念。

除了父亲以外，祖母和姑妈对拉格洛芙的成长也有很大影响。她们两人心中装着讲不完的丰姆兰民间传说和故事。尤其是祖母，讲起故事来语调感人，表情丰富，孩子们喜欢围着她，从早到晚听她讲故事。

拉格洛芙出生后不久左脚不幸残废，三岁半时，两脚完全麻痹不能行动，从此以后她总是坐在椅子上听祖母、姑妈和其他人讲传说和故事。七岁以后她开始大量阅读，书籍给她带来莫大的精神安慰。一天，她读到一本关于美国印第安人的冒险传说，萌发了将来要从事写作的愿望。

她麻痹的双脚经过多次治疗后能像健康人一样行走了，但是走起路来仍然有一点儿跛。

瑞典和北欧的诗人、作家以及丰姆兰地方的民间传说和故事极大地影响了拉格洛芙的早期创作。1881年夏，拉格洛芙在妇女运动积极分子、女作家爱娃·弗里克赛尔的鼓励下，决定一面写作，一面准备成为一名女教师。她不顾父母反对设法筹到一笔钱，于同年只身前往斯德哥尔摩求学，次年考入高等女子师范学院。1885年，她毕业后到南部的兰兹克罗纳女子学校任教。教学之余，她积极参加政治集会，投身世界和平运动，深夜则伏案创作。

她的第一部作品《古斯泰·贝林的故事》(1891)以强烈的怀旧色彩记录了庄园传统和生活习惯，抒发了自己的思乡之情。

1904年夏，她开始跋山涉水到瑞典全国各地考察，为写“一本关于瑞典的、适合孩子们在学校阅读的书……一本富有教益、严肃认真和没有一句假话的书”做准备。1906年至1907年，这部《骑鹅旅行记》问世了，它成了一部世界名著，使她赢得了与丹麦童话作家安徒生齐名的声誉。她在国内外的地位和声望也不断提高，1907年5月成为瑞典乌普萨拉大学荣誉博士，1909年获诺贝尔文学奖，1914年当选为瑞典学院院士，挪威、芬兰、比利时和法国等国家还把本国最高勋章授予她。《骑鹅旅行记》也给她带来了巨大的经济收益，使她有能力买回童年时代住过的莫尔巴卡庄园。从1915年起到她去世，她一直居住在这座庄园里。她一面辛勤地经营庄园，一面积极创作，发表了长篇小说《利尔耶克鲁纳之家》(1911)、《车夫》(1912)、《普初加里的皇帝》(1914)、《被开除教籍的人》(1918)，回忆录《莫尔巴卡》(1922)和《罗文舍尔德》三部曲(1925—1928)。即使到了晚年，她仍然孜孜不倦地创作着，出版了回忆录《一个孩子的回忆》(1930)和《日记》(1932)。她出版的最后一部作品是《秋天》(1933)。

1940年2月，82岁高龄的拉格洛芙计划为她的好友苏菲·埃尔康撰写一本传记小说，可惜只写了两章，便不幸于3月8日患脑溢血，3月16日清晨去世。这位在瑞典享有盛誉的女作家一生没有结婚，她把毕生精力献给了文学事业。她逝世时正值芬兰冬战爆发，德国法西斯攻占邻国丹麦和挪威，对她的悼念很快被隆隆的炮声所淹没。

二

《骑鹅旅行记》直译应为《尼尔斯·豪格尔森周游瑞典的奇妙

旅行》，故事比较简单，讲述一个名叫尼尔斯的十四岁小男孩的旅行经历。他家在瑞典南部，父母都是善良、勤劳却又十分贫困的农民。他不爱读书学习，喜欢调皮捣蛋，好捉弄小动物。一个初春，尼尔斯的父母外出了，他在家里因为捉弄一个小精灵而被小精灵用魔法变成一个拇指一般大的小人儿。正在这时，一群大雁从空中飞过，家中一只雄鹅也想展翅跟随大雁飞行，尼尔斯为了不让雄鹅飞走，紧紧抱住鹅的脖子，不料却被雄鹅带上高空。从此，他骑在鹅背上，跟随着大雁走南闯北，周游各地，从南方一直飞到最北部的拉普兰省，历时八个月才返回家乡。他骑在鹅背上看到了祖国的旖旎风光，学习了祖国的地理历史，听了许多故事传说，冒了不少风险，经受了种种苦难。在漫游中，他从旅伴和其他动物身上学到了许多优秀品质，逐渐改正了调皮捣蛋的缺点，培养了助人为乐的精神。重返家乡时，他不仅重新变成了一个高大漂亮的男孩子，而且成了一个温柔、善良、勤劳的好孩子。作者通过这个故事启发少年儿童要从小培养良好的品德，要有刻苦学习的精神，要勇于改正自己的缺点，因此这部作品具有深刻的教育意义，它使少年儿童的心灵变得更纯洁更善良，更富于同情和怜悯。与此同时，瑞典孩子从尼尔斯的漫游中也饱览了瑞典的锦绣山河，学习了它的地理历史知识和文化传统，熟悉了生长在这片土地上的各种动物和植物，加深了对祖国的热爱之情，受到了爱国主义教育。正如作者自己所说，创作《骑鹅旅行记》一书“是为了教育瑞典儿童热爱自己的祖国”。她“从教育学观点出发，认为只有让孩子们了解自己的国家，熟悉祖国的历史，才能使他们真正热爱和尊重自己的祖国”。作者的用心是良苦的，而且效果也是极佳的。可以毫不夸张地说，瑞典最近几代人，上自国王、首相，下至平民百姓，几乎每个人都从小阅读这本书。这部书的影响之大怎么说也不为过。

爱国爱家是拉格洛芙创作中的一个重要主题。她的作品，几乎都是以自己的祖国瑞典、家乡丰姆兰省，以及自己的庄园为背景的，正如她在《骑鹅旅行记》中所说的那样，这么多年来，她无论走到哪里，都念念不忘自己的故乡，她诚然看到其他地方比那里更美也更好，但是她在任何地方都找不到她在童年时期的故乡所感受到的那种安谧和欢悦。

三

《骑鹅旅行记》虽然主要是为少年儿童而写的，但是又不同于一般的儿童读物。这部巨著成年人读起来也是趣味盎然，爱不释手。事实上，在瑞典和世界各国，这本书的读者还是以成年人居多。这本书既没有悬念丛生、回肠荡气的故事，也没有跌宕起伏、曲折动人的情节，甚至连妙语连珠的对话也很少，那么是什么东西使这么一部像记流水账的旅行日志般的作品变得如此富有魅力呢？我们不能不感谢和钦佩作者别具匠心的构思和高超的写作技巧。正是凭借了这种高超的写作技巧，作者把这部作品写活了，使原本没有生气的一草一木有了生命，使得世上万物都有了思想和感情。我们不妨探讨一下本书在写作上的特色。

本书的读者对象主要是少年儿童，因此作者大量采用拟人的写法，并且把幻想同真实融为一体，把人类世界发生的事情搬到动物、植物的世界中去，这使整个作品有了动感，有了情节。人和拟人化的动植物有机地结合在一起，使作品充满情趣，极为生动浪漫。以本书主人公尼尔斯为例，他不爱学习，贪吃贪睡，又十分淘气，爱捉弄小动物，这种调皮的小男孩在日常生活中不乏其人，但是作者让他因此受罚变成一个拇指大的小人儿，这显然是作者想象出来的，但这一生动的想象使作品披上了一层神奇的色彩。

大家知道，历史、地理比较枯燥乏味，不大容易使孩子们产生兴趣。但这本书恰恰是要让孩子们熟悉瑞典的山川河流、地形地貌，这个任务是不轻松的。作者从教育学观点出发，认为要使孩子了解、熟悉瑞典，从而热爱它，首先要使孩子们产生兴趣，而使他们产生兴趣的最好办法莫过于用讲故事的办法来传授知识，这样能使丰富而宝贵的知识不知不觉渗入孩子们的头脑。这种寓教于乐的方式，不但儿童易于接受，而且可以使他们记得很牢。因此，她在《骑鹅旅行记》中穿插了大量的童话、传说和民间故事，有的是为了向读者叙述历史事实；有的是为了讲述地形地貌；有的是为了介绍动物的生活和植物的生长规律；有的则是为了赞扬扶助弱者的优秀品德，歌颂善良战胜邪恶，纯真的爱战胜自私、冷酷和残暴。总之，在拉格洛芙的笔下，瑞典的地理、历史、文化、植物、动物无不变成了脍炙人口的故事。

形象而生动的比喻是《骑鹅旅行记》另一个重要的艺术特色。作者根据儿童的心理，把瑞典的平原山川、城市岛屿和江河湖泊都比喻成孩子们熟悉的东西，一方面引起他们阅读的兴趣，另一方面使他们读后能牢记心头。当男孩子尼尔斯变成拇指大的小人儿坐在鹅背上第一次从高空向下俯视时，他看到底下有一块五彩缤纷的大方格子布，他不知道这究竟是一块什么样的大方格子布。大雁们告诉他那是耕地和牧场，这时他才恍然大悟，原来下面的那块大方格子布是家乡的大平原：绿色的方格子是去年播种的黑麦田，褐色的方格子是老苜蓿地，那灰黄色的方格子则是收割后残留着麦茬的田地，等等。拉格洛芙把瑞典南部一块种着不同庄稼又有房屋和花园的斯康耐大平原比喻成一块色彩斑斓的大方格子布是十分形象而又逼真的。这样的大平原从高空往下看的确像一块大方格子布，而方格子布又是孩子们常见的布料。全书像这样生动而逼真的比喻还有很多，因此作品呈现出绚烂夺目的浪漫色彩。

作者还十分注意使前呼后应的情节同独立成章的故事相结合。全书的主线是尼尔斯从人变成拇指大的小人儿，又从小人儿重新变成人。作者在主线中又穿插了许多独立成篇的民间故事、童话和传说，使得各章既自成一体，又互相连贯。拉格洛芙十分擅长采用这种方法进行创作。

为了使少年儿童能够看得懂、记得住，真正掌握知识，她基本上是用平铺直叙和素描的写法，文字也很朴实，对景物除了必要的几句交代和叙述之外，一般不做浓墨重彩、长篇大论的描写。但也正是由于这本书在知识性和文艺性上的巧妙平衡，让它收获了世界上无数大小读者的喜爱。

经典译林

Yilin Classics

书名	单价	书名	单价
癌症楼	78.00 元	艾青诗集	35.00 元
爱的教育	39.00 元	爱丽丝漫游奇境	29.00 元
安娜·卡列尼娜	65.00 元	安徒生童话选集	42.00 元
傲慢与偏见	36.00 元	奥德赛	92.00 元
八十天环游地球	32.00 元	巴黎圣母院	42.00 元
白洋淀纪事	39.00 元	百万英镑	35.00 元
包法利夫人	38.00 元	悲惨世界（上、下）	98.00 元
背影	28.00 元	被侮辱与被损害的人	39.00 元
边城	36.00 元	变色龙：契诃夫中短篇小说集	39.00 元
变形记 城堡	38.00 元	草叶集：惠特曼诗选	39.00 元
茶馆	32.00 元	茶花女	35.00 元
查拉图斯特拉如是说	38.00 元	沉思录	29.00 元
城南旧事	29.00 元	大卫·科波菲尔（上、下）	79.00 元
当代英雄	45.00 元	稻草人	29.00 元
地心游记	32.00 元	飞鸟集·新月集：泰戈尔诗选	39.00 元
飞向太空港	39.00 元	福尔摩斯探案集	58.00 元
复活	42.00 元	傅雷家书	49.00 元
富兰克林自传	36.00 元	钢铁是怎样炼成的	39.00 元
高老头	39.00 元	格列佛游记	35.00 元
格林童话全集	49.00 元	给青年的十二封信	38.00 元

书名	单价	书名	单价
古希腊悲剧喜剧集（上、下）	118.00 元	海底两万里	38.00 元
红楼梦	55.00 元	红与黑	49.00 元
呼兰河传	35.00 元	呼啸山庄	39.00 元
基督山伯爵（上、下）	108.00 元	纪伯伦散文诗经典	42.00 元
寂静的春天	35.00 元	假如给我三天光明	32.00 元
简·爱	39.00 元	金银岛	35.00 元
经典常谈	29.00 元	荆棘鸟	45.00 元
静静的顿河	128.00 元	镜花缘	49.00 元
局外人·鼠疫	38.00 元	菊与刀	35.00 元
克雷洛夫寓言	32.00 元	宽容	32.00 元
昆虫记	39.00 元	老人与海	32.00 元
理想国	45.00 元	聊斋志异	55.00 元
列那狐的故事	39.00 元	猎人笔记	38.00 元
林肯传	39.00 元	鲁滨逊漂流记	39.00 元
鲁迅杂文选集	36.00 元	绿山墙的安妮	36.00 元
罗马神话	16.80 元	罗生门	39.00 元
骆驼祥子	32.00 元	美丽新世界	35.00 元
名人传	39.00 元	拿破仑传	49.00 元
呐喊	29.00 元	牛虻	38.00 元
欧·亨利短篇小说选	36.00 元	欧也妮·葛朗台	32.00 元
彷徨	32.00 元	培根随笔全集	38.00 元
飘（上、下）	88.00 元	普希金诗选	42.00 元
骑鹅旅行记	36.00 元	乞力马扎罗的雪	39.80 元
热爱生命·海狼	38.00 元	人间草木：汪曾祺散文精选	49.00 元

书名	单价	书名	单价
人类群星闪耀时	36.00 元	人性的弱点	39.00 元
日瓦戈医生	68.00 元	儒林外史	42.00 元
三个火枪手	59.00 元	三国演义	59.00 元
沙乡年鉴	42.00 元	莎士比亚喜剧悲剧集	49.00 元
少年维特的烦恼	28.00 元	神秘岛	48.00 元
神曲（共三册）	128.00 元	十日谈	68.00 元
世说新语（上、下）	89.00 元	双城记	45.00 元
水浒传	69.00 元	四世同堂（上、下）	78.00 元
苔丝	39.00 元	谈美	26.00 元
谈美书简	36.00 元	汤姆·索亚历险记	32.00 元
汤姆叔叔的小屋	45.00 元	唐诗三百首	39.00 元
堂吉诃德	78.00 元	天方夜谭	42.00 元
童年	38.00 元	童年·在人间·我的大学	49.00 元
瓦尔登湖	36.00 元	我是猫	39.00 元
乌合之众	35.00 元	物种起源	42.00 元
雾都孤儿	44.00 元	西顿野生动物故事集	38.00 元
西游记	48.00 元	希腊古典神话	49.00 元
乡土中国	36.00 元	小妇人	45.00 元
小王子	29.00 元	星星离我们有多远	35.00 元
羊脂球	38.00 元	一九八四	36.00 元
一间自己的房间	36.00 元	伊利亚特	82.00 元
伊索寓言全集	35.00 元	尤利西斯	58.00 元
约翰·克利斯朵夫（上、下）	98.00 元	月亮和六便士	45.00 元
战争与和平（上、下）	108.00 元	朝花夕拾	22.00 元

书名	单价	书名	单价
中国民间故事	39.00 元	子夜	49.00 元
最后一课	36.00 元	罪与罚	66.00 元